21

世纪文学之星

丛书

2022—2023 年卷

中短篇小说集

冷静期

钱幸⊙著

作家出版社

图书在版编目（CIP）数据

冷静期 / 钱幸著． -- 北京：作家出版社，2025.7.
（21世纪文学之星丛书）． -- ISBN 978-7-5212-3407-7

Ⅰ．I247.7

中国国家版本馆 CIP 数据核字第 2025H8Q697 号

冷静期

作　　者：钱　幸
责任编辑：李亚梓
特约编辑：赵　蓉
装帧设计：守义盛创·段领君
出版发行：作家出版社有限公司
社　　址：北京农展馆南里 10 号　　　邮　　编：100125
电话传真：86 – 10 – 65067186（发行中心）
　　　　　86 – 10 – 65004079（总编室）
E – mail: zuojia@zuojia. net. cn
http: // www. zuojiachubanshe. com
印　　刷：唐山玺诚印务有限公司
成品尺寸：142 × 210
字　　数：220 千
印　　张：9.25
版　　次：2025 年 7 月第 1 版
印　　次：2025 年 7 月第 1 次印刷
ISBN　978 – 7 – 5212 – 3407 – 7
定　　价：52.00 元

作者简介：

钱幸，山东泰安人，中国作家协会会员，山东省作家协会签约作家，入选鲁迅文学院第五届"培根工程"。170 余万字小说见于《收获》《十月》《中国作家》《天涯》《小说月报》《小说选刊》《中篇小说选刊》《新华文摘》等。获泰山文艺奖、澳门文学奖等，中短篇小说集《冷静期》入选"21 世纪文学之星"丛书。

目
录

总　序

袁　鹰

　　中国现代文学发轫于本世纪初叶，同我们多灾多难的民族共命运，在内忧外患，雷电风霜，刀兵血火中写下完全不同于过去的崭新篇章。现代文学继承了具有五千年文明的民族悠长丰厚的文学遗产，顺乎 20 世纪的历史潮流和时代需要，以全新的生命，全新的内涵和全新的文体（无论是小说、散文、诗歌、剧本以至评论）建立起全新的文学。将近一百年来，经由几代作家挥洒心血，胼手胝足，前赴后继，披荆斩棘，以艰难的实践辛勤浇灌、耕耘、开拓、奉献，文学的万里苍穹中繁星熠熠，云蒸霞蔚，名家辈出，佳作如潮，构成前所未有的世纪辉煌，并且跻身于世界文学之林。80 年代以来，以改革开放为主要标志的历史新时期，推动文学又一次春潮汹涌，骏马奔腾。一大批中青年作家以自己色彩斑斓的新作，为 20 世纪的中国文学画廊最后增添了浓笔重彩的画卷。当此即将告别本世纪跨入新世纪之时，回首百年，不免五味杂陈，万感交集，却也从内心涌起一阵阵欣喜和自豪。我们的文学事业在历经风雨坎坷之后，终于进入呈露无限生机、无穷希望的天地，尽管它的前途未必全是铺满鲜花的康庄大道。

　　绿茵茵的新苗破土而出，带着满身朝露的新人崭露头角，自然是我们希冀而且高兴的景象。然而，我们也看到，由于种种未曾预料而且主要并非来自作者本身的因由，还有为数不少的年轻作者不一定都有顺利地脱颖而出的机缘。其中一个重要的原因，乃是为出书艰难所阻滞。出版渠道不顺，文化市场不善，使他们失去许多机遇。尽管他们发表过引人注目的作品，有的还获了奖，显示了自己的文学才能和创作潜力，却仍然无缘出第一本书。也许这是市场经济发展和体制转换期中不可避免的暂时缺陷，却也不能不对文学事业的健康发展产生一定程度的消极影响，因而也不能不使许多关怀文学的有志之士为之扼腕叹息，焦虑不安。固然，出第一本书时间的迟早，对一位青年作家的成长不会也不应该成为关键的或决定性的一步，大器晚成的现象也屡见不鲜，但是我们为什么不在力所能及的范围内尽力及早地跨过这一步呢？

于是，遂有这套"21世纪文学之星丛书"的设想和举措。

中华文学基金会有志于发展文学事业、为青年作者服务，已有多时。如今幸有热心人士赞助，得以圆了这个梦。瞻望21世纪，漫漫长途，上下求索，路还得一步一步地走。"21世纪文学之星丛书"，也许可以看作是文学上的"希望工程"。但它与教育方面的"希望工程"有所不同，它不是扶贫济困，也并非照顾"老少边穷"地区，而是着眼于为取得优异成绩的青年文学作者搭桥铺路，有助于他们顺利前行，在未来的岁月中写出更多的好作品，我们想起本世纪20年代和30年代期间，鲁迅先生先后编印《未名丛刊》和"奴隶丛书"，扶携一些青年小说家和翻译家登上文坛；巴金先生主持的《文学丛刊》，更是不间断地连续出了一百余本，其中相当一部分是当时青年作家的处女作，而他们在其后数十年中都成为文学大军中的中坚人物；茅盾、叶圣陶等先生，都曾为青年作者的出现和成长花费心血，不遗余力。前辈们关怀培育文坛新人为促进现代文学的繁荣所作出的业绩，是永远不能抹煞的。当年得到过他们雨露恩泽的后辈作家，直到鬓发苍苍，还深深铭记着难忘的隆情厚谊。六十年后，我们今天依然以他们为光辉的楷模，努力遵循他们的脚印往前走去。

开始为丛书定名的时候，我们再三斟酌过。我们明确地认识到这项文学事业的"希望工程"是属于未来世纪的。它也许还显稚嫩，却是前程无限。但是不是称之为"文学之星"，且是"21世纪文学之星"？不免有些踌躇。近些年来，明星太多太滥，影星、歌星、舞星、球星、棋星……无一不可称星。星光闪烁，五彩缤纷，变幻莫测，目不暇接。星空中自然不乏真星，任凭风翻云卷，光芒依旧；但也有为时不久，便黯然失色，一闪即逝，或许原本就不是星，硬是被捧起来、炒出来的。在人们心目中，明星渐渐跌价，以至成为嘲讽调侃的对象。我们这项严肃认真的事业是否还要挤进繁杂的星空去占一席之地？或者，这一批青年作家，他们真能成为名副其实的星吗？

当我们陆续读完一大批由各地作协及其他方面推荐的新人作品，反复阅读、酝酿、评议、争论，最后从中慎重遴选出丛书入选作品之后，忐忑的心终于为欣喜慰藉之情所取代，油然浮起轻快愉悦之感。"他们真能成为名副其实的星吗？"能的！我们可以肯定地、并不夸张地回答：这些作者，尽管有的目前还处在走向成熟的阶段，但他们完全可以接受文学之星的称号而无愧色。他们有的来自市井，有的来自乡村，有的来自边陲山野，有的来自城市底层。他们的笔下，荡漾着多姿多彩、云谲波诡的现实浪潮，涌动着新时期芸芸众生的喜怒哀伤，也流淌着作者自己的心灵悸动、幻梦、烦恼和憧憬。他们都不曾出过书，但是他们的生活底蕴、文学才华和写作功力，可以媲美当年"奴隶丛书"的年轻小说家和《文学丛刊》的不少青年作者，更未必在当今某些已经出书成名甚至出了不止一本两本的作者以下。

是的，他们是文学之星。这一批青年作家，同当代不少杰出的青年作家一样，都可能成为 21 世纪文学的启明星，升起在世纪之初。启明星，也就是金星，黎明之前在东方天空出现时，人们称它为启明星，黄昏时候在西方天空出现时，人们称它为长庚星。两者都是好名字。世人对遥远的天体赋予美好的传说，寄托绮思遐想，但对现实中的星，却是完全可以预期洞见的。本丛书将一年一套地出下去，十年二十年三十年五十年之后，一批又一批、一代又一代作家如长江潮涌，奔流不息。其中出现赶上并且超过前人的文学巨星，不也是必然的吗？

岁月悠悠，银河灿灿。仰望星空，心绪难平！

1994 年初秋

序

深陷而又穿越红尘的书写

叶 梅

读女作家钱幸的小说，一开始就像是进入了街巷里弄、城乡交叉的茫茫人海，一步步在其中穿行，继而更是有了滚滚红尘呛鼻的气息，夹杂着市井中的百般味道，有时是光明的，有时是一片混沌，读者会不由自主地随着汗淋淋的主人公艰辛地摸索。她没有如一般读者所期待的那样，让笔下的人物大都有着戏剧化的结局，她多半是在忠实地描摹，且用力用心，以版画的刻刀将人物的嘴脸和行迹刻写下来，又如扫描似的不放过任何一个重要的细节。

但同时，她并没有停留于情节的叙述，她的着力除了上述的刻画之外，更是对人物内心的开掘，这时候，她的阅历以及所从事的职业显出了深厚的功力。她本是一位法学专业毕业的研究生，十多年前便经过考试成为一名地方中级人民法院的法官，经历过若干案件的审理，对人间百态以及人性的复杂幽微有着超乎常人的了解。

钱幸在大学期间即开始施展个人的文学天赋，曾在《萌芽》杂志发表中长篇小说数十万字，后因工作、家庭停笔七年，经过几番沉淀之后，近年来厚积薄发，先后在《北京文学》《清明》

《芳草》《时代文学》《山东文学》《安徽文学》等杂志发表小说，并被《小说月报》《北京文学（中篇小说月报）》等多家刊物转载。获得过第六届"泰山文艺奖""山东文学奖"。此次入选2022年度"21世纪文学之星"的中短篇小说集《冷静期》，便是她近年来的小说新作。

这部小说集汇集了《冷静期》《暗渠》《茶王》《野猪下山》《风雨桥》等十一部中短篇小说，有写城市也有写乡村山野，但都是对普通劳动者的人生际遇的书写。她笔力不俗，已经在刊物上发表的多部小说受到关注和好评。她能以冷峻沉着的目光洞察繁复的现实和人性，对底层人物渴望体面的努力，跌落与回归；对琐碎纠葛于大灾大难之后的化解与体谅；对城镇化带来的割裂、阵痛和坚守，有着真实有力的叙述描写，技法娴熟，并时有新意。

钱幸不止一次地宣称，劳动者是普通平凡的，而"光荣"这个词则显得伟大。让普通平凡的人和伟大的灵魂挂钩，是对尊严的挑战。她的小说恰如其分地捍卫了劳动的光荣以及劳动者的尊严。《从没起来的二层楼》《今天洒完水了》等篇章中的主人公都是一个叫魏永芳的女人，也是钱幸用心刻画的"劳动者"的典型形象。魏永芳是三个孩子的母亲，加上丈夫和婆婆，一家六口人住在一间老小区配套的平房里，"平房由四十多平方米的室内，外加三十平方米左右的院子拼凑""既不保温又不纳凉。窗户呼呼漏风，热气却挡不住"。但魏永芳却一直活在希望和守望之中，她在医院做护工，兼职送药、做饭，甚至帮助有着爱情回忆的病患，这让她于庸常重复的生活中找到一种庄重，那即是在生活的辛酸之时，仍有善意的传递、坚韧和乐观。从魏永芳的身上，可以识别出许多从乡村走进城镇的务工者的影子，她们的生活常年几乎都在一种难以承受的熬炼之中，但她们就像石缝下的小草，总能坚强地活下去。钱幸从她们灵魂深处开掘出温暖、柔软又坚韧的肌理，魏永芳们不仅有活下去的理由，而且还有帮助别人活下去的善举和高尚。她因为吃过苦所以希望带给别人甜，她因为需要温暖，所以能给予别人以体谅。

钱幸对于笔下的普通劳动者抱有强烈的同理心，她以充沛的情感投入，去感受当下这个向着现代化巨大转型的时代里，那些在潮起潮落的翻滚中不懈摸索的平凡人，向他们致以爱和共情。她说："我更关注的是在洪钟大吕的时代背后几乎轻不可闻的人们的呢喃，是在不相信善良和坚毅的时候，依旧相信善良和坚毅。是在充满了'情义危机'的质疑和名利焦虑面前，对于活着本身的尊荣感。是在不相信人性本善的时刻，对人性固有的光辉投之一瞥。"她注目于那些依旧为体面和尊严而挣扎的痛苦的人，敏感的人，嫉妒的人，贫穷的人，恐惧的人，卑微的人……那些平凡人的痛和乐，组建了她的小说族谱。小说《茶王》里的女人黛笙，于贫寒交迫中渴望得到体面和尊严，不能不暗自挣扎，又时常落入困境，在茶王班章劫后重生的跌落与回归，于平庸卑微中显出高贵，透示出人性的动人之处。《野猪下山》讲述人权与兽权、生存权与生态权的制衡，展示出面临老龄化、空巢化的偏远村庄的现实状态，三代人在城镇化与逆城镇化轨迹上的渐行渐远，以及阵痛割裂中的坚守、博弈与希望。

应该说，钱幸对于女性心理的描写尤为精到。小说《冷静期》里写到一对冷漠的夫妻，经过长期风平浪静的生活之后，终于不得不分道扬镳。事实上并没有常人想象的理由，只是妻子对平淡的难以忍受。钱幸以一位法官的目光审视着这段婚姻，同时超越法理的是她能切入到人物内心，找到所谓真实的事实与法律的事实之间那条看不见的沟壑。小说的男主人公恰是一位法官，他并不能穿越沟壑，而妻子对丈夫的认识，从崇拜到斜视，再到睥睨，"他的学问就像一顶帽子，可戴可不戴，只是起到装点作用；清高就像领带，天天打着让人产生距离。"他们的婚姻生活从一锅滚烫的沸水逐渐变得温冷，"按说温冷更适宜人的，所以大多数人的婚姻都要走到这一步，到了这一步，要么偶尔加点柴保持住，要么干脆冷掉。唐东坡想要前者，可孙彤想要后者"。妻子拉着丈夫去民政局协议离婚，遇到了《民法典》规定的三十天冷静期，虽然也有大难之时的相互怜爱，但最终还是选择分离，而分离之时仍有余温尚存。《冷静期》于冷静之中，写出了人生的挫败、失意、隔膜，仍难以泯灭的丝丝暖意。

《暗渠》中的主人公叶萍对于居住地光明小区的南苑（回迁楼）与北苑（商业楼盘）之间的差异，有着刺痛般的敏感，叶萍因缺钱缺怕了，在工作上"要强和上进"，不仅扛起了商场里被裁掉的两个手机销售员的活儿，还在护城河的夜市上销售女包，之后又租了简陋的店面开起奶茶店，成为艰辛的创业者。而依靠丈夫的供养，衣着讲究、侍弄花草的阔太太黎敏芝则最终夫妻离异，反对辛苦的叶萍暗中羡慕。物质与精神的不时转换，使得人与人的关系充满张力。叶萍"还有千般万种的可能，她后半生就是要为这些蠢蠢欲动的可能性而活"，道出了同类女性的心曲，恰也是催动都市化进程的民间蓬勃的动力。

钱幸的小说不猎奇造作，不追求耸人听闻、惊骇古怪。她笔下的故事情节大都来自真实生活的绵密碎片。她对时代与现实的密切关注，对普通人的努力拼争，对社会巨变产生的冲击表达着精神上的哲思；以深入的洞察将社会潜在的内因加以揭示，以当代朴素人性的表达来破解"情义危机"的质疑。她的书写深陷而又穿越了滚滚红尘，让读者感受到岁月漫漶中，人世间一处处闪烁的灯火。

2023年12月12日于北京

冷静期

一、现场

　　孙彤扭头看了眼唐本草，手肘碰着方向盘，车拧身旋转，车轮轻盈地擦离路面。孙彤和唐东坡也许意识到：车失控了，但完全反应不过来——车在二车道和三车道间打滑似的旋转。旋转一圈后，唐东坡从车窗瞥见后面汹涌的来车，但也只来得及喊出"小心——车！"汽车的鸣笛声如一节节车厢滚滚碾压过来。唐东坡伸手抓住方向盘，拼命往回拧，车从二三道撤退至四道，迎面冲向笔直挺立的天桥栏杆。那个瞬间，唐东坡从时间的夹缝里被扔出去。安全气囊撞击他的脸，但并不痛，也许痛觉已经从他身上剥离掉了，像剥离掉一场浑然不觉的梦。在漫长到无边的瞬间，他听见孙彤的声音：本草呢？我这样看不见她，本草没事吧？

　　他们闻到了一股浓烈的焦煳味，唐东坡拽车门，开不了。孙彤也拽，开不了。唐东坡努力斜着身子猛拉后车门，同样断电了，车窗无法打开。他感觉心脏已经从胸腔爬到了太阳穴。许多诅咒的语句涌上来，他想把世上最肮脏、最恶心的词都赠送给孙彤。要是他手里有锤子，他会举起来，在烧死之前把她砸得粉碎，碎到骨头掉渣。他是那么地恨她，但，他又是那么地留恋她——因为她正是他日常的、平淡的、健康的生活——这生活就在弥漫的胶皮味里离他越来越远了。

二、半年前

唐东坡坐在审判席上，距离孙彤最近一次跟他提起离婚议题已经过去二十一个小时了。原告一把撩起起球的红线衣，袒露结了疤的肚子，如有一只巨型蜈蚣静趴着。原告抹着泪，控诉被告拿水果刀削完了苹果就削她了，还在外面跟别的女人过夜。唐东坡用手拧着太阳穴，有证据吗？女人说我还不是证据吗？法官你看你看。继续掀衣服露肚子。被告说，胡扯，那是你自己拿刀子削的，要威胁我！既然这样就离婚好了！原告就地撂倒，四肢展开，号啕大哭：我偏不要你得逞，你这个……书记员猛摁鼠标。唐东坡敲法槌：注意法庭纪律。

庭审后，他兜着法袍回到办公室。他助理是个年轻小伙儿，把新案卷高高地抱来，又一摞。助理毛毛躁躁，脚下像踩着火炉子，边走边道：1728号还有半个月到期，系统上已经黄脸了，1890号明天开庭，调解不成呢。他们的分案系统在庄重里透着一股调皮：超过审理期限是一张嘴角下扯的红脸；接近审限则为嘴角拉平的黄脸；正常是上扬的绿脸。他点开系统，就见到一排红绿灯，问，1887号判决书送达了吗？

还说呢，唐庭长，快把我闹死了。非说她男的勾连那女的骗她，要巨额赔偿款，可没证据，空口白牙啊。得，明天上午还四个案子。年底结案率压着呢。嘴里都是泡，急的！助理小伙子挺能劝解自己，喝了口水，又抱着案卷跑出去了。

唐东坡开了窗，院门口女人声嘶力竭的辱骂声就贴上来了。前段时间他碰上了两个当事人，对判决的满腔不服，一个化为门口骂他的粗嗓子，一个化为他办公室沙发的黏屁股。今天刚送走了到他办公室里的那个信访钉子户。真实的事实与法律的事实存在着一条看不到的沟壑。而所有的当事人都略过沟壑，以为法官们能穿越时间和空间，抵达现场，但"清官难断家务事"早就从百年前漂过来，给了家事纠纷一个古老的注解。

不过，唐东坡满意自己。优秀法官和合格法官区别为：前者能自主延伸职能。比方说有一回，女方受了家暴，但不同意离婚，唐东坡判离了。按说这就结案了。到这结束就是一个合格的法官。不过，休庭后，他对女人说，我知道你是因没有收入来源，怕孩子过不好，你放心离，抚养费我帮你争取，孩子入托我给你申请相关部门帮助——看，优秀法官现身了。他延伸职能，延伸自己。他太懂婚姻了，那些河畔相依，那些弯弯绕绕，那些家长里短，流畅地滑过他手心。

对桌给当事人打一个绵长的电话，劝解、告慰、疏导，像念经的和尚。只不过念的是和经、散经、法经——恰好是出家人不存在的烦恼。所以佛门就是清净，佛门没婚姻，没婚姻就少了很多麻烦，但婚姻也有婚姻的好处，比如男人、女人、孩子就构成了一个三角形。三角形具备稳定性。

唐东坡的耳朵已习惯性过滤了，他想象有一天被发散着酸牛皮纸味儿的厚厚卷宗掩埋，最后一份离婚判决书就是他的墓志铭。掩埋之前，他可能死于心肌梗死或其他，谁知道呢。一个月前，老同学在家，用电话线拴门把手，勒死了自己。人死之后是没有体面的。满屋里都是屎尿味儿。老同学是最早的独身主义，死之前把家里的猫埋枕头底下闷死了。唐东坡帮着葬猫，猫的尸体又僵又硬，不像是拎着死去的生命，像拎着下坠的黑洞。

拧开门，女儿唐本草用一台粉色的照相机按动快门，一圈轻盈的泡泡泛出来。孙彤端着菜从厨房走出来，他们坐下，例行吃饭。结婚久了，吃饭都是静的，只有手机屏幕亮着，也不知道嘴里吃的什么。上一次闹离婚是结婚两年，日子是孙彤生日，备忘是千万别忘买花。唐东坡下午加了一个庭，也是两个老人闹离婚，老头在广场舞上认识一个中年寡妇。庭审中，老太太说，老头那东西都皱得像只鹌鹑了——还想 × 新人。这句话通过庭审笔录自动撰写系统出现在屏幕上，唐东坡站起来弯下腰对书记员呵斥，删掉。但这句话就保存进了脑袋。

他当天晚上加了会儿班，准确地说，是发了会儿呆，把判决书后半部分写完。回家时，忘了买花，这也是上了年纪副作用的一种，孙彤就很不高兴了。

唐东坡前妻在老家摘山楂，跟邻居说话呢，扭头重心偏移，从梯子高处掉下来，脑勺磕铁锹上，死了。三年后，唐东坡娶了新人。孙彤是他的书记员。比他小十三岁。原先唐东坡并不在意十三岁，反正是她小他，不是他小她。近些年不行，吃力，做什么都吃力。幸而女儿本草是他黄金时代显赫的战功。他上一场婚姻中没收获孩子。现在孙彤给他添了一件棉袄，是锦上添花的袄，他在非常喜爱本草的同时，也感到年龄对自己寸步不让的屠杀。孙彤嫁给他之后辞职，两个人在一个单位不好，唐东坡这样说的。反正孙彤只是个聘任制，这是他的潜台词。孙彤就在那段时间紧要地生了孩子。

现在，本草八岁了。

他常在加班时，用法律目镜分析自己的婚姻，前妻就像是法律条文，冗长、干净、笼统而无趣；现任就像司法解释，精细、有趣（穿插案例），但充斥着对事不对人的味道。前妻让他觉得自己是个体面而有本事的男人，必须往上走，但往上走，就会把她甩得更远；而现任让他觉得自己跟真正有本事的男人之间存在着一条肉眼可见的鸿沟，他不得不往上走，但往上走——他真的走不动了。到底女人要的婚姻对象是什么？一个完美的神话？一群超能陆战队？一只挣钱养家的机器？

昨天晚上，两个人聊得不是很顺畅，她已经第二次提起这件事，她的理由不能让他信服。何况他太熟悉个中情理，有一种后天养成的置身事外。比如孙彤说这些年辛苦拉扯孩子，唐东坡想，抚养权判给谁；她说她是在他除了有编制其他一无所有时跟他贷款买了房，唐东坡警惕，夫妻共有财产分割问题；孙彤说，你怎么想。他怎么想？以事实为依据，以法律为准绳，他……怎么会走到这一步？

他问，怎么回事？孙彤说，没什么，厌倦了。

《民法典》中，厌倦不是离婚的要件。他问，那个人是谁？

孙彤说，你别侮辱人，没有别人的事儿，就是咱俩的事儿。

咱俩能有什么事儿？

我都说了，厌倦，就这么简单！

他问孙彤，到底怎么了？

孙彤说，我没怎么，就是不想过了，协议书——你是专家你起草吧。

一张A4纸递交到手里。唐东坡双手干燥起来，幻想把它一分两半撕掉的场面不断地在头脑里翻涌。他看了看孙彤抿紧的嘴唇，这不是离婚的理由，我不同意离婚，我就不信那人能一直等你！

没有那人，没有别人，你怎么就不明白呢。孙彤直挺挺向后退去，退到门边，啪嗒，撞在墙边，把灯开关撞灭了：我就是不想跟你过了。黑暗里，只有月光多事地扒窗而来，孙彤的眼神阴森得可怖，那眼神扑上来撕咬他，剿灭他，似乎有了不共戴天的仇，可这还曾有过休戚与共的情，哪怕是瞬间激情。他绕过她，甩了门，走出去。

冷风没头没脑地刮起来，城里十点还明着灯。一群人在街边撸串。一对年轻人躲在羽绒服里侧耳交谈。有个跟本草差不多大的小孩滚着轮滑，像一枚钢炮飞向黑暗。他坐在冰凉的大理石台阶上，努力回忆各种离婚案件。一个男人的妻子离开他，那男人很有点艺术天分，他写："女人都是鸡。法官，她们只有有谷子吃才跟着你。可你别以为你只有谷子就行了，你挣不来更多谷子，她会拿尖爪子挠你。"这份诉状很过分，但也很可怜。男人拿着诉状在庭审中哭得一盒纸巾都空了。两人结婚十五年，婚内无出轨和其他不端行为。而女人哑着嗓子喊："他就这样想我，这样看我，我们能有什么共同语言！"唐东坡不为所动：哭是女人的拿手好戏，就像撒谎是男人的拿手好戏，但是如果有一天换过来了，人开始做不拿手的事情，男人哭，女人撒谎，这婚姻就快要到头了。

孙彤没哭，他想哭，孙彤在骗他。可是为什么？

是因为钱吗？他是寒酸。可她早知道这点。世界上只有一半光鲜的生活，另一半是真实的平庸。他就是平庸中的平庸。要是以为离婚能嫁个有钱人，那她也想错了。他不会让她丢开他，就像扔掉一件过时的衣服。就算不为自己，不还有孩子呢？谢天谢地有孩子这个借口，让他能拿出来光明正大地壮声势。

他点了根烟。在家里，孙彤不让他抽烟，一个上有老下有小的五十岁的人，不抽烟不喝酒，日子就清醒得令人发指。他把烟交替在手指头上，烟波一层一层旋起来。他回忆他们的日子。孙彤从一开始满腔儿女情怀到锅碗瓢盆的妇女转变，是婚后的每一个日子共同完成的裂变。未婚的时候，她柔软而天真，结了婚就像一只原在浴室的白毛巾放进了厨房——油腻、有气味、腌臜。这些还不算，她另一方面的转变似乎也是婚后的岁月合谋导致的。刚结婚时，她似乎有崇拜唐东坡的倾向，虽然他挣钱不足，但学问有余；虽然清高，但清高得率真。结婚后，这些都变了。孙彤说过，她觉得他的学问就像一顶帽子，可戴可不戴，只是起到装点作用；清高就像领带，天天打着让人产生距离。她说她瞅着唐东坡，仿佛他是戴着帽子、打着领带的唐老鸭。从她把唐东坡跟唐老鸭挂钩开始，她就不再崇拜他了。不崇拜就开始斜视、睥睨。他们的婚姻生活也从一锅滚烫的沸水逐渐变得温冷。按说温冷更适宜人的，所以大多数人的婚姻都要走到这一步，到了这一步，要么偶尔加点柴保持住，要么干脆冷掉。唐东坡想要前者，可孙彤想要后者。

　　这不是他的错。毕竟他有过上段婚姻的检验。他前妻可盖棺论定为一个温顺的好女人。她没了后一个月，孙彤应聘进来。婚姻就像是生长的庄稼一茬一茬。有一回开完了庭，晚上八点钟，司机把他们从派出法庭拉回来，他在办公室换衣服，月光明晃晃，如一把刀锋沿着隔壁的高墙削过来。门没锁，大楼里一片漆黑的静默。孙彤走入这片静默，毛茸茸地坐在他的办公桌上。她说，唐庭长，明天的材料准备好了。唐东坡说，哦，我还没换完衣服。你先放那儿吧，你住哪儿？孙彤就站起来了，两只胳膊拉开，兜成一个网，把他圈里面了。

　　天变冷了，唐东坡冻透了，站起身来往回走。唐本草早上床了，孙彤在黑暗的客厅坐着，唐东坡明白，孙彤终究要给他发射一个千钧重的炮弹，让他溃散。那么，就是现在了。唐东坡轻手轻脚地挪进来坐一边。两个人分踞沙发两侧，像坐落两个山头。唐东坡说，孩子睡了吗？孙彤说，睡不睡反正你也没管过。唐东坡看了看墙上挂钟，两个人互相吞着沉闷。

　　唐东坡说，你累了，离了婚你会更累，你怎么生活？

　　孙彤说，不用你管，我甘愿。

唐东坡嘴里有些苦麻麻的，他斜过身子，从桌上拿了一只小猪佩奇包装的糖，剥了放嘴里，甜得没滋味。他想起孙彤上一回说她甘愿的这句话。他们在办公室地板上，他满头大汗，像一道光笼在她身上。完事后，找出一包茶味纸巾，两个人擦。满屋子又甜又腥的气味儿紧裹着两人。孙彤钻进唐东坡怀里，他看到自己多层褶皱的肚子被孙彤的小手安抚。唐东坡说，我送你回家。他们一前一后，他看她进了家门。然后他折回办公室把房间收拾好，敞开窗户。主要是收拾那种近似于年轻人放纵的气息。第二天他们如常开庭、调查、调解。在办公室撰写文书时，他拿起茶味纸巾擦汗，又闻到了那个味道，他概括为那是年轻女人的柔肠。是年轻女人的柔肠给了他一种从尾巴根升起来的力量，他一个鳏夫，得以在这段尾巴骨上生肉发筋。

唐东坡坐到孙彤旁边，试图搂她。孙彤把肩膀一甩，两个人硬邦邦地坐着。唐东坡说，周末带你们散散心去。孙彤说，我不想去。唐东坡脸沉了一沉，干吗呀，值得吗？孙彤说，我累了。唐东坡绞着手说，别闹了，咱们还没走到离婚那一步，我又没做错什么。孙彤说，我就瞧不上你这一点，你觉得只要双方都没错，就该捆绑一辈子，不是这样的。唐东坡说，可我真没做错什么。孙彤说，怎么还是错不错，没有错。你没错我也没错。唐东坡说，那什么出了错？孙彤说，婚姻有错。唐东坡不说话了，反正他受了她许多的气，该撒。但一个撒，一个受，这气却依旧消化不良。在两个人相互之间形成了一层淡漠的、薄薄的屏障。

客厅暖黄色的吊灯笼着孙彤，像是把她关在一个金色巨型罩里。孙彤说，你还记得有一回一个案子，那女的跟疯了似的大呼小叫在地上打滚非要离婚吗？我当时特别不明白为什么，没出轨没贫贱没暴力干吗要好好一桩婚不过了呢，那女人说，我就像装进一个盒子里。

当时我的背毛茸茸地像爬了一层鸡皮疙瘩。我到现在想起来都是这种感觉，有些人活着，但她已经死了。我现在就在盒子里。

唐东坡说，什么案子，什么盒子，我怎么没印象？

孙彤深深看了他一眼，说，算了，你再不写协议书，我就去法院起诉去，都是你同事，你看着办吧。

孙彤进屋了，那个背影像是跋涉泥路似的，一步一步慢得很。唐东坡坐到书房里，给孩子遗弃的大头娃娃绊了一跤。他找出一张信纸，开始写：

> 唐东坡，男，汉族，1975 年 10 月 10 日生，住址：童安镇丰城路 183 号。身份证号：××××××197 51010×××。

又写孙彤的详细信息：

> 男方与女方认识后，于 2012 年 5 月 11 日在童安市丰城区民政局登记结婚，婚后于 2013 年 6 月 9 日育有一女，名唐本草。因女方提出对婚姻形式和婚姻内容的厌倦，男方虽不认可，但无可奈何，现经夫妻双方协商，达成不一致意见。签订离婚协议如下：一、男女双方自愿离婚。二、子女抚养、抚养费及探望权……

台灯猛然闭了。有一瞬间，他以为自己瞎了。他向上直冲起来，把椅子带倒了。又猛地原地蹲下，抱住头，这时候黑暗慢慢显形了，唐本草的夜光表咔咔走针。他才意识到：停电了。似乎前几天孙彤说过小区计划停电，说起这事在说离婚之前。怎么就说到了离婚呢？女人真是没头没脑没计划性。他和衣躺下来，沿着自己的影子。地板硌着他的后背，他想，原来是这样的感觉，当孙彤躺在地上就是这种感觉。一种任人摆布，一无所有又心甘情愿的感觉。

第二天匆忙开了六个庭，头昏脑涨爬下审判席，累得不想说话了。

助理说，今天您快把法槌敲断了，双方还这么闹，该判他们个扰乱法庭秩序罪。唐庭长，天天是这些事，出轨、家暴、冷战、性格不合，我都不想结婚了，我这属于工伤！

唐东坡愣愣地开口说，你比别人透彻，知道怎么规避，相当于扫雷专家，怎么还会踩雷呢？

信访常客坐在他沙发上，那人走时说，唐庭长，我就是不服，我跟你说说话心里敞亮点。全世界女人都造反了吗？怎么开始流行起了离婚？我反对！我抗议！唐东坡哑着嗓子说，你反对你抗议你去上诉，上诉不成还能申请再审，再审之前还会给你联调联解，放心，通往离婚的路不止一条。

孙彤拉着他去民政局协议离婚。工作人员说，冷静期三十天。这三十天，你们俩都冷静冷静，这期间不办离婚手续；冷静过了，你们要坚持想离，就抓紧来，别拖，再给你们三十天办证期限。要是三十天内不办，可就视为撤回离婚申请了。

孙彤说，是不是你搞的鬼？

唐东坡说这是《民法典》规定的。老天都说不该离，伦理说不该离，法律说不该离。

孙彤说，我现在就很冷静，我说了我该离。

唐东坡说，我们又没什么大问题。是不是因为我，他咽了口吐沫，是因为我老了吗？

孙彤说，不是年龄问题，不是其他问题。就是厌倦，厌倦就是大问题，法律解决不了，伦理解决不了，老天也解决不了。

冷静期一个月。唐东坡把截止时间写在日历表上，跟他的开庭日期密密麻麻地列在一起。对桌把跟当事人打电话叫"话疗"，这会儿，他又"话疗"上了：对，你们俩又不是什么大事，夫妻之间互相体谅行吗？多想想对方的好。婚姻一场就像一块划船呢，生命共同体，她不划了你就得下力，何必呢，跟谁结婚都一样的，这个的毛病那个没有，但那个有的毛病这个也没有，对对，对。你考虑考虑。话语不是说给他的，但现在他是磁石，关于婚姻的一切都真正冲着他来了。助理敲门进来说，唐庭长，1913号得抓紧出了，两个当事人都找好下家了，等着离婚判决就去领结婚证了。唐东坡写好了文书发给助理。他分层的肚皮往上涌出一股又一股的恍惚：离婚就这样吗？签个协议或者一份判决，证件一分为二，两个人彼此粘连、盘根错节，都分离、扒开，各归各的家庭，各归各的人，就这样吗？

很快，到那天了，这一个月孙彤跟没事人似的，该怎样怎样。夜里还并排睡在一起。两个人俩被窝，两张脊背跟书立似的与床保持垂直，彼此平行。唐东坡很久没有感觉到身边这个女人了。他在日常婚姻的惯性中下垂着，一如他柔软的下体。他伸出胳膊，把睡梦中的孙彤搂到怀里，她皮肤摸起来糙熟而非生滑。她的肚子贴近床的一边耷下来。他突然发现她也老了，他连她老了也没有注意到。

唐东坡不是没跟踪过她，发现她的生活不过"超市—学校—家"三点一线。这"三点一线"是属于他的，不该属于别的人。可耻啊，"被"离婚，太可耻了，同事会怎么想？他还再怎么去重新经营一段婚姻？他已经习惯了日常，这日常就是他宝贵的躲避屋。他怎么能离开这桩婚呢？而且离了后，难道就好找吗？他凭什么呢？金钱与地位都不曾沾染过他，倒是颈椎病、腰椎病、脂肪肝、高血压一样儿不少，谁会愿意收拾一个残局呢？

他不能离婚，他就是不能。

康德认为婚姻关系是性的共同体，是契约。黑格尔认为婚姻是精神的统一。马克思表示从人类杂乱性交关系到血缘婚姻、对偶婚姻等，都不是以爱情为基础的，而是以方便和需要为基础。恩格斯说，与阶级社会同步产生的一夫一妻制，不是以自然条件为基础而是以经济条件为基础的，它是适应私有财产的集中和继承经济需要而产生的。亚当说，你是我的骨中骨，肉中肉。

废话。唐东坡考虑，他是婚姻专家呀，多少婚姻从他眼底下滑过去，他当然知道。再说了，前妻走前，还说他是个好男人呢。一个盖棺论定为好女人的人评定他为好，他怎么可能不称职？适应一场婚姻就像适应一种生活。他才学会了跟比自己年轻的妻子生活，如今要重启就是把前半生再一次轰隆隆碾压过去。他难道要像那只死去的猫吗？像那个死去的同学？屎尿失禁……

书记员跑来说，1899 号裁定驳回，1878 号呢？

1878 号怎么了？

1878 号男方要求离婚，女方不同意。夫妻关系显著破裂了，女方总算松口，结果男方家里变故，那男的认为他一无所有了，在家喝农药了，这不刚洗胃回来，身子不行了。已经给他申请诉讼费减免和司法救助了。太可怜了，去他家门口，屎尿失禁，一进去全是大粪味儿。

所以必须有婚姻，婚姻——是人跟社会的链接。不能没有，不是女人不能没有，时代变了，是孤独逼迫得人不得不有。唐东坡头点着床板，他想起那只死无葬身之地的猫，他不要变成那只沉溺屎尿的猫，他不要在没人知道的地方无声无息地死掉。他已经四五十岁了，跟这个世界的缔结越来越少了，他要拼命抓住他的婚姻，这是他最擅长的东西。窗外一只猫踱着步，往里探头。

是他而不是猫弹跳起来，他感到自己身体僵硬得很，看见了吗？他指着猫，眼睛惊恐地看着对桌，看见了吗？一只猫。对桌说，没有啊，唐东坡站起来，来回踱步，步子也开始像那只猫，他将自己并不多的头发，往后捋。直到对桌放下电话说，怎么了你？他探过身子问他，你明白吗？那些人为什么结婚，为什么离婚？对桌新婚四年，还不痛不痒呢，说，你咋了，开庭开晕了？咱们不就是搞这个的吗？唐东坡缓慢而持续地摇头，直到对方把他的脸扳正，看着他说，喂，受刺激了？

他有整整两天庭审不正常，书记员和助理也说不出什么，他也是在按照庭审提纲说话，但是说得相当不对劲，像一个体验派演员，声嘶力竭地跟着当事人一起回忆婚姻。一场庭审下来，往往延长个把小时，他反复质问，你们为什么闹离婚，有什么好离婚的呢。他平时不这样。庭长找到唐东坡，庭长还年轻，正处在上升期，声音里有的是洪润的气势和从容的风度。庭长说，老唐你今年办了一百多个案子了吧，歇歇吧，回家放松放松，不是还没休假吗？把假休了，调整调整。唐东坡说，我不需要调整，我现在看得很透。庭长拍着他肩膀的手减慢两拍。唐东坡说，我对婚姻的本质看得很透，真的真的，我可以避免的。我能避免许多不该走的路。

他比平时更早地坐在家里。他看见孙彤扒着蒜皮。本草进屋"学习"前看了他一眼，女儿望着他的眼神，似乎他是刚刚长出来的一颗陌生的毒蘑菇。瞧呀！她们已经开始跟他疏远了！

唐东坡哆嗦着攥紧了裤子，温吞吞地说，我不想死。孙彤说，谁也没要你死呀！你怎么听不懂人话呢。唐东坡说，我不是养不了你，我又没有出轨，我没有家暴，该规避的我一样儿不少地规避了，我不同意离婚。你很快就会明白了，我们俩又不是什么大事，夫妻之间互相体谅行吗？多想想对方的好。婚姻一场就像一块划船呢，生命共同体，我不划了你就得下力，何必呢，跟谁结婚都一样的，这个的毛病那个没有，但那个有的毛病这个也没有，对，你考虑考虑。

孙彤没理他，他站起来，像站在庭审上，你考虑考虑吧，他挥舞着手，俯视着孙彤，孙彤说够了够了，你疯了。唐东坡又站上了餐桌，他说，孙彤女士，你好，请你陈述，到底为什么要离婚。

孙彤站起来，一只脚压着另一只，她看看女儿的房间，走过去把房门关上。她说你下来，唐东坡不理她，这是他的权利，只要他站在高处他就能看到远处。

孙彤上去扳他的脚，害得他只好趴下。他看着孙彤的背影，说，为什么要离婚，我懂婚姻的呀，我比任何人都懂。而我们俩又不是什么大事，夫妻之间互相体谅行吗？多想想对方的好。婚姻一场就像一块划船呢，生命共同体，我不划了你就得下力，何必呢，跟谁结婚都一样的，这个的毛病那个没有，但那个有的毛病这个也没有。孙彤说，你大概是疯了。你知道你在说什么吗？

唐东坡抓着自己的头发，我没疯，你疯了。

孙彤说，你疯了，要不就是你搞的什么猫腻，你真让我恶心！

唐东坡看着她，就像她也是刚刚从这里生根发芽立起来。他说，好啊，你不是想离婚吗？我就是不同意。

三十天刚满，一大早，孙彤把孩子送到了学校，身穿窖藏衣柜底的旗袍，脸上也搽了粉，像去结婚似的，拉了拉唐东坡，走啊，签协议去。

唐东坡看了她一眼，今天没空，今天有庭。闹呢，三个离婚案呢。

孙彤说，得，自己的离婚不上心，倒挺上心别人离婚的。

唐东坡说，你知道的，这是我的手艺，还得糊口，没事，不还一个月呢。

第二天，唐东坡把几件换洗衣裤装进行李箱，假说要出个远差。以前也不是没出过差，孙彤大意了。唐东坡就住进了那间办公室。一住就是半个多月。孙彤反应过来了，打电话给他，他以"在车上呢，不方便""正忙呢，回头说"搪塞，数着日子，挨刀似的，总算快挨过了。那天，孙彤跑到他单位了。他开完庭正灰头土脸往办公室拱。对桌已经伺候她坐在了他的沙发上。她看着他，忍而不发的愠怒已经撑在脸上了，像气球爆破前的张致。他看见她从桌底踢出来了行李箱，没扣上的箱盖翻出了牙刷拖鞋内衣等私物。

你到底什么意思？躲我？

我刚回来，唐东坡挂起法袍，给自己倒了杯水，我很忙，我真的没空。

你这个月"格外"忙。她说。

我这个月的确格外忙。唐东坡看了看窗外，那只猫不见了。

孙彤说，今天最后一天，你还想躲！你跟我走，我们怎么也得把协议签了！

唐东坡说，你等会儿我，我外面有个信访老户，你等我跟他把话说完。

那个信访户不是一天两天可以解决的。现在只是一下午。唐东坡引他去调解室坐好，对方扒着他胳膊，开始琐碎又絮叨的漫长控诉，他闻到他口齿里酸涩的气味，那是陈年累月对婚姻的无望。孙彤在门外张牙舞爪时，隔着玻璃，唐东坡微笑。门锁了，她打不开。现在，民政局下班了——他的离婚申请撤销了。

他扳过孙彤的背，想跟她再一次"亲密亲密"。孙彤眉头皱着，起开。唐东坡说，凭什么，我们还没离婚。孙彤说，婚内强奸，你小心我告你！

唐东坡觉得自己被推上绝路了，绝处逢生，意识里好像有一个阀门开了，在阀门外，木讷、清高和孤僻都成了不堪一击的面具，露出狡猾、市侩和思虑深重的内壳。他指着孙彤的鼻子，我告诉你，跟我离婚没有好处的。你想要孩子对吧？我告诉你，你没有收入来源，离婚的话，你可要不着孩子！

孙彤说，你不要把我想得那么浅薄，我尊重孩子的意愿。

唐东坡咬着牙，那你是想分割财产吗？我告诉你——咱们没有什么财产，除了房贷。

孙彤说，你不用吓唬我。你也不用找问题，有时候就是没有什么问题，有时候就是一个女人厌倦了一个男人，不需要什么理由。男人不是很容易厌倦女人吗？难道女人就不能厌倦男人了？

唐东坡说，世界上不存在没有理由的厌倦。

孙彤说，那我要让你知道世界上到底有没有。对了，我准备提交起诉状。

唐东坡说，我不同意，我未重婚或跟别人有不正当关系，从来没打过你虐待你，我不抽烟不喝酒无不良恶习，我们婚姻没有破裂，我对你还有感情。综上所述，裁定驳回你的离婚请求！

孙彤呸了一口，吐在他西裤上，无耻！

他去客厅抽根烟，在沉重中感到一种轻松，好像壁虎断掉了自己的一截尾巴。原先的自尊都轻松成为泥汤里的泡泡。为了不孤独死去，他都做了什么啊！人堕落真是容易得很，像是顺杆溜溜地往下滑。

这时候，唐本草从屋里冒了一个头。那一瞬间，他收回了笑，一种痛在他下滑的过程中，木刺样儿扎了他一下，全身的血液背离了他下滑的方向，往上爬。

　　　　　　　　　　　　　　冷静期　|

他走过去，看见孙彤给孩子戴的听英语音频的耳机掉落在地，他捡起来吹了吹，又塞进本草的耳朵里。蹲下来搂紧她。要是离婚了，他保不准本草会不会跟他。即便跟着他，他又怎么照顾好她？难道给她找一个后妈吗？他该怎么再去费尽心力迎合一个女人？就算他能够迎合，可是，他怎么能确保他不会再次"被离婚"，假设，他再次"被离婚"，那么他一定无法再重蹈覆辙，他会像那个独居的老同学那样——他可不想用电话线。也许，不用再次离婚，他就会自行了断。

　　有一天，他会被散发着牛皮纸味道的厚厚的卷宗掩埋，最后一份离婚判决书就是他的墓志铭。

　　他让唐本草上床睡了觉。自己进了屋，看着孙彤，一种冲动想狠狠揍她，一种冲动想跪下来求她。他坐立不安中还存着一丝侥幸，幻想某日醒来，他和孙彤，依旧彼时一样——同天底下所有老夫老妻一样——虽各看各的手机，但能待在一个空间，任凭空气在四周搅动，一种宁静感弥漫着。他就喜欢这弥漫。现在，弥漫没有了。他们在婚姻中独自飘零。

　　漆黑中，他聆听孙彤的呼吸声，这是结婚以来他第一次发现对方的呼吸声。那些呼吸声像海涛，攀上海岸线，呼呼呼——然后是轻轻的呵呵呵。越来越规律。此时此刻正酣睡着多少重启人生的人，也惊醒着多少被生活推上枪膛的人。唐东坡搓着脸，直到整个脸都扭曲在巴掌里，他忽然手撑床沿一把越过去，越到孙彤身边，掀开她的被子。

　　啊——干什么！孙彤差点掉下床，她攀着床沿。

　　他紧紧吸了一口气，吸到整个胸腔鼓起来，几乎是轻轻地将那口气运出来，上牙咬紧了些微痉挛的嘴唇，话是从唇齿间窜出来：非离婚不可吗？什么理由呢？

　　她把屁股挪到床边，抱紧了膝盖，一字一顿，没有理由。

他问，我的原因吗？

不是谁的原因，唉，什么原因都有，林林总总的，我说不清楚。

他低三下四地，他原先可从没这么低三下四过，他跪下来，头磕在床板，眼泪鼻涕胡乱擦着，别胡闹了，你回来，我既往不咎。

孙彤说，你别这样，老唐。

你到底怎么了？唐东坡说，我没做错什么。孙彤不耐烦起来，别说了，别归因了，很多事情是没有因果关系的，我就是想离婚。我看到你就很烦，你的呼噜声很响，很烦。你穿衣服很古板我很烦，你吃饭会嚼饭粒哗啦哗啦的，很烦，你袜子在屋子里这一双那一双，很烦，你还总是提起婚姻、掺和别人婚姻头头是道，看见你那个样儿，很烦！

毁了。他想，他一直以来的幻想、狂妄、失落，此刻正如黄昏后的沙滩，被她的话语冲刷得干干净净，他变成了一片贫瘠而寂寞的沙漠。窗外的月亮异常明亮，楼宇间的起重机嗡嗡地抬起放下，将月光一把一把地抢过来，唐东坡想哭，他紧咬住下牙，你别说了，我就是不同意！

孙彤说，从明天开始，我要跟你分居。我还能好心和你说话，已经很仁慈了。你不要逼我。

唐东坡说，你以为两年分居就能吓唬我？我不怕。你能去哪儿？

孙彤拿了唐本草散落地上的粉笔，从卧室走到房门，从房门画线一直到两间卧室中间。

唐东坡说，好，你不怕，那我拖死你！

他们分居，在同一个屋的不同房间，本草单数跟唐东坡睡，双数找妈妈。有回，唐本草问，爸爸，你们俩是要离婚吗？唐东坡说，谁说的？你妈胡诌八扯。他搂住孩子，你妈不要你爸了，你妈是不是很坏！唐本草噘小嘴，摇着头。唐东坡叹口气，爸爸都老了，要是你跟着妈妈，以后可就见不到爸爸了。他等着这句话在孩子身上起到效果，结果作用只是唐本草呼呼睡着了。小孩子还真是无思无虑。

他料定孙彤无处可去，她娘家早就把她当泼出的水了。但没想到孙彤打的是万无一失之仗。为了证明确实“分居”，孙彤在房间里装了摄像头，为了留住被唐东坡拿小孩弹弓打烂的第三只摄像头，她隐藏了摄像头，唐东坡徒劳找了几天都没找到。与此同时，她还换了 B 级房间锁，还给自己找了超市销售的活儿干，那超市的塑料袋在家里越堆越多。

唐东坡依旧在办他的离婚案子。昏天暗地已经过去，他现在变得有计划、有手段。这么多年来，他一直觉得自己不屑与俗世和琐碎为伍。但这段时间他那自尊总隐隐发痛，好像一直在给谁拨弄着。自尊这个东西，你将它用清高喂饱了，它却越来越脆弱，越来越敏锐，时时要伸长尖尖扎刺自己。你最好是不要它了，扔掉它，像把阑尾切除，才能痛快地活。

孙彤鬼，他也很鬼。有一天孙彤陪客户喝了酒，回来在客厅里哭。孩子还没放学，唐东坡凑上前去，软言相劝，继而两个人就轻车熟路来了一回。他们隐忍地滚到地上，孙彤洗过的头发散发着幽香，他就在香味中勃起，壮大，然后奔到山顶，像太阳一样喷发，而孙彤就是迎接太阳的山谷，他是跌落的太阳，她承接着，孙彤轻微地叹息，他简直爱这叹息，叹得甜蜜又忧伤，好像山谷深夜的回声。现在——他又听到了叹息声——然后孙彤站起来，掩上内衣，进屋，关门。

第二天，唐东坡就请人拆掉了孙彤的 B 级锁。

孙彤回来喊，你干什么！唐东坡说，一起过呀。孙彤说，请你滚蛋，滚出去！

唐东坡说，好吧，不过你的"两年"可能又要重新起算了。你最好是坚强一点，因为要是你再有任何"闪失"，我们还是要一起过日子的。

孙彤说，你太无耻了！你连昨天那样的事情都计算在内。你真是伤敌一千自损八百啊。唐东坡说，哦，跟你学的。孙彤气得把门关了，狠狠夹住了扒在门缝上唐东坡的手——他到医院，包扎了，一周才好，那一周，他的裁判文书全靠智能语音输入。

对桌打听他怎么了。唐东坡说，噢，骑自行车摔的。他已经学会控制自己了，他不能疯，因为疯狂的人是弱者。他要做强者。首先，先要打赢自己的婚姻持久战。

另外的一天，孙彤快活地在客厅转悠。唐东坡说有什么好事？孙彤说，我买车了。唐东坡拔起屁股，手啪地拍在桌子上，哪儿来的钱？

孙彤把唐本草的玩具收拾到筐里，头也不抬，我也告诉你吧，你不是不想离婚吗？你再不离婚，你就欠一屁股债了。你猜怎么着？这两个月我跟我表弟借了钱买了车。我还给咱家买了各种各样的保险，你猜怎么着——都是用于夫妻共同生活支出。我告诉你，你再不同意，我能一个月让你背上一身负债，你拖我多久，我让你多付出多少！你不是攒着你老妈的治病钱嘛，我告诉你，我都给你祸祸了。

唐东坡愣在那儿，只是一分钟。他反应过来——我 × 你的。他上前三个巴掌精准地响起，孙彤身子一歪，撞倒了台灯，脸红肿着。她披头散发，压低了声儿诡异地笑，阴森森地，似乎冷风从牙缝里流泻。她说，好啊，家暴，来啊，你打我虐待我，快来啊，再打我呀！

她的笑声低垂在房间里。唐东坡往后退，你没有证据！我告诉你，这种程度不会留下任何证据。

孙彤拔起那盏台灯，上前一跨，跳起来咣当咣当用台灯座连敲唐东坡头，你不是不要离婚吗？那我打你是可以了？我"虐待"你是可以了？她一面敲一面气势汹汹，唐东坡拼命抓了她的手，往下一扯，把她摁在地上。两个人就在地面上无声搏斗。曾经同一个地方，两个人是那样焦灼和热烈，今天，同样的焦灼和热烈，而两种搏斗是那么背道而驰。

终于，空气停止了，一切都是冰冷冰冷的，一切都是热气腾腾的，他的手从热乎乎变得冰凉凉，他放开了她。房间从静止走向静止。轰隆一声，对面老楼最后一栋主体建筑终于隆隆倒塌了，如庞然大物被拦腰斩断，哐当一声跪在地上。

三、现场

于是就到了那一天。那时，两个人从热战转向冷战，从地下转到地上。

唐本草的同学跟着她来家做作业。孙彤尽职张罗了一桌。唐东坡给孩子夹菜。两个人跟两个孩子对坐，筷子嗒嗒响碰。唐东坡问话女孩。孙彤再问话。唐本草和同学叽叽喳喳，再分别回答她爸妈的话。碗筷磕碰的响声大得骇人。吃完饭，总要送人家回去的，孙彤就取了车钥匙，出门的时候，后来，唐东坡觉得，那一刻是鬼使神差——唐本草扒着门框看他，爸爸，你要不要一块？小轿车可舒服了。

他是第一次见这辆"共同债务"。真是开了眼，一辆二手宝马。孙彤坐进驾驶室，把同学送回家后，唐本草喊，妈妈我要兜风。

孙彤说，别吵，天都黑了。唐东坡看了一眼后视镜，回头喊唐本草，你怎么不系安全带？唐本草嘟嘟囔囔不情不愿系了。手又伸出窗外抓风。

风很大，呼哧呼哧打着唐本草的手。孙彤低声说，你是个男人就跟我离婚。唐东坡说，今儿不是兜风吗？本草还在后面呢！孙彤说，孩子不是傻子，她也有朋友，今天来的那小朋友也是单亲妈妈带着。她们都懂。

唐东坡沉默片刻，然后说，哦，就是因为这个所以请她来，就为了知会我一声，别拿孩子做幌子。

孙彤看后视镜顺便看他一眼，对，算你聪明。

唐东坡说，你还是起诉呗。孙彤说，我知道你搞的什么，你答应得好好的，到了庭上，就装受害者……

唐东坡说，我还用"装"吗？孙彤说，你躲开点，我看不见后视镜。

唐东坡往后仰仰身子，觉得嘴里一阵苦味。孙彤说，我就烦你这个磨叽，真烦，真不男人，有什么不能离的呢，你非拽着我干吗？唐东坡说，行啊，你不就是想离吗，我告诉你我也欠钱了。我欠得可比你多。要是离婚了，你可能也得还不少。共同债务的法条我比你清楚！

孙彤哐当一声踩了刹车。唐东坡往前一荡，干吗！

孙彤说，你厉害，人不要脸了就厉害了。你就是法律渣子，我就这么跟你说吧，你要是明天不跟我去离婚，我就一头撞到前面那栏杆，你看见没？你不让我好过，我也不给你好过。

前面是一架长长的天桥。路上车灯漂浮着，风呼呼刮，车辆稀少。她说完，车身发起抖来。唐东坡说，孙彤，你到底干吗？你玩命是吧？孩子还在呢！孙彤说，你说，离不离！

不离！死就死去！

后座的唐本草像是给掐住了似的哇地哭起来。

唐东坡望了望后面，唐本草浑身颤抖，抓住安全带。唐东坡
说，没事，你没事吧？孙彤也只来得及说了句：没事。然后孙彤
解开唐本草的安全带，把她从后座上拉过来，搂在一起。烟漫进
来了，唐本草的裙子挂住了驾驶座。唐东坡的所有理智只供他哆
哆嗦嗦地打119。但他们够快吗？

孙彤疯了似的，非要把裙子扯出来，拔起了头枕，露出两根
银晃晃的金属架。唐东坡扔了电话（"喂喂！不要惊慌！我们马
上就到！"），抓了头枕的金属架，狠狠地击打车窗。一下，又一下。

一边锤，一边喊：你这个婊子×的，你妈的个×的，傻×
傻×……

火光把黑暗撕开一道口子。他们从窗户爬出来，他把本草抱
到更远的地方。他让她抱紧护栏。火越烧越大，车轮噼啪爆炸，
黑暗里像鬼火似的粼粼闪着。风把烟撩得越来越猖狂，孙彤动不
了了，她的腿被窗玻璃划破又深又长的口子，目瞪口呆地望着蹿
升的火苗。唐东坡拖住她，往后拽。风斜扑起来，一阵红浪舔着
地，孙彤扯着唐东坡的胳膊像是僵死了。

他们一家人终于偎在一起，他们全神贯注地凝望那辆车，望
着这只钢铁巨兽在短短十几秒凶猛燃烧，火苗越来越旺，像一个
差点降临到他们身上，踩着他们身体跳舞的魔鬼。

再望过去——前面的高楼大厦里，万家灯火有着那么平凡的
宁静，那么琐碎的温馨。火光跟无数路灯跳跃在无数人一如既往
的夜晚，还以为自己也是这平凡而琐碎的万家灯火的一部分。

四、一个月后

那是一个刮风的天气。唐东坡坐车里仔细看着路。助理碎嘴

说，唐庭长，俩消息——好消息是咱这个月结案数冲第一了；坏消息是上个月咱才结了二十三件，结案均衡度要完蛋！

唐东坡心不在焉，得，怪我喽。他没来得及换制服，上午有个调查取证，他算顺道过来。他望了一眼民政局的大楼，把案卷丢到助理腿上，我就在这儿下吧。

助理说，得，我嘴里又起泡了。唐庭长，我这职业病太多了，再这么搞，我真没时间找媳妇了。我现在都领养上野猫了。

唐东坡说，是窗户外头那只猫？我说老久不见了。扶着车门，他又说，你呀，小子，知道婚姻是什么吗？

助理笑嘻嘻地，嘻，天天见猪跑，早晚进猪圈。养一堆猪崽，再娶个猪八戒！我回去整卷去啦，唐庭长，咱们第一呀！

唐东坡看着孙彤拉着唐本草的手从公交车上走下来，他们一块进了大楼，过会儿，又一块出来。

孙彤把证塞进挎包，说，你还那么忙？敬业啊。唐东坡笑笑，他抱起唐本草，亲了她的脸，冰凉凉的，怪可人的。孙彤说，别这样，又不是不见了。唐东坡一本正经地对唐本草说，爸爸还是爸爸，妈妈还是妈妈。

孙彤问，你一会儿干吗去？

唐东坡说，回去开庭，给群众裁判到底婚该不该离。

风刮起来，似乎刮来了那天的焦煳味。他们走到了车站口。唐东坡放下唐本草，伸出手，要跟孙彤握握。她愣了一下，然后粲然一笑。

抱一抱吧。她说。

本文发表于《安徽文学》

2022 年第 7 期"金色书签"栏目

被《小说月报》2022 年中长篇专号 2 转载

暗　渠

柴春雨同学觉得可能一辈子也不会再见到刘润可同学了。

推土机和混凝土车在光明小区南北苑架竖起一道比人高的围墙时，柴春雨的不祥预感随之而来。当时，她问叶萍，那是干什么？叶萍拎着超市晚八点后半价卖的芹菜，没好气地说，那是怪物在地上割刀子，把有些人圈起来，把另一些人放出去。

她响亮地回答了一个"噢"，来满足她妈对她这个年纪的女孩错判误读——她们总以为，"事实"和"真相"就像一种微生物，只有会用显微镜的大人可以看到，孩子看不到。柴春雨撇撇嘴，她甚至知道她妈叶萍已经提前领到了"更年期"的入场券。这也是刘润可告诉给她的。刘润可是这样说的，她说我妈咪说了，你妈一个人操劳很辛苦，所以老得快，她准是更年期提前了，你少惹她生气。

柴春雨跟刘润可都是光明小区北门对街凤凰中学初二的学生。柴春雨跟叶萍住在光明小区南苑的三排房改房高耸入云的回迁楼里，刘润可一家则刚买下光明小区北苑的商业小高层一楼，还带大庭院。柴春雨从家里出门，往北走上百十米，在刘润可家门口等她。等她时，连十四岁的柴春雨也在感慨：明明一样的红砖灰漆，怎么派头这么不一样，这就让她想起叶萍第一次见到商业楼盘起来时说的那句感慨，她说：嗬，后面的，密密匝匝，都像是连体婴儿；前面的，宽宽敞敞，才像是优生优育。柴春雨就问妈妈，什么是优生优育？叶萍扑哧笑了，摸摸她的头，说她就是优生优育的。

柴春雨和刘润可牵着手一块上学，复又放学回家。别看上学和放学的道路并不长，距离与友情是一种复杂函数，两个女孩产生了某种奇妙的化学反应，具体来说就是分不开，上厕所都要牵手去，牵手回。而因为柴春雨跟刘润可好，一个人住的叶萍就不得不认识阔太太黎敏芝，为了孩子好，原来素不相识的大人就得好。

叶萍第一次去黎敏芝的家，是因为加班太晚。她打电话到学校，话筒转到柴春雨耳边：春雨，妈妈要加班。柴春雨说，怎么又加班呢。对着柴春雨作怪的刘润可不停眨眨眼。柴春雨于是撇了嘴说，可我怎么办呀。电话那头也着急，说，让老师再多带你一会儿行吗？或者你先自己回家？柴春雨嚷嚷地说，好吧。说完了好吧之后，刘润可灵活地扯过电话线，对着话筒脆生生地喊：阿姨，让春雨上我家去吧，我俩一块写作业。我是润可，刘润可。我们在北苑 32 单元 101！

32 单元自然就是豪华的商业楼盘了。原先光明小区不是小区，是一片环山路边上的连堆瓦房，尖顶的房子攀满爬山虎，墙垣衰败、殷红，似乎是土地皮肤上拱起的血痂和疮疤。在城市轰隆隆一刻不停地将土地平整起来、硬化起来时，这块疮疤就越显得落后、守旧、面目可憎了。考察团天天造访，最终总算有人接手了。从住户、钉子户铲平，到移户上楼，总共没超过一年时间。解决了房改房，剩下的就是慢工出细活的商业楼盘。广告做足了，公交车拉着巨幅的人间盛景全城跑。据说，盖完了一期就已经回本了。二期三期更是精品工程，罕见的南北通透小高层。但是居民们也发现了一个问题：回迁楼价格是商业楼房的三分之一。过去也都还说得过去，但现在，凤凰中学改址到了光明小区北门，北苑把车库建在地下，地面绿化面积庞大，亭台阁宇景景别致，跟南苑紧仄仄、光溜溜，车都停不下，只有一根五米多高的通讯基站塔伪装成冬青耸立，道路遍地是井盖和下水道，天然地划出了天堂和地狱。南苑居民们虽然有南门，但南门面朝一座秃山，秃山上还有堆起的坟冢，夜里不是荒郊野岭之感，就是百鬼众魅之骇，交通又不畅，所以南苑居民也都习惯了穿过精致漂亮的绿化场地，抵达北门，从北门出来，享受便利的居住环境：商业街、购物广场、学校和地铁。

叶萍穿过地狱去天堂造访。楼道门是红柚大木门，漆得光亮，楼梯是纹面大理石，扶手是实木精雕，心里暗叹，开发商真是一定要把差距扯得巨大。指纹锁把她挡在外面。一会儿，门开了一条缝，澄明的光就闪身出来。一个烫着短发的年轻女人笑着把她让进去。叶萍心里一紧，浑身的拘谨上来了，耳朵先红了。到屋里，给整个红木配真皮家具构建的磅礴架势欺了生。她惶惶然站着。一个大得像洗澡盆的枝形吊灯快垂到了脸上面。曲屏电视似乎从一间屋伸到另一间屋那么长——正直播化妆品广告，屏幕上精致妆容的女人脸被拉伸成了俩那么大。从幽深看不见底的里屋传来女孩们的笑声。叶萍把在公司楼下临时买来的鸡蛋搁到那张黑油面不知材质但知昂贵的桌上，自觉不匹配，脸又臊红了些。年轻女人穿着缎子面的睡衣，举动里都是一股慵懒的优雅。或许，慵懒本身就容易被误认为优雅？

快坐，女人指了指红木单人椅，说，我姓黎，黎敏芝。润可在家天天春雨长春雨短的。

叶萍把半个屁股贴在座位上，想不明白为什么有人会喜欢坐这种硬硬的材质，道，我在家也是常听春雨提起润可。她不能止住自己环视这个房间和这个缎面女人的冲动。孩子们的笑声从里屋像扑过来的一阵一阵的浪。

常来玩！等送她们走时，黎敏芝穿着那身缎子面睡衣在楼上落地窗前摇手。

穿过整洁到仿佛量尺而裁的大草坪，穿过曲径通幽的连廊，连廊上的木槿花和紫藤熏得人浑身燥热。穿过假山与物业努力营造的小桥流水情调。柴春雨边跳着边说，刘润可家多好多好多好——孩子的词语就是贫乏得可怜。又说刘润可她妈也快四十了，那么年轻那么好看——叶萍抬起头来说，怎么也快四十了，看不出。心里暗道，到底女人的青春是靠钱来延长的。

冒充绿化的塑料隔离围栏齐整整地竖了两排，把拆迁楼和商品楼隔开，仅一两米长的入口死里逃生。她穿过了南北苑的缺口，落回到真正属于她的人间：比如说横七竖八摆放的代步车，油腻腻挂了一层灰的电动车——这才是这里的主流，没人收拾的狗屄屄，往外翻腾臭味的垃圾桶。此外，还要小心脚底下一个个的窨井盖。再穿过水泥地面铁皮扶手的楼道，回到空无一人的家里，打开灯，小两室就一览无余。天还冷，房改房没有暖气，她拧开了三只小太阳电热气，那些暖融融的光，对于屋里巨大凝固的冷，显得力不从心。柴春雨随便收拾了明天的课本，就钻进了被窝里。叶萍也很快地洗掉了脸上的粉和嘴唇上的油彩，换上了一周没洗的睡衣裤，躺下时，才开始考虑：一个女人如果有钱或者有个有钱的丈夫，会不会过得比现在好一些？

每天早上，当叶萍骑着电动车去商场时，侧过头去，会正好看到正在院子里剪花的黎敏芝。她们有时招手，有时则点头示意，从而开始各自一天的生活。

刘润可的一天是从旺仔牛奶开始的，然后是各式各样的零食。柴春雨什么也没有，所以两个女孩就在桌洞里分享同一杯牛奶，吃同一包零食。柴春雨偶尔用刘润可的手机给喜欢的偶像拉票。这天她吃不下零食，上课时也总走神，语文老师在讲《桃花源记》，说古人发现了那样美如仙境之地。然后从黑板上转过身来，眼里弯弯地含着笑，问，桃花源到底什么样呢？同学里头，各种回答都有，有同学说就像是导游手册里我国西藏那样儿！有个男孩说就像游戏《仙境传说》里的场面……老师说，好，同学们，远的咱们过不去，就近的可以想一想，比如咱们学校对面的光明小区，就很不错——流水、假山、落红、曲径，营造的就是《桃花源记》里的意境。同学们下课时可以去看看。

中文就是这么伟大，几个词已经勾勒出了画面。然后刘润可举手，短发往耳后一甩，她说，就算是仙境，也只是北苑，南苑可算不上呢。这时候全班同学包括表情天真的陆老师都在看着她，她站起来，声音响响当当的：北苑有草坪、凉亭、紫藤花、锦鲤、山石还有穿着制服的门卫。但是南苑就只有光秃秃的硬化地面和下水管道，一下雨，那些管道里就冒出臭水来，太臭太臭啦……

说着太臭啦，刘润可真就蹙起了鼻子，把柔软的鼻梁都堆出了两道褶。那有形的臭味从她那里辐射到了班里的每位同学。他们一个个也辨识到了那臭味似的，低下头，鼻子用力地翕合。

柴春雨就很不高兴，她觉得南苑并没有那么不堪，但是她不高兴还在于马上日子就推到了刘润可的生日。年初她过生日时，刘润可送给她一只限量款的手表，小巧精致，说是她妈咪从香港买来的，没有关税。柴春雨不懂关税的具体意思，但知道一旦上到了"关"和"税"这两个规整又遥远的字面上，一定是意味着不容易获得，既然不容易获得，自然就尊贵。她收礼物时高兴，没考虑过回馈时的烦恼。她像雷达，搜寻家里好几天了，没发现什么"限量款"，更没发现"没有关税"的东西，就连"有关税"

的东西也没有发现一个。

她家堆满了叶萍从商场"拿"回来的印着"赠品"字样的生活用品：赠品化妆盒、赠品毛巾、赠品纸盒、赠品微波炉，有一天赠品微波炉把赠品陶瓷给崩炸了。所以柴春雨总结它们的整体特点就是：质量堪忧。而且"赠品"那两个字印得实在太大了，大过了正常商标应该有的分寸。她又不想跟叶萍提说要点钱买礼物，不说也不是因为懂事，而是不想听妈妈唠叨，别人妈妈唠叨都是唠叨孩子成绩，叶萍唠叨都是唠叨饭几块菜几块谁涨价了谁没涨，她能如数家珍。逢周五晚，娘儿俩横扫超市，一丝不苟地按叶萍列出的单子，买回一堆打折品——一准能用到下个周末。而叶萍总在柴春雨有良好表现时，才从超市的货架上拿下一本课外书作为奖励，但柴春雨也总能注意到：叶萍翻开了货架上所有课外书的背面——寻找一本价格过得去的。如果这时候，有售货员不失时机地从天而降，亲切又礼貌地问想要什么样的呀。叶萍就会非常局促，一定会选一个比她拿到的那本再多几块钱的。

柴春雨最终还是偷了叶萍放在钱包的一百块，给刘润可买了一只爱诗马的石英表。当时餐厅里装满了全班同学，气球和彩带过分声张地围绕在侧。刘润可歪着头，倚在她仪态万方的母亲面前。一位钢琴师应邀弹琴，而服务生穿梭在同学们身边倒饮料、送甜点。那只生日蛋糕——层层叠叠，每一层的奶油酱里都冒出一只美人鱼或者小公主，但它们共同凝视着蛋糕顶层的小糖人。小糖人是刘润可拉大提琴，做得惟妙惟肖。

柴春雨觉得，刘润可和她成长的一岁收割了太多的祝福和赞美，多到似乎挤占了别人的。她在角落里逮到正在拆礼物的刘润可，把经过层层包装的手表交给她。屏住呼吸，盯着刘润可的表情，刘润可翻过来翻过去，咬了咬指甲，最后轻声问：爱诗马是什么牌子？是不是仿冒的爱马仕呀。柴春雨着急道，爱诗马在超市里有柜台的呀，表带可是真皮的呢，我挑了很久。刘润可歪头想了想，然后戴上了，她说，你送我的就是好的。但是很快，在刘润可的手腕上那只爱诗马不见了——而叶萍果然发现自己少钱了，为此她花了一个晚上，把所有穿过而不管有没有洗过的衣服掏出了口袋：一个个摆在床上，很像是裤子、褂子都长出了两只轻盈的白色耳朵。

叶萍特别掌握了手机销售的一些门道，商场淡季裁掉了两个手机销售员，结果叶萍主动请缨，把两个人的活儿扛起来了。商场女经理说特别欣赏她的"要强和上进"，只有叶萍知道，她只是缺钱缺怕了。前阵子，老家有三个姊妹有事儿：一个孩子升高中、一个新房温居、一个婆家爹死了。她的工资打点打点，几乎都给了进去。倒也不是为了攀比，是为了尽管穷也不能让人觉得她们连这些钱都拿不起了。穷人更需要面子来贴己的呀。但每逢随钱，又都是柴春雨的好日子，她便能跟着叶萍去下馆子。可最近她吃了馆子的饭，说不香了，因为连馆子里的饭菜也没有刘润可家的好吃。她跟叶萍细数，刘润可家的饭菜，一顿饭有四样呢，四样有荤有素、搭配细腻。饭后就端上来了水果甜点，还有榴莲。榴莲哎。

叶萍说，榴莲又有什么了不起。四样菜也没有什么的，吃不完还浪费。

然后她们有一次逛超市，叶萍拿起了打折的榴莲，看了半天，叹口气，又放下了。还是买棒骨合算。棒骨回去煮，第一顿吃肉；第二顿炖白菜；第三顿，剔得干干净净的棒骨还能熬出一锅汤，叶萍坚信，骨头汤补钙。

加班有额外的补贴，唯一的坏处就是柴春雨不愿意一个人回家下面条凑合。自从去了刘润可家里一次，好像通关的门开了，适宜经常性到访。叶萍就得下了班先去黎敏芝家里接孩子。一周怎么也得有上一回。叶萍是这么打算的：多数时候她在门外等着，偶尔柴春雨待的时间长了，她就拎着东西上门——她已经发现了鲜花的妙用，既不寒碜也不昂贵。商场到了晚间，也会把鲜花处理掉，价格就很平易近人了。叶萍每次都要贴在鼻上让香味盘桓一会儿。借着那香味，勉励自己，还是奋斗要紧，奋斗了，就能奢靡地用上暖气，就能不看标签地吃上榴莲，就能果断地逃离南苑搬到北边来。

每一次见到黎敏芝，她都穿得那样讲究，浑身散发着比玫瑰好闻的香气，头发永远湿漉漉似的。有时候，黎敏芝会邀请叶萍一起吃饭，叶萍慌忙摆头说不用，黎敏芝就典雅地笑笑，说润可娇娃娃一个，原先没有朋友玩，现在幸好有春雨跟她玩。叶萍含糊答应着。两个人坐了一会儿，客厅里从四处逼过来的澄明灯光，巨大曲屏电视发出的眩光都在打量着叶萍的侵入。柴春雨会恋恋不舍地抱着作业本从屋里出来，里屋就传来了刘润可练习钢琴的声音，有时候是琵琶。唯一一次两个女人单独在一块，是柴春雨和刘润可做伴去图书馆了。叶萍刚给自己下完了面条，正准备就着超市里连包卖的海带丝下饭。电话响了，黎敏芝邀她过来。

等她看着黎敏芝把一小束鲜花插进了价值不菲的花瓶中，两个人从错落的花朵中面对面。叶萍脱口而出：你保养得实在好。

黎敏芝笑，好有什么用，一天也见不到老公几个时辰，又问，你什么情况呢？

叶萍便回忆了丈夫小柴开货车连续一天一夜没合眼，就那么打上了盹儿，活生生栽进了河里，车后面载着一百多头猪。猪在水里拼命地踢蹬，小柴惊醒，从驾驶室里往外扒出去，让群猪踹了下去，捞上来就不省事儿了，就给娘儿俩留了一套房子。黎敏芝脸颊有些抽搐，似乎为不知摆出一个什么样的表情而难堪，叶萍说，没事没事，都多少年前的事儿了。

黎敏芝放下水壶便问，怎么没再找呢？

叶萍低头看着自己鞋，袜子里好像有一个洞，导致周围都脱丝了。她把那只脚往后靠靠，她说，怎么没找呢——好像想找就能找到似的，毕竟带着孩子呢，凑合吧，怕孩子吃苦，找好的，人不愿意。她说完这话也想不到，黎敏芝竟然从她的真皮沙发上站起来，挪了几步，挨近她，搂住她的肩膀。她闻到一阵芬芳的香味儿从黎敏芝的后肩膀头蹿过来，雍容而汹涌。黎敏芝突然像个孩子似的，拿出手机来，说，你搞手机销售的，专业，帮我装一装软件。叶萍拿好了专业的架势，很快装好了手机，而黎敏芝操弄半天，终于脸红问道：叶萍，里面有录音或者追踪的软件吗？叶萍也是一愣，说干吗呀这是。黎敏芝不说话了，脸上有点倦容，一会儿，叹口气说，他常年在外面跑，有时候心里不踏实。但也知道都是自己捕风捉影，没有的事儿。又拍了拍腿上的根本看不到的尘灰，说，还是自己在外面做事好。叶萍说，想什么呢，很辛苦的。黎敏芝说，我知道的呀，我虽然从小没吃过苦，可我也见过我爸工厂里的工人们，整天背都溻得湿了，手摊出来全是水泡似的大茧子，可辛苦也有辛苦的好嘛。叶萍说辛苦只有苦了，哪有好。

黎敏芝宽容地笑笑，叶萍说咱们还是不一样的。黎敏芝说，哎呀，不说这个了，对了，我胖了。黎敏芝说完她胖了后，两个人都呆在那里，黎敏芝也似乎忘记了该说什么。她们对着空荡荡的房间和房间里巨大的寂静不知所措，然后黎敏芝又拿手狠拍了一下光亮的额头，哎呀，看我这脑子，我胖了——所以我有件好衣服穿不上了，我拿给你。

黎敏芝有一个专门放衣服的房间，里面是挤挤挨挨的衣橱，打开衣橱，就像是小孩子的万花筒，颜色纷至沓来，耀得人眼晕。黎敏芝细白的手穿过一件件缎子，像是认识它们，猛然拎起一条墨绿的长裙，比量在叶萍身上。

别价，别价，我给你弄脏了。叶萍说。

没事儿，我瞧着你穿正好，反正我穿不上了，你穿吧。于是叶萍就放任那条连衣裙上了她的身，从她的肩膀滑溜溜落到膝盖，连叶萍都不得不承认这是第一次觉得自己值得拥有一段凉飕飕缎子面的裙子。

而当叶萍脱下宽松小西服时，黎敏芝却脱了睡衣，问也不问地把叶萍的西服套在自己身上。

你瞧我怎样？像不像个职业女性？黎敏芝把身子探到镜子前面，叶萍在反射光面里点点头，好看，你穿合体呢，就是——然后脸红了，接着说——就是那衣服配不上你呢。黎敏芝说，什么配不配呀！

那天叶萍从黎敏芝家里出来时，心里也很不踏实。她突然明白了阔太太的辛苦，阔太太的辛苦跟她的辛苦不一样，不是为钱发愁，但为情发愁。所以古人才说呢，饱暖思淫欲，古人的智慧还是领先的，到现在都颠扑不破，是真理。

告别了黎敏芝，只有走出了一期工程，穿过那个暗无天日的小口时，才发现自己穿的还是黎敏芝的绸缎衣服。而那衣服，在月光底下妖娆地发光。为了抄近路，她踏入栽满玫瑰的绿化带里，绸缎就给一根玫瑰刺挂住了，只是轻轻一扯，裙子下摆就抽了一根丝，在灯光底下，格外地明显了。叶萍于是想，难怪黎敏芝这样大方，这衣服质量堪忧。又恨自己上了当，明明是受人好处，却是拾人垃圾。月光柔柔亮亮的，在衣服上兜满了。叶萍想到黎敏芝巨大的衣橱，她家曲面的巨型屏幕，那些手指碰触到的柔软和浑身的香气，说话时不动声色的笃定，就连刘润可也是一样，那一身齐整的名牌，比她身上的都好。可这也算是命。命和命不同罢了。人家投胎时，一定狠狠睁了眼睛的，自己呢，就瞎闭着呢。

　　围栏架起来了，把南苑和北苑划上了一道漂亮的横线。童安市地图上，如果放大百倍，甚至会看到围栏像一道深深的疤痕，穿凿了光明小区的肚子。

　　南苑居民开启了苦不堪言的生活。那围栏在漂亮的基础上，还每隔十厘米冒着一个尖角，把两个地方生生隔绝。从南门出发，距离最近的地铁三公里，最近的公交车站也得以千米计算。此外，光秃秃的荒山留给居民的是狭长如同肠类的小道，仅可供一辆车或两辆电动车或四个行人并排走。路也不是好路，下雨时，泥水难缠；刮风时，绒絮扑面；烈日下，人赤辣辣地受着；在晴天又无风的日子里，又有谁家下水道堵了，污水乌泱泱漾一地。现在，叶萍便在毒辣的晴天里，穿着雨靴，推着电动车穿过这段路，电动车后面坐着还打盹不醒的柴春雨。娘儿俩要比围栏建起前，提前半小时洗漱出发，绕了好大一圈，才能抵达学校。

　　柴春雨说见不到刘润可的感慨就是这时候第一次发出来的。

　　很多南苑居民会把垃圾投掷北苑以示抗议。叶萍打过投诉电话，没什么回音。南苑居民团结起来找开发商闹，但开发商也很有理儿，他们说，北苑贵呀，是南苑三倍贵，贵的是什么呢？房子是一样的房子，贵的就是位置，就是环境，就是舒适度，现在社会什么都是一分钱一分货，你闹你买北苑的啊。

　　叶萍也好，南苑的其他居民也好，自然一开始是不服气的，纠集起来静坐在开发商门口，举着彩虹伞抗议。但是开发商置之不理，门卫也不撵人，反而客客气气地给个板凳，倒个水，别让你们中了暑。这样做，一天两天尚可，第三天便有人沉不住气了，让人泄气了，南苑居民们似乎谁也不愿意耽误自己的小事来干集体的大事了，而且南苑居民们天然有一种适应能力。他们很快就把南苑门口变得百般热闹：写着"煎饼果子""炸串""糯米丸子"的货铺车像是路障般隐现南苑门口，永远在这个城市能找到活儿干的泥瓦工、建造工人就蹲在那里吃饭。秃山上的坟冢一个连一个，有人在路口烧纸，灰色的燎烟随着风打着旋飘飞。牛羊肉的血水流淌在泥巴路，空气中涌动着一股腥膻的味道。

柴春雨跟刘润可的连体被栏杆生生分开。上学，柴春雨要早起半个小时，放学，柴春雨要晚到家半个小时。她们距离那么近，路线却格外不同。有些时候，她们相约在栏杆前见面，但见面也不够自在，两个人隔着栏杆说话，话儿也给栏杆割得四分五裂。就算是周末，两个人的节奏也越来越不同，柴春雨的主要活动就是在小区附近玩，而黎敏芝要送刘润可去大城市里进修才艺呢。有时候柴春雨不明白，刘润可一家怎么会都围着孩子的生活转呢，大人不是有大人的生活吗？比如，柴春雨得按叶萍的节奏走，倒过来又怎么行，那不就都乱套了嘛。她想不明白就把这件事情问叶萍。叶萍的回答也言简意赅，她说，闲的！那是闲的！第二句话更戳人：那是有钱，烧的！

一天下大雨。班里同学们的爸妈都来接了。叶萍举着一把被风吹散架的伞，像是举着一片飘零的残坏荷叶，来接柴春雨。柴春雨那次跟刘润可闹了别扭，因为刘润可请她吃哈根达斯，而她掏干净了自己的兜，只能请刘润可吃一只矿院麻酱雪糕。刘润可想不到会有人买不起哈根达斯，觉得柴春雨不在乎跟她的友谊，她却不知道柴春雨只买了一根雪糕也是给了她，自己在那里舔着嘴唇说肚子疼不敢吃凉。刘润可噘起嘴，柴春雨没说话，但觉得刘润可怎么就能不理解她的寒碜，所以也生气。两个人反而不说这件事，说别的事，说柴春雨说定了跟她去补习班却没去的事儿，柴春雨自然更不会解释自己临到跟前被补习班昂贵的学费吓退了堂。所以两个姑娘，在一节语文课上，在一堆纸条中，在前后一层的同学们的递送里，书面大吵一架。

最后一个纸条像石头那样砸在刘润可的头发里，刘润可扯下来，接着，甩了书包在肩上，直接走掉了，而语文老师摇摇头——那是他最喜欢的学生，倒不是因为她在各类辅导班上给钱最爽快，只是因为她很天真，如果天真的意思是不谙世事的话。

全班同学都从课堂的乏味和拘谨中嗅到了一丝热闹的味道，他们望向柴春雨，而柴春雨始终没有回头。她咬着下嘴唇，几乎尝到了血从唇齿间漾出来。黑暗咣当一声掉下来，她一下趴到自己交叠的胳膊上，哭起来。

十分钟之后，柴春雨眼睁睁地看着粹白的奥迪TT越过了滂沱的雨水，停在门前，而黎敏芝落下车窗招了招手，柴春雨假装没看到。她知道刘润可已经坐进了车里，暖烘烘的空调微微颤动，而车会穿越如注的大雨，从人间飘向属于他们的地方。这样想着，心里就有股苦味丝丝漾漾泛上来，想着为什么同样是做父母，自己的妈妈为什么就这样地平庸又不争气呢？正想着，叶萍在喊她。手里举着那样一个破旧的伞，雨水给她身上加深了颜色。从水里跨过来，叶萍劈头盖脸地问：不是跟你说了，今天让你先去润可家吗？柴春雨不说话。叶萍就扭手抓了她，把她连拥带扯拉到电动车中间，一边握住了车把，一边两腿就夹住了她。雨伞就撑在她头上。叶萍又唠叨说，妈妈本来快谈好了一单，就因为接你，这下好，让别人抢走了。你不是跟润可最好了？而柴春雨噘着嘴，我才没有跟刘润可好，她有公主病！叶萍一手举着破落的伞紧紧覆盖着柴春雨，伞在雨里更像是一片荷叶了，被雨水打弯的地方存了水，让风一吹，轰隆一下全数洒到两个人脸上。叶萍就有点恼，说，你在教室多等我一会儿也行啊，这会儿雨多大啊。那一单能抽五十呢。

柴春雨说，钱钱钱，你就认识钱。

叶萍就笑了，说，小坏蛋，我倒是想认识钱，但钱不认识妈妈啊。

柴春雨嘟囔，妈妈，为什么我们没有小汽车呢？

到了楼下，叶萍把钥匙扔给柴春雨，还要到小区门口的充电桩充电。柴春雨身上湿透了，浑身又黏又冷，拉开单元门就钻了进去。叶萍看着满地滴答着两行雨水。一行是她的，一行是柴春雨的。楼道里贴满了小广告，提醒着她还有那么多人跟她一样苟且生活着。可是共同的慰藉也没有消融个体的疲劳感。她擦了脸上的水，把一声叹气从胸腔里抽拔出来，开门看见柴春雨在屋里坐着，一声不吭。她进了厨房，一会儿，倒腾出来些饭菜。饭菜从厨房移到了客厅，但柴春雨还是不吃。她说你到底想干吗？

柴春雨说，我不知道。

叶萍说，要么你就给我好好吃饭，要么你就滚回屋去学习。

柴春雨就直直站起身来，往屋里走。叶萍说，站住。

柴春雨不站住。叶萍大跨步走过去，脚上湿漉漉的高跟鞋进门踢掉了，这会儿光着脚站在柴春雨面前，一个巴掌就甩到她脸上，说，我让你站住。怎么了？你想要跟刘润可比，你去认她妈当妈！

柴春雨站那儿不动，叶萍更生气了。柴春雨捂着脸，眼睛猩红地看着她。叶萍又心软了，何止是软，简直是化了，她又紧紧把柴春雨搂进了怀里，说，好了，妈妈错了。柴春雨却趴在她的肩头，眼泪啪嗒啪嗒掉在她衣服上。柴春雨说，我只是不明白，怎么我什么都不能要也不能问，而润可却想要什么就有什么呢？我到底做错了什么呢？

叶萍搂紧了她。这会儿，一颗闪雷从黑暗的窗口晃动，叶萍说，这不是你的错。

柴春雨说，那到底是哪里出了错？

叶萍亲了亲她的头发，说，谁也没有错。

柴春雨说，那我们为什么不能住到北苑呢？为什么每天都要绕那么远，要早起那一个多小时，为什么我要知道所有菜和蛋的价格，为什么我要懂事，为什么？

叶萍咬着嘴唇，叹气，把下巴磨蹭在柴春雨的头上，她说，妈妈努力，你也努力。妈妈努力给你创造条件，你努力出人头地。我们娘儿俩都努力，也许就能跟刘润可家一样了。

柴春雨从叶萍的怀抱里扭捏着脱离出来，跳到一边说，可是刘润可都不需要努力。

柴春雨觉得自己的优点是忘性很大，她已经不记得为什么跟刘润可吵架了。只觉得吵架后寂寞就像先前快乐的残影一样跟着她，比如，老师念教案本时，她们没法在桌洞里传纸条逗闷子，上体育课时，也没法偷着去学校东南角小卖部买辣条吃，而且下课后，在操场观看班草打球，也不是多么有意思的事儿了。还是刘润可主动，她把自己订的英语周报放到柴春雨的桌洞。放了学，柴春雨就无法假装没有看到，看到了就得跟刘润可说点什么。所以两个人又牵着手，像连体婴儿一样走出校门。但是走到校门口，又和以前有点不同了，柴春雨昂起圆圆的下巴，说，我现在不用绕好远回家啦。刘润可说，为什么呀，围栏又拆了吗？柴春雨眨眨眼说，因为我妈又找了一份工作，在夜市里。刘润可说，哎呀，你妈比我还累噢，我是上完学还要弹琴，你妈咪上完班还要干活，还是我妈咪过得舒服——我妈咪什么也不用干。柴春雨说，你懂什么！我妈是职业女性，她要为社会做贡献的。你妈咪就是个家庭妇女！刘润可想反驳什么，但又觉得友谊来之不易，所以闭了嘴，小心地回句：那我祝你以后做职业女性。

柴春雨想了想，也小小叹口气说，我也想做你妈咪那样的家庭妇女。起码——她不用知道醋多少钱，米多少钱，面又涨价了，白菜又降价了……柴春雨还没说话，远远瞟见公交车快进站了。甩了书包上了肩，一边摇手一边拼命往前跑。

那段时间，好运似乎有幸击打到了叶萍身上，用叶萍的话说：这是吃苦熬来的、攒下的。"熬"和"攒"这两个字似乎注脚了叶萍无可厚非的生活。夜市沿护城河而起，河水葱郁，经多次疏浚，如今清澈而湍阔，日头和月光刚打到那里，就掉进了河水里。商贩们连缀在河岸边。卖瓜子、卖小吃、卖衣服、卖饰品的，一个挨一个。历经扩招，对面大学城生意一年好似一年，扒着胳膊、牵了手的小情侣一对对走入夜市，消遣宿舍前的无聊时光。叶萍的摊子是跟隔壁卖煮梨水的母子挤出来的一块。那老太岁数大了，总苦着脸，等男人来了，老太就拄着棍子到后面的小斗车里坐着打盹儿。那男人留着一圈胡须，很高，模样也周正。因为卖梨水占地小，叶萍打听了几个摊，就他愿意出让一块。叶萍是从商场销售千丝万缕地捋到了批发市场的货源，批来了样子很俏的女包，架子搭起来，百八十个包一挂，给掺杂着水汽的风一吹，琳琳琅琅。有时围着一群女学生，等拿货的工夫，她们从旁边买梨水。所以两家关系倒也融洽，夜里，柴春雨就着路灯，在斗车的板子上写作业。

夏天到冬天，然后继续下去，到下一个夏天，时间就像护城河，似乎是凝滞不动的，但紧盯紧看了，却根本想不到流水竟然走了那么久，久得——你永远不会踏入同一条河流。刨除上课时间，柴春雨的时间被精准卡入到叶萍的贩卖中，她被动地让每只女包的价格都在脑海里找到了位置，她对夜市里所有物美价廉的小吃也倒背如流，因为叶萍总没有时间正儿八经地给她做顿饭了；而刘润可忙是因为家里给她报了新的大提琴班，学校在北京，一节课过千，艺术就像一件霓裳，裹在刘润可身上。这也让柴春雨跟刘润可看上去越来越不搭调。怎么说呢，就像是蒂凡尼的小黑裙配了一条破洞牛仔裤。但她们好歹胡拼胡凑还在一起。

偶然，一个难得的机会降临，当她们终于挪出时间看班草打球时，天很热，而空气干燥得让人心旷神怡。柴春雨抹去额头上的汗，说，我们去喝奶茶吧，我请你。

"我请你"这句话让柴春雨说得响响当当的。原先喝奶茶都是刘润可请客，所以刘润可露出一副惊讶的表情，然后很快收起来，她说，好啊。

柴春雨带刘润可去了护城河的夜市。她们走在七月的夕阳里，夕阳似乎让白天的热熏得同样焦躁。夕阳在路面上像粉尘一样跳动，夕阳一会儿又落进了河水里，把河水贴满了碎瓷片。刘润可边走边说，可是还不到晚上，夜市没开呀。柴春雨不说话，手里拉紧了她，满脸含着一个秘密似的。

她在一家简陋的店面前停住，那里似乎是居民楼院子里的自建房，门窗朝外，拱起了一个店面，崭新崭新的，气球和彩带团簇，弄得花花朵朵很招摇的，玻璃橱窗光净得映出人影儿。往上看了，一块木头牌匾上写着：春雨奶茶馆。

刘润可说，跟你重名哎！

她们跨进去，却见叶萍就站在三角梯上。柴春雨扑哧笑了。

叶萍正把奶茶粉放进吊柜里，条件反射地说欢迎光临，又转而笑了，说，哦，润可呀。刘润可不动声色地点点头，她在临窗的高脚凳上坐下来。一会儿工夫，手里便攥着一杯奶茶。刘润可盯着奶茶杯上统一的绿色"春雨"字样说，噢，原来你做奶茶少奶奶了。

……谁能想到呢，卖包的钱，天知道，都是薄利多销的，居然能攒住，我们发现逛街时他们几乎人人端着一杯奶茶，我说，妈妈，为什么水才五毛钱，加点粉和糖就那么贵呀。我妈突然拍拍头说，对啊。然后……

刘润可缓缓地把头移到窗外去，嘴里潦草地叼着吸管。半晌，刘润可突然说，我妈咪……柴春雨说，什么？刘润可一字一句地说，哦，我是说，你妈咪好幸福。

柴春雨几乎是羞涩了，轻声说，我妈很能干，一直很吃苦……她停得猝不及防，觉得这句话不应该冲出来，但是她只是腼腆地望着刘润可。希望她能说点什么，说点什么都好，她不是在跟她分享喜悦吗？可为什么分享喜悦却显得那么地难过？

喝了一口奶茶后，刘润可攥紧了杯子，似乎准备和酝酿了很久，最后总算浮出一个灿烂的笑容，那笑容正对着叶萍说，阿姨，奶茶很好喝。但接着，她又紧盯了自己手里的杯子，握得双手有些发红似的，她放开了手，只是拍拍自己的裙子，她看上去很疲惫又很忧愁，抿着嘴说，可我妈咪说她的愿望也是开家店。

冬天里，叶萍托人要把南苑房子卖了。她在小区和夜市的巨大电线杆上贴了很多小广告，留下了房屋信息和联系方式——结果卖梨水的母子举着一沓撕下来的广告找到叶萍。那男人说，叶萍，哪个位置？多少钱？有贷款没？叶萍犹豫着。男人说，我知道，给熟人你不方便要价。这样，你就说你的心理预期，只要我们接受就不会还价。我们接受不了就直接明白和你说。叶萍于是在一张纸上写下了一个数字，递给他们。男人拿给老太看，两个人压低着声音商量，最后说，要考虑考虑。

几天后，他们就给了回复，要买。

几张银行卡，还有微信、支付宝里的钱。零零攒攒的，到年底总算是凑够了。而叶萍垫上半年来存下的，总算凑出了北苑一栋小户型的首付。两家吃了顿饭，为叶萍搬出南苑而那母子搬进南苑而举杯。在那场饭局中，柴春雨也是第一次知道，还有人比她们活得还不容易，并且他们不像叶萍母女，他们是适应这种不容易的，就像适应一种由来已久的残疾，就像世界上并不存在其他可能过得更好的可能性，柴春雨也突然明白了，并不是所有人都对自己的处境感到焦虑的，安于现状也是一种生存能力。可比起安于现状，她似乎更感谢叶萍那种岌岌可危的危机感。得益于这种危机感，她们才能住到了北苑，享受了一切价格差赋予的人间景色，她才可以跟刘润可离得更近，也就是说，跟她想要过上的生活距离更近。

交房那天，柴春雨终于跑在北苑平坦的草地上，舒舒服服地放了一回风筝，而无惧看门人时不时探过来的目光。更令柴春雨快乐的是，她们马上就升高中了，高中部也在凤凰中学，那么近，她终于可以早上多睡半小时，晚上早回半小时。一天就拧出来一个小时，柴春雨接着惊叹：原来"时间等于金钱"是真的。

娘儿俩搬到北苑之后，住得并不比之前大。有人把这小户型叫做保姆房。但谢天谢地，客厅中间的窗户，框住了一片的绿地和水溪。她们再也不用见到阴冷的坟冢，还有似乎是从坟冢之山飞出来的手指大的蚊子，黑夜里扑扇，鬼魂似的。潮湿的爬虫喜欢在南苑做窝，噪声也打扰不了它们繁殖的热情。娘儿俩一年四季兜起蚊帐，睡前要紧盯着地板，用鞋底抽死多脚虫。而卫生间下水道里钻出的一拃多长的肥硕老鼠，打着滚儿又从厨房里钻出去，眼睛直勾勾地看人，一点也不怕生……这些都是昨日旧梦，不，昨日噩梦了。现在，她们拥有玫瑰园和紫藤花墙。拥有站得笔挺的门卫，连卫生工都穿着粉色的制服，穿梭如点缀在绿地上的花。人住在这里，才是人间。要是屋子再大一点，堪称天堂。

她们还能看到黎敏芝的庭院，里面种满了郁金香，黎敏芝总举着一把尖嘴小壶在里头发呆。而每逢叶萍看到她，她总是想，要是这些时间都给了自己多好，要是庭院里种满了韭菜和丝瓜该多好。但有感触的时间也不是很多，因为叶萍的所有生活几乎驻扎在奶茶店。她的营业额越来越高了。

吉星高照，叶萍的生意越来越好，终于，她也雇上了刚毕业的大学生，从起早贪黑中解放出来。然后，她也终于能够在落地窗前站着，看一天的阳光是怎么东升西降的。她觉得这样的日子还真不错。但是让人舒服得发慌，她这才品察出，并不是所有人都适合享受的。能学会享受也是一种天赋。她嘲笑自己的忙碌命，又想着改天到黎敏芝家里，慢慢把自己的生活跟她无缝对接，学一学怎么莳花弄草，学一学怎么穿那些锦衣罗缎，学一学什么插花、茶道。

过年期间，叶萍专门花了一个小时去梳洗打扮，咬牙跺脚地给自己和柴春雨买了一身尚在支付能力范围内但显然超出她们的消费水平的衣服。

坐在黎敏芝家里，她突然觉得那房间也没有那么豪华和硕大了。木头沙发也不显得那么高傲冷漠了。曲屏的电视也能让人把眼睛往上好好放一放了。两个女孩去了屋里，叽叽喳喳聊她们的。而黎敏芝坐在那儿，随意地用克什米尔羊毛围巾把自己裹起来。她很感兴趣地问，叶萍到底是怎么经营的，对她怎么进货，怎么跟人竞争，怎么销售，听得津津有味。只有一次，当叶萍谈到兴头上——门突然开了，一个圆头、肥胖的矮男人，腋下夹着一只公文包进来了。看到他进来，黎敏芝迅速收起了随便搁放在沙发上的长腿，把他的外套接过，挂起来，把他的公文包妥帖地放在门边，换上一种温柔中略显局促的笑容。

叶萍站起来不知所措，黎敏芝红了红脸说，哦，还是第一次见呢，这是我先生。

那男人便风度翩翩地伸出手来。

才出了胡同口，回家路上，柴春雨就跟叶萍大笑起来。

像憨豆先生。

不是，妈妈，比憨豆先生还老，柴春雨搂着叶萍的胳膊，说，然后刘润可突然就从钢琴边跳起来了，上前就跃进他怀里，他跟跄了好几步才接住她。

关键是，叶萍笑着擦眼泪，关键是她还害怕他会出轨呢。

柴春雨突然收了笑，问，妈妈，润可爸爸出轨了吗？

叶萍也稳住了呼吸，道，春雨，你这个年龄不应该关注这些，当然，有时候我们也应该要记得：有得必有失呢，要改变命运，最重要的是靠自己努力。柴春雨于是郑重地点点头，像听明白了似的。

结果，才住了没几个月，童安市各处拉起了"推进文明城市建设"的横幅，夜里轰隆隆的巨响像是怪兽在用力踩踏大地——又让柴春雨有种似乎回到了南苑的错觉。

等她们眼里含着倦怠和怒气一觉醒来才发现：那道围栏拆除了。清早，围栏被生拉硬拽，终于撂在卡车上向南门驶去。那些围栏都还新鲜，保存着完整的光明小区的进化史，有清晨的露水和微风轻微腐蚀下的斑驳，现在，仿佛原先平坦肚皮上的疤痕愈合般，从远处看，只留下了一道印痕。南北苑豁然洞开，前后通顺。柴春雨拉住叶萍，说，太好了妈妈！

叶萍掀着窗帘望着外面，低头说，什么好！

柴春雨说，当然好了，这样以后住南边的人可就方便了呀。叶萍接着就说，是啊，方便了，可我们不住在南边的呀。

柴春雨说，那我们可以替那叔叔和奶奶高兴高兴。

叶萍看了柴春雨一眼，说，你呀。

然后柴春雨大叫：坏了，我要迟到了妈妈。

南北苑又一次门户共享了，这件事情还上了日报的新闻。但你若拿着一支话筒去采访，南北苑听到的绝对是南辕北辙的言谈。南苑的人们似乎是庆幸着终于能够堂堂正正、像模像样地走在那样奢华的亭台楼阁中。清晨，当叶萍在晨雾中离开时，她发现北苑也已经像一只睡醒的怪兽涌动起来。是呢，南苑的居民很多都要早起，去出摊，去赶集，甚至去捡垃圾，南苑居民们的狗也在这里撒欢，留下一堆狗屎。她突然觉得北苑的草坪上堆满了人，这些人都风尘仆仆，把北苑彻底变成一个藏污纳垢的地方。夜里，她回来时，黎敏芝家的灯已经熄灭了，她要沉入一个美容觉，而叶萍她只需要睡一觉。跟她一起赶回来的，除了永远都面无表情的月亮，还有推着贩卖车的小商人，夹着公文包的实习生，园林上的洒水车舵手……所以"披星戴月"这个词是为他们准备的，跟"星""月"那种清幽又高远的形象无关，跟泥土发出同样的味道。她都想伸出头去喊：喂！这里是你买的吗？擦一擦你的脚！别脏了我们的草皮！

一天夜里，卖梨水的男人来她家做客，手里抱着一捧花。叶萍抬眼看了看窗外，月亮已经很高了。她勉强自己冲泡了茶，把花放进了瓶里。听着男人坐在窄窄的沙发上，嘴里一串一串地夸赞市政如此明智，围栏如此丑陋，而那个想出用围栏来阻挡贫贱区的人们向上流涌入的开发商多么无良。

叶萍对此不置一词。然后，男人开始支支吾吾、红脸赤脖，把一杯茶端了又放下，端了又放下。三番几次。

叶萍好笑，说，怎么不说了。你倒是喝呀。

男人像一个小学生似的攥着衣角，突然站起来了，站起来就人高马大的，说话声音却低低矮矮地往下游走，说，我不是来喝茶的！

叶萍说，你坐下吧。她把杯子又推给他。

男人望着她说，叶萍，我四十了。我的情况你也知道，我能吃苦，我愿意接受春雨。

叶萍的手就停在那里。窗外似乎有一架飞机正开过去。有一瞬间，那种剧烈的噪声让叶萍以为是自己内心火车似的轰隆隆开膛破肚碾过来的厌恶感。她甚至不愿意去看他——你瞧他穿了什么来"提亲"？那种上世纪带着垫肩的西服，还打了鲜艳的领带。他的鞋也是刚刷上了一层油，企图遮盖住掉下来的一块皮。可是很不幸的是，叶萍的眼睛视力就那么好。除此之外，她还看到了：寒酸像一种液体灌进了他身体里，从头渗到脚。他怎么可以这样妄想——提出"愿意"接受她，接纳她的孩子。他到底当她们是什么？是一种谁都不想沾手的包袱，是小区门口捐赠箱里装满的破旧衣物？是八点之后超市打折处理的蔫黄青菜？他的积极认可就是对她最大的不认可。难道，她这一年的付出、挣扎都只是自以为是的翻身梦？

她站起来，说，对不起。她的声音都颤了。

男人很慌张，那是一种绝对意料之外的慌张，他说，我不着急催你，你考虑考虑。

叶萍说，我不用考虑。我没想要……

男人的话儿慌不择路：我也是帮你呀，真的，我不嫌你带着孩子……

你别说了，叶萍急道，我不用你帮，你快走！我们到不了一块儿，我们之间是有鸿沟的，你看不到吗？

他迟迟疑疑下了台阶。叶萍听到了脚踢在楼梯上的声音，凄凉凉的。

她背还贴着房门，柴春雨就从屋里走出来，妈妈，你跟叔叔吵架了？

叶萍叹口气说，没有。

柴春雨问，哎，可是他送了花哎，她趴上去嗅花。叶萍却一把从花瓶里拔出来，走到窗前，狠狠地把花往窗棂上砸，直到所有的花都在颤动，落红，似乎在摧残中生出了一些谦卑而下贱的快活。她打开了窗，夜风一下就盖在脸上，她把那束花拼命掷出去，柴春雨扒着窗户看。却看见那男人抬起头来，正好生生看到了这一幕：被打散的花束从窗户里轰隆隆落下去，像一个个无所依傍的降落包。那男人就站在那里，黑暗里像一副骨架，声音直吼吼传过来：你有什么了不起，不就是刚爬上来的吗？

叶萍似乎听到了很多扇窗长出了透明的眼睛，很多的窗帘在涌动着微妙的恶意。她啪地关上窗。眼睛无神地望着白墙，却对柴春雨说，有些人妄想让我们回到在南苑的生活。春雨，你愿意回去吗？

柴春雨犹豫了下，说，不愿意。

妈妈也不愿意。叶萍说。

隔了几天的一个下雨天。叶萍早早收了摊。她去黎敏芝家里，主要是讨论围墙拆除的事情。听说，北苑的居民们各自动用一些"关系"，想重新把围栏建起来。

黎敏芝脚踩在座位上，一边擦一双精巧的女士皮鞋一边听她说，然后头也不抬，说，管他们呢。

叶萍说，那哪儿行！咱们拿的可是南苑三倍多的房款。这笔房款里理应有这些附加条件。道路通了不就南北一样了吗？南北一样，凭什么就多拿三倍的钱呢？

黎敏芝说，老刘也去协调了，对方说，围栏是不让建的，都是一个小区，能有什么方法？总不能盖个网子把北苑罩进来吧？

唉，要是有个沟就好了，或者，一条河。叶萍说，然后她眼睛亮了一下，一条人工河！她说，我们可以集体写信反映上去。

黎敏芝用一种并不确定的眼神望着她，把擦好的鞋从桌子上拿开了，说，区别开来就那么重要吗？

叶萍攥紧了手，说，当然重要了，你看到了吗？蛋糕就一块，如果共享，它就小了呀。她继续说，可黎敏芝击溃她只用了一句话，黎敏芝说，好了好了，大不了不住这儿，换个地儿呗。

叶萍低下头也盯着她不断拿布巾擦的那双鞋，被精细地裹进了防尘布中，再齐整整地躺进了红木鞋橱。叶萍明白，物件像人一样，生在哪里也不是它们说了算的，你看，自己脚上的这一双就要跟着她跋涉，恨不得半年不上油，前头已经踢掉了皮。她于是笑笑，接着站起来说，我们只有一套房子。这就是为什么有些权利就要去争取，有些权利绝对不能放弃。

在第二年的春天，杨柳扔出一堆白絮漫天作弄人的时候，叶萍插空挨家挨户签了"百人书"，对拆除围栏提出抗议，抗议书中详附了建造一条人工河道路径的可行性（来自北苑某园林设计专家）。复印了十来份，分寄各相关部门。等待的过程像难产，她焦躁又无处用力。每天坐在窗前，看着下面道路上阴暗的疮疤渐渐愈合。北苑的草跟南苑的草长在了一处。凌霄花的枝子探过头去，都是一群没有主心骨、不知道矜持和认不清身份的东西！

在几乎让人觉得这件事情将就此消沉之际，一天清晨，那熟悉的噪声又一次从天而降。叶萍猛地醒来，光着脚跑到窗前，拉开了一道窗缝，终于放下心来。她穿上鞋，回去推醒了柴春雨，说，快来看。

柴春雨迷糊糊地擦着眼，母女两个跪坐在窗帘边，一人掀起一角，像两个在偷偷咀嚼光线的人。地上，巨大的机器已动工挖土。

柴春雨说，可是我南苑同学上学怎么办？

叶萍说，我们不也是那么过来的吗？那是他们不努力！

然后她看到了黎敏芝拿着尖嘴壶在院子里皱眉。回到床边，迅速穿好衣服，又脱下来，从衣橱里搜寻，换上一件更满意的，几次下来，总算把自己拾掇清楚。带着柴春雨去黎敏芝家里分享喜悦。

黎敏芝说，唉，多讨厌呢，刚修完路又要修沟，花叶上全是尘灰。

叶萍说，还是有沟好，这下可拆除不了了。

黎敏芝摆弄着自己采摘的花。叶萍又假作轻松地笑道：还记得那个卖梨水的老张吗？吓，还想向我求婚来，也不照照自己！

黎敏芝倒停住了手里的剪刀，说，还真不错。有个人那样接受你，喜欢你……

叶萍急道，可是他也没有点自知之明，住南苑还贷款，连个铺子都没有……

可是，黎敏芝的眼睛里有一点不耐烦的惊讶，你们不也是从南苑奋斗过来的吗？见叶萍不说话了，黎敏芝又像想起什么似的，把一只鼓囊囊的袋子塞到她手里，说，都是原先一些衣服，现在穿不下了，送你吧。

叶萍不想接，但手却自己伸了过去，千难万险地塞进自己的提包。

这次换黎敏芝语气轻松地说，对了，我开了一家店，也在大学城呢，不知道行不行。叶萍恨自己没出息，一句一句打听了详情，让黎敏芝那些轻而易举，列举着员工的数量和繁复的装潢，流淌进自己贫瘠的想象。黎敏芝用一种似乎抱怨即将来临的忙碌的语气，裹挟着某种甜蜜的质感。这甜蜜让叶萍却品出了一点苦。她不想再听了。

你爸怎么总不在家呀？卧室里，柴春雨问刘润可。刘润可手里随便拨弄着古筝，说，最近他们总吵架。柴春雨说，好像没有不吵架的父母，又问，你爸妈这么幸福，吵什么呀？

　　　　　　　　　　　　　　　冷静期 ｜

刘润可说，妈咪想做点生意啊，但是爸爸说妈咪不是做生意的料，就为这个。

柴春雨说，做生意很辛苦呢，你妈咪肯定受不了的。

刘润可的嘴就噘得更厉害了，不要小瞧人。

一会儿，家里帮佣的阿姨叫刘润可去书房上在线英语课，要跟美国的老师对话，刘润可耸耸肩，说，No problem，you（指了指柴春雨）stay here wait me。说完就去了。那阿姨打扫了一会儿房间，按刘润可的意思，给柴春雨端了一盘水果来，柴春雨夹西瓜时，不小心扬了西瓜汤汁。洒落到阿姨袖子上。她的眉头皱起来，拧紧了，赶忙着，把袖子撸了起来。于是，柴春雨就见到了她送给刘润可的表，准确地走在阿姨的手腕上。

那阿姨也瞧见柴春雨盯着她，便说，哦，手表，真皮表带的呢。润可给我的，润可是个很大方的女孩，说这句话还要瞧一眼柴春雨，以及柴春雨手里的水果。那种黏稠的眼神扫描让柴春雨很难受，仿佛自己是一只不知轻重的水蛭，贪婪地扒住了别人的肉。

她们不知道自己是怎么逃离了黎敏芝家，母女两个紧紧攥着手，走到玫瑰园里才发现，叶萍在临走时抓住的提包踉跄出来了一堆五颜六色的绸缎。两双脚也把她们带到了正在修建的水沟边，工人们正光着膀子在挖开的一人深的沟道里辛劳着。扬起的尘土把他们变得灰扑扑的。世界好像剥离了实体，变成了一种扬尘，也许人人都被这尘埃覆盖，也许，人人都是尘埃，但叶萍可以肯定的是，有钱人一定不是尘埃，是掷地有声的陨石，要在大地上砸出一个个的坑窝来，而自己呢，就是陨石砸坑时砸出来的那些四下飞溅又无处不在的，卑微的齑粉。

叶萍蹲下来，把黎敏芝给的衣服掏出来，一件又一件，又凉又薄又软，都像是幽灵一样，来自另一个世界。她把衣服一件一件抛到空中，看着它们掉下来。掉进了那条刚挖开的河沟里。看着它们绚烂得接近最低的星空，看着它们颓然地堕入黑暗的泥沼。掉进泥淖，那些衣服仍旧精美绝伦，把泥土都衬得不像泥土，像画家油彩的讴歌。污泥中粲然绽放着霓裳，而柴春雨分明看到叶萍扭过头去，蹲在地上，她觉得妈妈好像在哭，但等她想去扶住她时，叶萍却站了起来，眼睛茫然然地，嘴角颤抖，她说的是，捡回来，春雨，帮妈妈捡回来。

娘儿俩一前一后踏进了泥泞里，两双腿在污泥里搅荡着，天空突然应景地下起了雨，那又是六月的天，你又不能怪罪老天爷，你只能怪这天不时和地不利。她们在雨里挣扎，也算不得挣扎，倒像是浑然一体。叶萍突然就仰了头，看着明明一分钟前还挂在那里等闲的月亮。她想骂它，又觉得它同她一样凄凉。它也是暗无天日地见不着光的东西。

她们抓起了衣服。没料到雨水竟然将泥水轻而易举地冲走了。那衣服还是那么崭新，那么娇嫩，像是一个富贵女人该有的呼吸。然后，她听到了咳嗽声。一把伞就着急忙慌地飞升到娘儿俩头顶上。柴春雨紧抱住叶萍，而叶萍往后一看，幽幽地像见了鬼：不是别人，是曾经挤给她一个摊位又买过她南苑房子的男人。那男人灰头土脸，与那泥泞正配，一条泥巴从他的额头混着雨水滚下来，似乎把他的脸狰狞了两半。突然从黑暗的泥泞中，那张幽深的嘴开了，凑上来，似乎结巴了又格外有力量：我会洗衣服，我有一把子力气，我能照顾好你们，你带着孩子，我不嫌，我不嫌。说着，伸手要上来。叶萍赶紧拖着柴春雨慌忙逃窜，脚底踩着啪啪响的泥巴，大朵大朵地溅在身上，浑身湿漉漉地淋个透，黑地里活脱像一大一小两个鬼。手里还高扬着那些绸缎，像招徕一堆女人清凉的魂魄，跟着、随着、阴魂不散，徒劳地挣扎着、跋涉着。

后来，大学城果真兴隆了一家咖啡店。是全国连锁，柴春雨也是第一次明白，"全国连锁"也是一个分量很重的词语，"全国连锁"代表着你在童安市也能喝到跟北上广一样味道的咖啡。你手里攥着的并不是你现在的生活，是你可能的生活。是那种曾经一度流行到语义不明的"生活在别处"。

不久后，河对面的夜市被取缔了。这条河流从喧闹重新归于彻底的平静。那些阳光就那么拥有着波光粼粼，却无法再听到波光粼粼里人们的熙来攘往。日子变成了岁月，岁月就熬成了千辛万苦的"活着"。夜市取缔后，常年摆摊的人们都要重新找一条活路，那时候叶萍的生意还算好，并没有受到影响，因为总有人希望拥有廉价的小资生活，六块钱就可以做到。她为自己提前租下一个门面而自豪，不过她当然明白，要跟"全国连锁"对比，根本就是自取其辱，但她不甘心，她总是比黎敏芝多当几年的职业女性，老公比不得，怎么自己难道还没有一样能抗衡的？她不相信。她比原先更挣命了。具体来说就是来得更早，走得更晚。她骑着电动车跑进货渠道，学着别家促销。写完作业后，柴春雨也在店里帮忙。每天夜里，她们等待着辛酸发酵成金钱的这个时刻：关上门数钱。

叶萍把抽屉里的纸币倒出来，纷繁地下落，纸币落下来的样子那么轻盈、松散。叶萍想，嗬，石头托生成人去世间走了一遭，就有了《红楼梦》，其实人世走一遭，托生成这纸票子还不更好，你瞧它小小身量的，却让人们都哄着宠着争着抢着宝贝着，多享乐啊！这样想着，那纸币就更像美好的日子似的一张一张地掀过来。她把那样的日子一张张捋平了，压实了，它们每一张都在她的手里呼吸、漾荡、表达。

拿去，她对柴春雨说，一张红色的票子就那么无声地移动到了柴春雨的小手上。

柴春雨也学着她将着那些票子，她感到惊讶，是这些花花绿绿的票子在决定着她们——决定她是什么人，决定她能做什么，决定她住在哪里，吃什么，决定她会辛苦还是享乐，这不就是说，是它们在消费她，而不是她在消费它们吗？她不明白，她还太小。她只是问叶萍，可是妈妈，可我们会不会以后又没有钱了呢？

不会！叶萍斩钉截铁，妈妈不是跟你说过，只要奋斗，就能做人上人！

柴春雨说，可为什么要做人上人，为什么不能做人和人？为什么不能做……

好了好了，叶萍很扫兴地把地上的钱都塞进背包里。那背包还是原先摆摊卖的剩货。磨得有些发旧，皮子都掉了。继而她眼睛一亮，对了，我们可以买个大曲屏电视。

当然曲屏电视最终没有买，因为毕竟要上万呢。叶萍攥着那只旧包，想了又想，最后咬牙跺脚，给自己换了一只"有关税"的新包——这已经是改头换面了。她背着新包，不断拧过背带来看了又看，觉得街上的人眼神都在打探自己，于是身子也摇扭起来，突然有了"黎敏芝的味道"。还没等走到护城河岸边，却见着一群人，心里还高兴着，觉得生意这么好，又担忧着，怕店里的帮工忙不过来。走上前去，却瞧见黑压压都是一群有模有样、板板正正的人。热天里，听了这个说话又听那个，吵吵着，脸上汗淌了又淌，才明白了那个事实：她租的店面属于违建。现在，他们在气势汹汹地告诉房东，这里该拆除了。

房东争辩了几句，两边吵嚷，但最后似乎蔫耷耷地接受了这个结果。反倒是叶萍像个疯子似的，推开了人群，就那么张着双臂拦在门口。她的眼神里冒出"店在我在"的凶煞气，但凶煞的底色却不是狰狞的，带着点委屈了。

那个时候，柴春雨也刚从公交车上下来，她远远地也看到了这个场景。但她看到的是大太阳把每一个人都淋上了一身鳞片，而叶萍的脸迎着恢宏的太阳，像一尊佛似的。

很久之后，确切地说，是半个月后，叶萍把卷帘门上那个赤红的"拆"字卷起来，把它埋进她的日常中，她在拖一天是一天地坐在吧台边，把当天的热水一杯一杯喝掉了。有一天，一整日里，门框上的风铃都没有响。那时候，叶萍也突然明白了，原来她还没学会"享受"，就要先学会"丧失"。好生活就像一座堡垒，你千军万马地攻进去，却不一定能守得。那是一个同这段历史一样消沉在春日里的幻想。奶茶店没了，房贷还源源不断。账单月月堆在那里，像堆肥一样，增多变厚，真叫人难以置信。

而柴春雨忧愁的是她已经很久没有跟刘润可说上话了。上次见到她，是在附近大学校园，她跟同学去玩，而刘润可去考试。她的眼睛差点就放过了她，她变化太大了。优雅已经从她身上生根发芽，把她从一个孩子变成了一个富丽堂皇的小少女，可是等她转过身去，没想到刘润可像一只鹤鸟飞起那样跑过来，抱住了她。短短的考前时间，刘润可一直在快活地说个不停。于是柴春雨被动知道了自己也许并不想知道的事情，比如刘润可又拿到了舞蹈的全国比赛奖，比如重点高中也许意味着全国名校的自主招考名额，比如她暑假要去西欧度假，而谢天谢地，她没有像从前一样"邀请"柴春雨一同前往。在考铃响起的时候，等待着刘润可的那些未来之星纷纷挥手。而刘润可终于叹口气，眼睛里星星点点，说，我爸妈离婚了。

老天知道，这是柴春雨唯一一点好受的时候，但她还不能表现出来。她说，啊？那我真替你遗憾呢。刘润可则笑了笑，继而大大方方地说，没关系！我妈咪说，她要向你妈咪学习，做个棒棒的职业女性！

柴春雨上前抱了抱她，第一次由衷地感到了某种差距，然后她也笑笑，变成一种有气无力的叹息，她说，我也觉得我妈很棒。

有一天，人工河修好了。河水据说是从谷水河里引过来的，水流清澈，能印出人影儿，自然也能印出两旁的玫瑰、凌霄、紫藤、凉亭……开凿放水时，北苑的居民们都暂时放下了他们高贵的身段，站在河边观望。而南苑的人们却似乎不屑一顾，没有一个人前来驻足。也是因为那是一个工作日的时间，或者日常的烦扰像铅锤扯着他们的脚呢。外面，是那条奔涌的河流，正丝丝入扣地注入沟渠，把南北苑彻底地、决绝地分开。而柴春雨和叶萍站在不久就要离开的落地窗前凝望着，那细瘦的人工河几乎是纤弱而完美的，在夕阳底下泛着碎银子的光芒，只是这碎银子像一把亮闪闪的长刀，剖开了两边的土地。叶萍搂紧了柴春雨，凝视着夕阳那个漂亮的回身，在高楼的另一头，是它沉落的地方，也是它铆足力气，等待东山再起的时候。

叶萍回身收拾东西，很快，她们要搬回南苑了。她从一堆垃圾里抽出一张小票，对着落地窗里奢侈的阳光，看着上面模糊不清的字。她看懂了，那是她买过的"有关税"的品牌女包，奶茶店拆除的那天，她还试图把包退回到柜台——差点让店员骂出来。后来她把它卖了，才卖了三百块。现在，她把黎敏芝的衣服整整齐齐地叠放在那儿。她抚摸那些缎子，美得艳得高贵得富丽堂皇得简直不像话，更不像是属于她的。只是，她在对它们做一个告别。她把每一条褶子都抚平了，看着它们在阳光底下熠熠，像一句来自未来的诺言。她说拜拜了，它们却不回应，真是残忍。然后她把它们留在空荡的房间里。她似乎明白了，它们比她更属于这里。

她知道这一次，她不会再跑到黎敏芝家里接受怜悯、施舍与安慰，她不会的。她早就诅咒了她一千遍，而自从听人说起，那"全国连锁"咖啡店的老板跟员工有不正当关系后，她就原谅了黎敏芝。原谅了她的高贵从容和雍容大度。呸！又有什么用！

她跪在地上，凝望着阳光一寸一寸地退出这个房间。她有很多告别的话想说，却不知道说什么，或者不知道有谁会听。阳光里头，有千万的齑粉在旋转、在盘桓。傻啊，真是傻，你也就是打转，你也就是围观，你也就是凑热闹。你能得到什么呀！她笑笑，捋开了眼边的一绺白头发。然后她看见了女儿的影子。女儿的影子盖住了阳光，于是齑粉便看不到了。她抬头猛然望着柴春雨。是啊，怕什么呀？她还有女儿，只要有女儿——她就还有千般万种的可能，她后半生就是要为这些蠢蠢欲动的可能性而活。

而柴春雨当年十六岁，她心里悲戚的只是刘润可给市重点高中录取了，哪怕分不够。她想不明白为什么事情会这样。她又一次感觉再也不会见到刘润可了，即便她们相距那么近，但是，她们又是那么远。

她两手扒在窗台上，凝望着骄阳从地面上匆忙退去，被笼罩在底下的人们，不管是北苑还是南苑的，都在这一刻，似乎酒足饭饱，拥有着力所能及的静谧和安宁。

本文发表于《山东文学》2021年第11期

茶　王

　　请喝茶。这是她一天中说的最多的话。每次说这句话时，她的头都低垂着，刘海轻轻地绕过她额头，紫砂壶被她珍重地握在手里，绸褐色茶汤浩浩荡荡地冲出来，准确地落在茶杯中。

　　黛笙，拿八八青饼给客人，结账。

　　老老板把钥匙给她，屏风后面是个宽达一间屋的博古架，像放骨灰盒似的端庄虔诚地摆着一本正经的茶饼，从下到上，参照人间阶级划分，身价少则过百，多则过千上万，甚至百万。她抬头仰望了一下最高处的那个柜子，玻璃反射着凛冽的光芒，锁孔被阳光照得金灿灿的，里面端庄地摆着那饼茶。那饼紫色包装的、整个店里最贵的，是一枚班章。她看它一眼，便心安了，舒坦了。好像它是她的一样。等客人走尽了，她要做她一天中最享受的事——踩着红木的梯子走上高处，双手端着板板正正地摆在架子上，好像站在了云端，用最轻柔的掸子把玻璃上的尘埃扫落，也许根本没有尘埃，毕竟店铺太干净了，而每一样器物都是精挑细选的，包括她。她喜欢这个仪式过程中散发出的醇熟香味，她喜欢这种讲究，在讲究的清晨和夜晚，穿着讲究的黑长衫系红腰带。

　　它给她一种有尊严，有体面的感觉，你知道尊严和体面是什么感觉，它就像条蠕动的虫子寄生在体内，越是卑贱的人体会得越深。所以她常觉得，到茶店之前，她过的是日子，之后，过的是岁月。在她看来，活得有尊严、活得体面才叫岁月，仅仅活着只能叫做挨日子。从日子到岁月，就是有了质感，有了生的凭证，不算枉为人一场。

但回到家她就离这两个词远了，当然一定程度来说感触得也更深了。在家里，她不叫黛笙，她叫庄翠红。叫庄翠红的时候，她不太体面，她和赶集卖石头的丈夫、二十九岁的儿子住在小区深处的平房里面，很多人以为那里是别人家的配房。其实一开始她的家更小，只有配房的一半那么大，两间顶顶小的屋子，一间客厅兼餐厅兼卧室，一间儿子的书房兼卧室。后来丈夫把前面一块空地也圈了进来，盖上了泥瓦和塑料布，这样他们就多了一间房，不下雨的时候，总算是拥有了一个独立的客厅兼餐厅。

那一天，儿子说，我想相个媳妇。儿子有点胖，腿脚不太好，五岁时跟她到她上班的宾馆玩，她洗一捆一捆的床单，儿子钻进滚筒，她一如平常地开机，听见吱扭一声，然后是哗哗啦啦放水的声音，她一如平常地发呆，最后才听到儿子在洗衣机里剧烈的哭声和拍打声。从那后，儿子腿脚就不利索了，走路时一只脚向外委屈地扭着，手也跟着哆哆嗦嗦地外翻，身子像打了个波浪，如果你乐观地想，他走起来真的像单只手划着船。但父母没有几个是乐观的，生活把他们压塌了。丈夫开始酗酒，她换了好几次工作，干过卫生院的清洁工，也做过病人的护工和出院家属的钟点工。即便狼狈，她穿着依旧一丝不苟的干净，后来老老板相中了她，她总算可以舒一口气，在英雄山书市这种清雅地方，换上宽衣大褂，白天能雍容地倒茶，老老板见她沉静，晚上有时也带她跟茶商周旋，反正她是这么跟丈夫说的。

那天儿子说了想要媳妇的事儿，她捧着甜沫的手一抖，粥弄脏了衣服，她的心也往下坠着。她说行，丈夫没搭腔，放下筷

茶　王 　　　　　　　　　　　　　　　　　　　　　　59

子，抱着一块石头，绑在他二手自行车的后座上。先撤了，他说。丈夫赶早市，两人不一块。她摸摸儿子的头，有些亏欠地说，好。

进店时卷帘门已半开，有交谈的声音越来越急躁地泅出来。声音咻咻吭吭，有来有往的，像是吵架，又像斗嘴。她进去后，小老板和老老板爷儿俩像各挨了一锤子不说话了。

来这么早，黛笙。老老板扫了她一眼，到屏风后面拿了两饼茶交给小老板，拿去吧，你小时候它们就来了，按说你该叫它们个哥哥。

您能不能换个说法，瘆人。小老板把那两饼陈年易武茶随意地扔进斜肩挎的牛皮包里，抬眼看了她一眼，吆，今天来晚了。

是你来得早，老老板说，你快去吧，我多见你一面就少活好多天。眼不见心不烦。

我抓紧滚。他出门时又回头看了她一眼，想说什么，嘲讽的语气呼之欲出了，但还是舔了舔嘴唇，抬头望着云朵，天干物燥呀。他说。

小老板是今年刚从加拿大回来的。三年前，老老板老婆作古，他出现过一次，打着伞戴着幽蓝的墨镜，一种游离在画面外的样子。老老板当着他的面总是很严肃，是个没什么新意的古板父亲形象。但儿子一走，一脸老态的他会暂时地眉飞色舞起来，说起儿子小时候多么天资聪颖，手一放琴上，完整的乐章就会飞出来；跑得又特别快，全校的运动会拿第二呢；还会画画，画爸爸像笑口常开的慈祥弥勒。

老老板一直都很有钱，小老板从来都会花钱，后来，小老板自费加拿大留学，学阳春白雪的艺术。学成后，老老板给他几十万糟践着，让他由着兴趣爱好闯荡闯荡。他一个月就闯荡完了，伸手又要。老老板继续给，但是这次小老板搞了一个小剧团，脱口秀、相声、乐队，花样新潮，属于七荤八素的杂烩，有时候也在店里讲两段，顺便直播带货。那都是极新潮的东西——离翠红有闪电雷雨的距离。老老板似乎认为这也是出息，虽然与翠红理解的不同。有钱人怎么挥霍，日子都那么丰盈，穷人怎么紧缩，日子还这么干瘪，这就是与生俱来的。

每次碰上小老板，她会不自觉地盯着他的腿部，他的腿那么修长完整，走起路来像弹琴般协调，两条腿单是支棱在地上，都有一种不慌不忙的优雅，这让她觉得很刺目。他跟她儿子一般大。

老老板已经端坐在茶桌旁，她焚好香。照例开始打扫，在打扫的时候，她抬头去确认那枚最最昂贵的班章，或者说，是他们相互确认——它正正儿八经地坐在最高处，像个睥睨一切的皇帝。它值得，老老板刚从拍卖会上将它捧回来时，眼里都是流星，刚刚起飞的那种。老老板说，黛笙，我拥有它了！你知道吗，这个数。她捂着嘴说，天哪，七万。老老板说，不长眼！我说的是位数。

有客人推门进来，转了几圈，不住流连。老老板只把前面低柜摆着的拿出来。客人说，不错呀，好着呢，顶级的！哎哟，就是价格贵了，再便宜点，八百！八百卖我，我还来买。

她想，像这种千儿八百的你都觉得不错，你还没识过真好货。那人跟老老板推来搡去很不像样，老老板说，不识货！大袖一甩，上街去了。客人悻悻地吐了一口唾沫，她皱着眉头上前拿白雪样的拖把清理。客人耷拉着下巴瞅她，老板娘吗？能给便宜点不？您说了算呐。

她把拖把往他脚底下伸，头也不抬，我是打工的，老板定价了，不能变，我们家的普洱，它值那个钱。

对方说，那也不能这么贵啊，这么一泡就没了，钱可是真金白银，这汤汤水水顶什么用。

她把手握在拖把头上，端起身子认真地看着他，声音里透出不客气：爱买不买，没折扣，出门右转过两张铺，有便宜的，请您那儿就便。

嘿！客人眉毛一挑，眼白多得像险些掉出来的塑料珠子，把外穿的褂子一甩，衣服下摆正好扫过她的脸，一股淡淡的烟味搅扰着空气。

神气个鬼，又不是你家的，你就是个打工的。这句话从风里递送过来，客人出门又是一啐。

在袅袅的炉香中，她冲着门外发呆。她拍了拍自己清爽整洁的大褂，尘世间的一切烦恼都暂停了、消弭了，茶香慢慢弥漫出来，都变成明亮玻璃后的烟幕，而她在时间中乘烟而去，茶香是普洱在呼吸，它们有着磅礴而安静的生命，并且妥帖地怜悯她，比起人的怜悯，它们的怜悯更生动、更巨大，它们像她的娘家，使她从卑微变得尊贵，她才不怕什么。

那天晚上老老板留她吃饭，他们去见一位云南的茶庄主。席间，他们说的专业术语、行话飘荡在飞沫中，像病菌一样传来传去。但是这天她心思没装在兜里，心里想的都是待会儿怎么开口。眼睛又被桌子上的饭菜吸引了去，一个个烟雾缭绕的盘子，精致的菜品做出各种造型，只占盘子四分之一处。两个老板每样都挑一挑，品一品，筷子似乎是用来摆着的。老老板的牙是假牙，不喜吃肉，翠红也没怎么舍得吃。饭后，老老板照例说，这些菜倒了可惜，让黛笙拿回去喂狗吧，她养了一条大型犬哪。这又是话题引子，云南茶商有意示好，谈兴浓起来，非要跟她交流养犬心得。她不胜烦扰，敷衍几句，低头不说话了，只是使劲装着菜，直到服务员拿来的塑料袋不够了才收手。

晚上茶商送他们回去，她和老老板坐在后排，外面夜已经深沉得像一只被打昏的熊。老老板枯枝般的手攀上她的手。他自然没醉,他只醉茶,不醉酒。她低着头,一手小心地被握着,一手拎着菜汤,菜汤滴滴答答落在茶商整洁的车厢里,听起来像犯罪的声音。她知道老老板对她的那点意思。男女之间,这种暗潮汹涌很常见,她并不以此为意。但是今天她还要跟他借钱,这就使得关系复杂了,像裙子染了色,很不好看,不像样子。

车停在店前,茶商走了。她半拉开卷帘门,把饭菜挂在屋内门把上,两个人斜着身子弯进来,又开了夜灯,老老板鼻息已经过来了,叫她黛笙,让她给他捶背。她点了香,又把屏风后面的罐子、柜子都一一检查好。她想选择一个开口的机会,就像在绵密的绸缎里插进一根针。老老板双手环抱起来,她一弯腰钻出来说,我家屋顶最近需要修缮,现在天冷呢,过几天北风一刮,在屋里跟街上一般冷!她捡了一个最无关紧要的理由。

老老板不说话,闭着眼睛,香炉的烟只是笔直地往上走。

需要多少?他睁开眼。

能提前给我预付几个月的吗?她低着头问,手又游到他后背上按捏。

黛笙,你家是个无底洞啊。

那有什么办法。她的叹气把香炉的烟吹倒了,像魂魄散了似的。

你得让你男人出去混钱。男人不出去混钱,女人就没法跟着男人混日子。

她手上加了一把劲,您说得容易,挣钱哪像你们这么简单,他原是个做木工的,吃手艺饭,现在都是机器生产,哪里还能用他?那手艺也是给村里做做凳子、柜子,当年是我非要农转非,让他没有营生,村里收了房子又回不去了,又是我把孩子耽搁下,到底都是我的错……

唉，你也不容易。老老板总结说，大概也是不想听她翻来覆去地叨唠。他又道，这些年你进步很快，跟着我也见了世界，不行你就跟他离，我再给你找个人家。

哪有那么容易。她说的是实话。儿子的残疾、丈夫的无用都跟她有关，像是长在她身上的两个疮。两个疮平时会肿会疼，但是藏在衣服底下，看不见不代表不存在。

明天我给你取，老老板翻过身搂住她，反正我没了，这个店也带不走……

她惦记着手里的饭菜。挂在车把上一荡一荡，汤汁不时就洒落在她的长裤上。回到家，她没着急洗裤子，先把盘子都端出来，把菜都倒在一块，往锅里倒油，热了热端到屋里。两人果然在看电视，丈夫说，嗬，你又享福去了，带什么好吃的了？

儿子的头就伸过来，在她周围作势闻闻味，说，有荤菜的味儿。

他们家没有大型犬，小型犬也没有。他们家只有人，偶尔吃不上肉的人。三个人在客厅的小茶几上坐下来，吃着剩菜，外面呜呜的风丝丝入扣、不依不饶地钻进来，丈夫缩着肩膀，拿出白塑料袋装的土茶泡了，汤浑浊浊的。儿子剔完牙，躺在沙发上说，今天邻居大婶来找她，她不在，就给他看了张小照片，对方有眼疾。儿子补充一句，瞎子不好。

丈夫说，你还想要什么样的。瞎子反而是好，不嫌你，女的不嫌你才能过好日子。说完拿眼瞥她，一副上下端详她的样子。

她说，儿子你去吧，看看再说，要拒绝一次，以为你眼光高，再不好给你介绍了。

第二天小老板又来了。胳膊上挂着的小女朋友像个俄罗斯的白娃娃，穿着贵气的貂皮，细长的腿笔直地露在外面。小老板对

　　　　　　　　　　　　　　冷静期　|

老老板说，我想南下搞点投资，您不在南方也有店吗？把这儿一卖，去哪儿不能开个更敞亮的店？再说我们乐队在网上搞直播，一小时就给您卖出二十饼，那可是上好的冰岛呀。您守着这儿，几天能卖一饼。

你不懂，就算几天一饼，那也是缘分到了，人和茶的牵手，人懂茶，茶才稀罕人。老老板把茶水倒进茶盘中，热气熏着他皱巴巴的脸，再说这里有烟火气。我喜欢这儿，茶得和人在一块才有茶味。离得远了就只有植物的味儿了。

您管它什么味，价格在那儿，有的是人要捧着，就是个屎味，也是几十万、上百万的屎，人们也得围着闻、抢着闻。

我一跟你说话就生气，你赶紧走。

小女朋友娇娇俏俏地搂着小老板走了。

她以为老老板会又生气地踱出门去，结果老老板看着她打扫橱窗，又叹口气，说，我这孩子就是嘴皮子气人，他最近把茶开始推向直播了，黛笙——直播你知道吗？他要搞包装，还搞了一场茶演唱会，哈哈，他还跟加拿大一个公司联系上了，说要远销出去。唉，远销出去。也不知道是什么人在品这些茶，也不知道会不会品。黛笙啊——现在我们的时代要结束了。

她一愣，喃喃道，我感觉我的时代还没开始呢，怎么就结束了。

老老板突然站起来，眉头拧起来，你抓紧换衣服，怎么裤子上这么多油。

那天她回家，丈夫早早卖完了石头，在昏暗的客厅看电视，一杯茶一杯茶不断溜地喝着。屋里的穿堂风又开始穿过了她的身体，她觉得膝盖疼得有点像插了把刀子。她进厨房做饭，让混着油烟的热气捂着自己。白天她多暖和，在橱窗里面，被冬日的暖阳烤着，一身簇新的衣服，浑身散发着浓郁的茶香、檀香、沉香；晚上她就跌落到了地狱，家里没有暖气也没有壁挂炉，生生挨着冻。早先时候，他们烧过蜂窝煤，有一天早上，蜂窝煤将息未息，冒出的一氧化碳险些要了他们三口的命。那时候她还没去老老板那儿上班，她做清洁工，干一天累得整个人像是狂奔了六七里的骨架子，当她拖着沉身子从里屋爬出来，爬到大口喘气的丈夫和儿子身边，感觉头疼得要炸掉，邻居们都在场，有的帮他们开窗扇风，有的在拉她，而她的睡衣上破着两个大洞。那时候她想的是，为何我们没有死去，要是煤气再汹涌一点，我们就能名正言顺地死掉。

她没有死掉，后来遇到了老老板，总算是尝到了冬天暖气那包裹人体贴人的滋味。

她正想着，丈夫呼啦一下拉开厨房门，问她要钱买石头。她不愿意，她"借"的钱是用来给儿子谈朋友的。丈夫狠狠捶了一下厨房的案板，说，你又躲到这里开炉子烤热舒服呢。她眼里蒙上一层泪说，要不你做饭！

儿子回来了，搓着那只不大管事的手。她从里屋拿来被子给他盖上腿，儿子脸拧巴着，她没敢问，看来是相得不成功。后来丈夫又挤进厨房，立在门口说，又吃白菜啊，天天醋溜白菜帮。你的钱都去哪儿了？她正拿着菜刀，去哪儿了也没给我自己花。菜刀落下来，噔噔噔响着。

当晚他们吃饭时，开始起风了，院子改的客厅哧啦作响，西北风到了他们家里，似乎转了向，似乎从每个方向吹进来，但是吹进来又不吹出去，冷风把他们捏着攥着。风还不要紧，到了晚上，开始下起了雨。大雨像尿急似的，一声急似一声。她把她和丈夫的旧棉服都加盖在儿子身上。后半夜，突然听到一阵巨响，哐当当，风放肆地夹着冷雨往人耳朵里吹。客厅里噼噼啪啪，好像灌进了雨。她叫醒丈夫，丈夫连忙披了雨衣挪动沙发，两个人拿来家里所有的盆、罐子接雨水。一阵风掀掉了顶棚的玻璃板，两个人淋得像被冰雹砸中似的。丈夫捂着头说得上去盖住，他去找梯子了。她进里屋也想找点盖的东西，却看见床头老年机一闪一闪。

在家呢？老老板在吼。

当然了，她捂着手机下端的话筒说，怎么了？

茶！我的茶遭殃了，这个雨太大，西窗没关。我留了道缝，这下可好，车被堵里面了，赶不过去。小孩打不通电话，黛笙——你！你快去看看店里，都怕潮怕淋，把西墙根的都挪到东边晾着，路上买些蜡烛，这个天小心灯管坏了短路。

老老板是一点儿都不会想到她有什么困难。她的房子正在雨里被压塌，她的丈夫正在房顶缩成一个黑色的小球鼓捣着。她的儿子梦里还在因为没有相上媳妇而痛苦地呻吟。她听见丈夫喊她，让她别傻站着，快过去给他递个家伙什。她木愣愣地递过去，手机又响，老老板的声音也像是浸泡到了水里——快点黛笙，还有别忘了蓝票和红印还在盒子里！

第二天一早，她在地板上睡着了。地板也温暖的，那枚贵重的班章就在她怀里。蜡烛像是不死鸟似的永远都没有燃尽的时候，无精打采地看着她。清晨从天而降，吵嚷落到了早市里，温暖的人声起起伏伏。半开的卷帘门下面，清晨的小风龇牙咧嘴地钻进来。老老板进来把她抱到屏风后面的贵妃圈椅里。她醒了。

又是一天。所有的茶都各归各处，所有的茶都意气风发。班章终于像个老佛爷似的端坐在橱窗里面，锁还是明亮亮的。这里没有雨水的痕迹。

老老板说，我把茶放进去了，辛苦了。然后看着她棉服里面旧旧的睡衣。眼神里有一种对她的怜悯，又看着门口处的泥脚印。说，赶紧换衣服，一会儿客人来了。

我马上打扫。她赶紧钻进里间，在换衣服的时候，对着旧衣裳踩了一脚。她原来觉得她在上流的地方，可以像那枚自知不菲的班章似的睥睨别人，她以为在这里她就能忘掉贫穷和寒酸。但你瞧，多么容易，这些衣服就出卖了她。

隔板后面，她听见老老板叹气说，昨天多谢你了。

小老板下午才赶到店里说，嗨，没事吧，我昨晚在马来西亚跟小孟度假呢。这是赶最早的航班过来的。您还行吗？

老老板说，又出去鬼混。

小老板说，旅游，顺道儿约了个印尼茶商，跨国生意。好过您在这儿吭哧吭哧忙活。

老老板说，你就败吧。

小老板跷着腿，对着黑色的手机屏幕捋额前的头发，我就说您这生意手段过时。现在是什么？信息化，产业化，商业化，您这就是抱残守缺，明日黄花。

行，你翅膀硬了，也有本事了。你闯就是，小心扑棱翅子断了才知道安生。

翅子断了不还有您兜着网呢，怕啥，咱家随便抖一抖，总是能撑个十年二十年的。

她听不下去，也觉得心躁，称了个谎，早些回家。

回到家，客厅第一次这么明亮，因为有一个贯穿的大洞，屋里湿漉漉的像沼泽地。到处都是旧衣服和盆子。丈夫被儿子搬上床了。儿子哆哆嗦嗦地端了一个深盘子给丈夫喂水。

她问怎么了，儿子说，爸爸掉下来，腿折了。

她心里一阵酸楚。她当时咬着牙在风里雨里纠结过、犹豫过，最后纠结和犹豫都随风雨而散去。她挂了电话，裹了棉服，举起伞，骑上自行车就冲了出去。比起丈夫在暴雨里能怎么遮风

　　　　　　　　　　　　　　　　　　　　　　冷静期　|

避雨，她更在意的是那些茶不要受一点潮气。

而这会儿，她终于该履行她为妻的责任，她在床前照顾丈夫。丈夫不仅是腿受伤了，胳膊那儿原来肿着一个大包，眼见着发黑发紫，慢慢钻了一个洞，脓水就从洞里面钻出来。现在丈夫散发着恶臭。她说，我们得去医院了。丈夫没有推辞。

好在她原先在医院干卫生工时做得不错，护士长们都认可她，把他们一家安排在医院一楼一间杂物室住着。在满走廊都是举着点滴、包着伤口的病人堆里，儿子走路的样子显得也不那么孤独了。不少病人还认识她，喊她翠红。

你听，在这里，她不是黛笙，她是翠红。

剩下的钱，她拿出来找师傅把房子屋顶修缮。她看着屋顶那个大洞，以及满屋遭到水浸泥沤的破旧物件，想起当初跟老老板借钱时的借口，想这世道真是荒谬，穷人连撒谎都一语成谶。

就是那时候，她萌生了要偷一饼茶的念想。之前，她从来没有偷过一分一厘，有时候上万、上十万的现金就经过她的手，她只会轻轻地感慨，自己数过这么多钱，却从来没有拥有过。说这话时，老老板还笑她，说都是身外之物，多和少的区别罢了。当时她反驳，她说多和多也许区别不大，但少和多绝对是死与生的区别，至少也是苟且和生活的区别。

那几天她一直盯着橱窗里的茶，她不是在想拿走哪一饼好，她只是在审阅它们，不，她卑微地跟它们商量，谁能跟我走？这些有生命的灵物，在她看它们的时候，她觉得它们也在审阅着她，因为悉心地、手把手地照料过，她似乎能听到它们的呼吸、它们的喜乐，以及它们的哀伤。最上头那饼班章还俯视着她。她怯怯懦懦地说，我只是拿走一饼，我从小长到大，不管经历多少苦，我都熬着，但是我只拿走一饼。一饼量产的、并非无可替代的。

在眼神巡睃时，她突然想起来，上回有个买家把其中一饼古树昔归贬得一钱不值，然后无缝连接地说提出要买走它。那个买家似乎是个领导，所以老老板不敢拂袖。老老板不肯拂袖，不代表她不敢。她手捧着那饼茶，淡淡地说，这个年份的喝起来发酸，汤色也不清亮，您看看别的吧，或者别的年份。她在博古架上寻找它。

那天老老板又出去逛了。客人买走了一饼红印。她把钱放进保险柜里，然后踩上红木梯子，从倒数第三排拿下那饼。换衣服时，她把它珍放在裤子里面的口袋。那条裤子是老老板送她的，阔腿裤，宽松。她前一晚在里面精心地缝了一个不大不小的口袋，外面看不出来，小饼茶放进去正好。她做这些事情时，心跳得像是经历了一场小型地震，天旋地转。当她从屋里出来时，却正好碰上老老板盯着她。

黛笙，你没看见客人吗？

她赶紧泡茶倒茶介绍茶。在做这些常规事项时，大脑中一片空白。然后她发现老老板脸色并无异常，她捏起的那把汗滚落了。在该走的时候，她换好了衣服，却发现老老板并没有走的意思，也没有让她走的意思。老老板拉了卷帘门，让她给他捏背，她犹豫了下，知道自己不会违逆。想去换衣服，那饼茶揣在兜里太沉了。但是老老板说，过来。

她过去蹲下来，老老板躺在榻榻米座垫上，她给他捏背，汗反而从她的背冒出来。

老老板说，小孩想把班章卖了，喏，就是咱们上了三道锁的那饼。

她心里揪起来，就好像要把她割了肉一般。

老老板说，也许我老了，孩子总说我情怀太多了。当年我师傅去西双版纳勐海县，他谈价格，我们包茶、采茶，就是这么一点点过来的。我们这么走过了普洱的历史，就慢慢地给普洱浸染了，给它滋养了，觉得它是个道，一生二，二生三，三生万物的道。那时候觉得茶在枝干尖上都美得很，香啊，那种匀齐和整细，真的像一个珠圆玉润的美人，要说啊，茶就是我唯一仰慕的女人。

她没说话。感觉到一阵失落。

老老板没有看她的脸色，继续说，现在不一样了，现在喜欢茶的人是真的喜欢茶吗？他们喜欢它的贵，喜欢它稀少。现在茶都不是用来品，用来闻的。现在的茶不过就是乱世的金子，闹市的玉，我们的时代大势已去了。然后，老老板说，小老板你觉得如何？

她说，小老板有本事，通达聪明，是个商人。

老老板说，对，他是个不错的商人。而我是个收藏者，说到底是个文人。过去文人卖书，文人卖茶，文人卖灵魂，现在都是商人在做这些事情。你看时代是不是在变？

她说，我是发现了，不管时代怎么变，我们是被甩到时代外面的人，我们感受不到的。

老老板说，你呀，就是心思太琐碎了些。

她想说点什么，但是忘记了。她只顾着手里的肉和兜里的茶。老老板抚摸她。她觉得自己滑落到被发现的边缘，但是又不敢动，老老板的手粗略地攀过她的腿，又捏捏她的肚子。她的汗已经从额头冒出来，凉掉后，啪嗒掉在地板上。

老老板一声不吭，末了，笑了一下，褶子都往眼角跑，呵，还热呢。

她说，热。天开始热了。

她好歹是撑到老老板让她走。老老板走了，她把班章拿出来，轻轻地兜在手里。她在闻它，然后眼泪下来了，她没有擦，看着眼泪浸润到了茶饼中。你不该走，她对它说，你属于这里。

她回家，客厅的顶正敲敲打打，简单贴补。邻居大娘也抬着头看，扭头看见她，说，吆，这是要大兴土木？

她说，哪有那个钱，就是补一下屋顶。

邻居眯着眼睛上下看她，一副看到她骨子里去的眼神，有本事呀，听说你干了茶商。

她低着头，能有啥，不就是混口饭。

邻居说，混饭和混饭不一样哪。邻居大娘的身子挨过来，一股风油精味往人鼻子里钻，那天你大哥看见你，说是上了辆奔驰，奔驰呀，老妹，啧啧啧，我说瞧着你真是保养得好呀。

她想骂人，但是口袋里的那饼茶在晃，她叹口气，要是没事我走了。

那邻居说，哎，有事，有事，我跟你说正事。我又给你儿子说了个媳妇，浓眉大眼，细杆长条可好，卫校的小护士。

还有哪里不济？她低头问。

瞧你这话！怎么还都得不济才给你家找嘛。人全毛全翅着呢，就是家里底薄点，还有两个弟弟。

那挺好。她说，那真是谢谢您了。

不谢呀，给你们介绍好了，别忘了咱们，咱们跟着喝喜酒。

她点头。她没有说，前两天她还听到这位邻居对另一个邻居说，什么叫干了茶商，明明是让茶商"干了"。那些话很不好听，她也由他们说去。但是可笑的是，他们比以前更热络了，仿佛他们也有资格怜悯她似的。

后来，丈夫的脓水被大夫抽干净了，又打了包扎，剩下的就是等着痊愈。儿子跟"全毛全翅"的小护士相处得不错，这事出乎她的意料。两则喜讯让她觉得生活有了那么一点点的指望和盼头。

　　她始终揣着那饼茶，就像揣着一个巨大蓬勃的秘密，有了它做底，她敢做很多原来自卑到不敢做的事情，比如讨饶，比如承认自己的穷酸，比如求援。所以，在给丈夫结算时，她第一次费尽口舌、把自己的境况反复诉说，给儿子申请残疾补助，申请低保（被拒绝了），她托熟人转面子，又跑医保，算是撑了过来，她没有卖掉那饼茶，没有把它换成庸俗的钱。她知道，卖掉它，她就跨入了另一种境况，她实锤了"偷"这个字眼。

　　她没拿出它来还有一层原因——不想让它看到她是这个处境，他们之前共同享受过人们的仰慕不是吗？所有那些进店的人不是都在奉承她，都在赞美她——她记错了，他们是在奉承老老板，赞美茶饼。

　　但是这不重要。谁说这重要呢？

　　接下来就到了这一天——对于她来说，往年不重要，今年却变得有些重要的一天。这一天是她的生日。

　　出院的丈夫白胖了许多，一改往日的懒散，一大早就搬石头绑在车座上。她说你胳膊刚好，还虚着呢，小心些。

　　丈夫用和悦的声音说，不打紧，今天你生日。两个人都有一种"郑重其事"的默契。

　　丈夫以前从没给她过过生日。他们都心照不宣地觉得，像过年、生日、端午这样的时候都是花钱的日子。如果不说破，就不用破费，反正穷人的日子，有肉吃有盼头就是年和节，省略能挨过日子的漫长。

　　只有对儿子，不管多窘迫，她都会给他买一只用透明塑料盒子装着、订书机封口的简略蛋糕。小时候儿子自然开心，后来儿子长大了——是那一天他们认为那是儿子长大的时刻——一家人围坐在以二代表二十六的蜡烛旁许愿，被烛光烤得温暖而安静时，儿子把残腿抱在怀里，深沉地叹了一口气说，以后我再也不要过生日了。

丈夫问为啥。

儿子把蜡烛拔出来，儿子说，我许愿了，要腿好起来，要有钱，要能娶个心上人。可是承愿的神仙也嫌贫爱富。我们厂长的儿子搂着他女人逛街，为了找零钱随便买了一张彩票，妈的，中了三十万。他跟我们说，太好了，又能换辆车了。唉，三十万——儿子的眼睛发直发呆，看着蜡烛，烛光像夕阳似的那么安详地躺在他眼里，可他说的是——三十万哪，要是我，我都能换个人样了。

她低下头，两只手不知道往哪里放才好，胸口有点疼。丈夫一撅而起，上去就踹了孩子一脚，×你妈，这就是世道。别跟别人比，给你自己找不自在，给你爹娘找不自在。以后蛋糕不买了。丈夫一拳头砸了桌子，甩手进了里屋。只留下满桌无辜的筷子在刚才愤怒的余波中乒乒乓乓地颤动。

丈夫就是这个脾气，因为不知如何安慰，反而拼命隐藏，因为挣扎没有用，所以宁愿自暴自弃。就像猪掉进泥淖里，反而对岸上嘲笑的同伴说，你瞧我玩得多带劲。

当然，那之后，连儿子的生日都俭省了。一年和一周和一天，区别变得越来越模糊，日子长着孪生的面孔，至少对他们而言。但是今天，今天不一样，因为今天丈夫的伤好些了，丈夫还罕见地发了宏愿要给她过一个生日。而儿子和小护士近期聊天能到晚上八九点，被窝里亮着旧手机昏黄的光，儿子的眼睛放着神采。你能不说这是时来运转吗？

所以，她全心全意地期盼着，期盼到每一根汗毛都为此而炸起。

那段时间，老老板跟小老板在店里相遇的时刻变多了，相遇这个词就是解释这个状况的——就像一颗顽石撞上另外一颗，它们擦出火花，还兴许乒乓作响。他们就是这样，不是在眼里滚着火，就是乒乒乓乓吵。内容总是翻来覆去，无非老老板还想守着店，守着他的古城和他说的那种文人的方式卖茶——求知音。小老板却已经嗅到了潮流和市场萌发的鲜味，说是不肯放过这个机会大展身手，他也不想被守困在一间小小的一百平方米的店铺里，一条瘦瘦的英雄山路，一个土里土气的二线城市。

　　就在那天早上，小老板又来了，点评几句老老板的生意经，然后又着修长的腿，开始数点那些名茶。数来数去，他说怎么少一饼。

　　老老板说，怎么少，一点不少。

　　小老板说，我原先在最下面一排那儿用小茶饼摆了一个英文字母，现在看着，斜了歪了。我瞧您账本，最近也没卖出小饼啊。

　　那可能是收拾过。老老板把蜡梅插进烫金的花瓶里。

　　不可能，组成的那个字母间距我是清楚的，我看啊，小老板还想说什么，老老板拿起一把空白面的折扇，扇子头打在他嘴上，算是封了他的口。

　　我还没老，老老板喘起气来又松又垮，像是撑大的裤腰带，你少管点吧。

　　他们说的话，以及比说话更重要的语气，都已经明白无误地传递给了她。她有些无措了，手攥紧了又松开，里面都是汗，脚也挪不动，似乎是被地板粘住了。

　　老老板没有看她，小老板嘴角不怀好意地微笑，早晚呀，他拖着长腔，像在对着老老板发出预言，我瞧您守不住这摊。还得跟着我干。

　　你这不孝子！老老板大怒，又操起折扇来，作势要打儿子，你老子我还没驾鹤西去，少给我打你那新潮算盘，我在云南采茶起步时，你还不知道鼻屎什么味！如今倒要你老子给你打工！

小老板把脸贴上去，您原先不也是打工的，思路得转变呀，您怎么打起的第一桶金呀。文人，文人的方式能行吗？您可是知道的。小老板嘴上笑着，眼里也漾着笑意，双手一举，投降似的小碎步往外溜。

老老板像被掐住喉咙似的，噤了声。

小老板走出去后，老老板才敢摇头，指着门外，冲她叹口气，你说他！黛笙，你说他呀。他看了她一眼，眼神里有很多的不自在，这个孩子，怎么打起第一桶金，靠的是一步步的打拼呀。

也许他忘记了——有一天，在他醉酒的时候，她照顾他，在把装满呕吐物的盆子端出去倒掉时，他支起半个身子扯她的袖子，她听到他剧烈地喘气，然后是呜呜的哭泣声，她回过身来，看到他身体蜷缩起来，好像一个瘦弱的小孩子。他说，黛笙，我睡不好，晚上我睡不好，我的时辰也许到了，我得去见我的师傅了，他要我，他想让我谢罪哪。你知道吗？他是个拼配师，是真的有才能啊，读了许多的书，写了很多茶的文章，像你一样黛笙，他生不逢时啊。而我在他收我为徒之前，只是个卖豆腐的，我很小的时候，他路过我们家，我爸妈给他一杯水，往后他好了时，他又来，就说收我为徒。我一直跟着他找茶、做茶，十多年。有一天——他浑浊的眼白飘远起来——师傅家里来了许多人，老老板说到这里，突然往上一挺，把身子翻过来，整个匍匐着，屁股撅在后面。我就这样黛笙，我就这样藏在床底下，眼睁睁地看着他们冲进来，他们穿着统一的制服、戴着袖章，把他的书、他的文章都撕个稀巴碎。有人拿着木枪，几下将师傅捅倒。他刚倒地，又有人拽着头发将他拖起来。他们把他拎出去，让他当众低头、罚跪、脚踢，反捆了双手，用地上的污泥往嘴里塞，往脸上抹，他们朝他吐吐沫。我听到最后，他在院子里凄凉地喊——我是狗崽子，我是渣滓，我该死——我捂着自己的嘴，蜷缩着，黛笙，就像这样蜷缩着。我没有站出来，在他们走了之后，我趁着夜色跑了。不，老老板眉头的褶子像被绳子穿在一起，我跟他们是一样的，我也打劫了他，我把他的拼配秘方偷走了。在地板下面，老老板突然爬起来，像条狗一样趴在地上抠地板砖。他情绪激动地冲黛笙指，那是师傅的，而我把它偷了，我把它偷了，然后卖掉了，假装那是我的，我靠着这个发了家呀。后来，后来师傅死了。我心安理得地靠着配方干起了营生。他突然再次呕吐起来，老泪纵横着，鼻涕和呕吐物一起流淌在深夜漆黑的地板上。她突然泛起一种巨大的怜悯，一种温柔的宽恕，一种同病相怜的错觉，她突然觉得他们中间无形的壁垒在融化，她靠近他，抱住他。那是第一次，她在屏风后面抚摸着这具苍老、虚弱的身体。

他真的忘记了吗？庄翠红此刻看着他，不置一词。

嗐，他看着窗外，声音突然柔软了，像是被热水泡过的——当然，他也有他的手段，也许我终于要跟着旧时候一起淘汰了，黛笙，你说我会不会被淘汰？

她擦着桌子，心不在焉地说，不会。时代不会放弃一个还在挣扎的人。

老老板背着手，走到近处看着她，阳光在他们中间筛起一扇粼粼的隔膜。老老板说，黛笙，你说你看过很多书，我是信的，你呀，该走人上人的道儿。

说那些没有用，我家里姐妹七个，人多钱少，活下来就已不错了。

你妈妈呀，不该生那么多。老老板很有见地地分析。

老板，见识少是遗传的。就像你们有钱，也是遗传的。

老老板像是在岔开话题，他说，算了，又不是你的错——今天小孩联系了一个团购会。一会儿你可能要忙了，黛笙。我这个店，全靠你呀。

她今天心情被小老板、老老板的猜疑和窥探，不，更多的是被那种举重若轻的安慰给刺痛了。她的那颗柔软脆弱的自尊心像一只膨胀过大的气球，正在踽踽地飞到天上去，气压变低了，到了快要爆炸的临界时刻，冲淡了也冲毁了她对这一天的期待。一会儿，来客了，都是商旅人士、中年精英的打扮，穿着黑色、灰色、藏蓝色的低调夹克、羽绒、风衣。在高高低低的架子前，点评欣赏着每一饼保存完好的古茶。他们在小声交流或者沉默。屋里挤满了他们的贪婪、物欲和享乐。一股掩盖在香水味道下的腐烂气息无声地漫溯。她想吐。她机械地报着各饼茶的年份、口感、收藏价值，听着他们啧啧称赞或者叹奇。有一个男人，从她说欢迎光临开始，就用一种鄙夷的眼光看她，在她荐茶时，眼睛透出一万个不信任。他穿着锃光瓦亮的皮鞋，点评着一只宋聘号茶，说这茶口感涩，发乌。然后他问了价格，问了价格后，他语调变得酸溜溜，说，发涩的茶不值得一买。几个人没有主见的，跟在他身后点头称是。

在介绍了采茶、品茶、存放茶的讲究后，最后一个环节，便是让他们掏钱购入自己相中的茶饼。小老板带着他的小剧团，从天而降般出现在翠红眼前，整个屋子被他们填满了，像一个聒噪的桑拿房。他们衣着时尚，手里操着笛子和萨克斯，不伦不类地吹《梁祝》，成功地把《梁祝》的凄美毁于一旦。

她给那个看上去衣冠楚楚的人推荐了一饼83年的昔归，有字号。那人的脸色更是不好看了许多，他身边走着一位真正的贵妇——高冷得就像翠红希望自己成为的样子——穿着长及膝的大衣，料子细腻得像是某种水波纹，身形款款，面容并不算年轻，但是已经有了阅历的韵味。正抱着胳膊看着橱窗，偶尔地，捂着嘴对着那人微笑，说话。小拇指娉婷地翘着。翠红看她有点发呆，声音像被风刮走似的，断断续续。后来她说，大家自己看看，有喜欢的我单独给大家推荐。

她挨到那女人旁边问，您想要什么？挨近的那一秒钟，她便失魂落魄。因为她只顾着往前靠近，却慌张地踩住了那女人长长的衣梢。女人轻轻哎哟一声。她不住地道歉，那女人皱着鼻子点头，并不说话，两只白嫩的手，从皮包里轻轻翻出一瓶口香糖，啪嗒开了口，手。她对庄翠红说。

嗯？

我说手。她的声音温柔得好像一个仙子。

她不好意思地伸出来，她的手关节粗大，手掌纹皱得像一个诅咒，上面铺满横七纵八的失衡的命运。像枯柴，说枯柴还是好些，倒像是冷冻的红烧鸡脚。那女人玉似的手轻轻一点，点在她的手上，旋即拿开，好像一道柔和的白光从皲裂的土地上消失。

三颗口香糖。

她不说话了，手颤抖着，把口香糖轻轻攥起来，一会儿，在别人看不到的时候，她把口香糖尽数丢进了簸箕中。

小老板高亢的声音越过伴奏飘荡在屋里，现在是普洱的年代，大家知道吗？最近一饼古树易武茶拍到多少了？（他举起手来，翠红不想看，也不想听，但是声音躲不过去）普洱是什么？可以入口的古董，它是隐形资产，是保险投资，亲人们，它具有只涨不跌的耐久性。你们可以品饮，可以送礼，可以收藏，它们就像成功的男士，越陈越香！

一阵哄笑。

很多人付款，买的多是千元级以下的。每饼茶为了彰显身份，都有着精细的包装。她为此手脚不停，从来都没有这么忙碌。但是一边包装，她一般愤恨地想，这样下去，这里真的就是个百货商店了，她再也不是端坐在明亮橱窗里焚香，轻轻安放长袍上褶皱的黛笙了。再这样下去，她又要打回原形，变成忙碌、庸俗、疲于奔命的庄翠红。不，在包装的时候，她再也不能自如了，她觉得自己的手粗糙、干瘪，上面刻满了穷人的卑微。她想起女人的手，那只手，像是无形中的一个耳光。啪的一声打醒了她。

有人递给她一饼 7532 雪印。那是那天下午所有卖出的——在千元和百元中独占鳌头的一份，八万。她调整出一个恰到好处的笑容，抬起头看到的，却是那个女人。

我买了。在隔着她很远的地方，女人说，脸侧过去，并不看她。

她怅然地盯着女人离去的背影。

小老板领着他们鱼贯而出，说是去给他们买赠品书画去了，乐队也跟着收拾好东西。乐队里有个胖子喝完矿泉水，把瓶子扔在正在打扫的翠红的脚底。矿泉水瓶咣咣当当地砸了她穿着布鞋的脚尖。一阵钻心刺痛。她抬头一脸愠怒地看他们。

小女朋友下巴一抬，声音俏俏的，下回我们来，给倒点热水成不，声音又压下去，带着自以为是的幽默感——别光伺候老的。

她撇撇嘴。胖子说，哎，跟你说话呢，这位大娘。

知道了。她轻声应，弯了一个九十度的腰，把矿泉水瓶捡起来，躲到一边去。

他们哄哄闹闹地抱着乐器往外出。她听见那胖子问女孩，谁呀这是，这不你家浩哥的店吗？

小女朋友说，没长眼神，打工的，乡下女人都这样。担待点儿。老头选的，你知道老头那审美。

她呼出一口气，颤抖就像一阵潮水，哗啦一声盖过她，然后眼泪就随着颤抖被甩下来，像打碎在潮水深处。

老老板回来，见她这个样子，也不言语，黛笙啊，老老板咳嗽着，我这身子骨也不大行了，没几天好日子喽。瞧这天，阴冷下雨，晚上得给我捏捏背。

　　晚上不行。她终于说，今天，今天儿子带媳妇回来。

　　老老板用那种幽深的眼神又看了她一眼，说，我倒忘了你还有个儿子。去吧。

　　她以为她这一天，总算是挨到了傍晚，挨到傍晚，该是万物归息，天神该停止捉弄她的一刻。她千算万算，没有想到会在这一刻看到丈夫。

　　是她最后擦着橱窗的时候，看到丈夫把自行车远远地停在他们门店外面。她还没有反应过来，丈夫就一脸喜悦地大步走过来，进门。她欢迎光临没有说。他们只是面面相觑。

　　老老板在茶桌后面倒茶，她放下了洁白的抹布。绕到前面，看着他，你来干什么？她低声地问。

　　丈夫满脸发红，她这才发现他穿着最整洁干净的衣服，那是他们结婚时他穿的。丈夫手抹着头，背也挺直得不自然，他不对她说话，声音是冲着老老板来的：嗨，老板，我来买茶，对，买茶。

　　他侧脸给了翠红一个俏皮的眨眼，用手指指自己挎着的腰包。翠红更是紧张了。

　　老板有什么好茶？就单单是这一句话，他就说得很生硬。

　　老老板根本没有站起来，摇头吹了吹茶梗，把手里陆羽的《茶经》放到一边。

　　哎，有什么好茶吗？丈夫又搓着两只红烫烫的大手问。他穿着西服太荒唐、太僵硬，像《摩登时代》里的卓别林，翠红不忍心看。

　　老老板抬眼看了一眼，只是一眼，翠红心像钻了一个风口子。老老板是外面逛得烦了，往常只这一眼，他便会离开那张茶桌，躲到外面去。这会儿他倒慢慢悠悠说，你有什么想要的吗？声音像一堆碎纸屑铺满一地。

要个好的。丈夫像苍蝇似的继续搓着手，好点的，咱也尝尝。哎，不是，咱喝惯了的，嗯，来个普洱。不是，我是说，来个陈年的普洱。有啥样的呀？

老老板笑了，翠红想逃掉。在老老板低头的瞬间，她轻轻在后面拉了拉丈夫的衣服，她想告诉他，别这样。别这样出丑，别这样寒碜，别这样丢人，别这样。但是丈夫今天高兴，特别倔地向老板走去，并不理她。

老老板并不认识她丈夫，但她觉得老老板此刻有意捉弄似的，说，要好点的还是一般的？

丈夫脸更臊了。当然好点的。

她后悔，她不曾跟丈夫通过气，关于她到底在怎样的茶店卖怎样的茶。她焦急，不知道承认这是她的丈夫会不会很难。在丈夫终于开口点了一个橱窗上的茶叶时，拿来我看看，丈夫说，我可是识货的呀，咱给人买礼物，不差那点钱。

她立刻摒弃了承认这是她丈夫的想法。

果然，老老板亲自给他拿来了两饼茶，都是小克数的，她有一刹那希望老板拿出来的是陈年古树易武，带字号的——干脆丈夫就买不起，但是老老板今天很有兴致，他只消打量一眼便可知道来人几斤几两，所以他拿出的两饼茶，总数不过一千元。

丈夫打听了成色、问了口感，听她向他慌慌张张报了特点和生产年岁，最后才像从线团里拎出一个线头似的，小心翼翼地触及那个话题：到底多少钱？

老老板只是一沉吟，抿了一口茶，八百元。他说。报的竟是底价。

我，我就要这一个。我不要一斤呀。丈夫惶恐的错愕真是让人难堪。

这是一饼茶的钱。她终于开口了，低着头不敢看他们中的任何一个。丈夫双手端着那饼茶，眼睛好像掉了进去，又好像是几天没吃饭的人望着一只热腾腾的烧饼。他看着它，手渐渐颤抖起来，整个身体像是轻微地被风吹拂着，只有也许离身体重心偏差一度的颤抖，但她还是发现了，因为发现了，所以更加怜悯，但是她怎么说是怜悯呢？他们分明是同一款同一个，他们该共同承担着此刻的丢人现眼才对，而丈夫甚至不敢抬头，他眼里有太多的内容，像诧异、震惊、羞赧，最残忍的还是那种无地自容。

最无地自容的时候，在于老老板满含体谅地说，是有点贵，但是贵有贵的好，喝过贵的，就真正懂了什么叫品茶，你说是吗兄弟？

丈夫最后还是夺门而出，算是仓皇而逃。而她也站在那里，久久喘不过气。直到老老板轻轻说，生日快乐，黛笙。

生日快乐。儿子说，这是冯玲，妈妈。

女孩个子矮矮的，脸有一种土气的高原红，穿着臃肿的棉服，脚上踩着两只船也似的雪地靴。声音倒是铿锵有力，吃起饭来也很皮实，不做作。翠红有点喜欢。

他们——她和丈夫几乎是慌乱地表演了一个窘迫的家庭如何满腔盛情地去接待另一个窘迫的姑娘。他们吃了相对来说丰盛的晚餐，四菜一汤，荤素有序。他们说了很多有咸有淡的话语，她亲切，丈夫和蔼，或者丈夫幽默，她温情。总之，他们尽量地把家庭气氛调节到一个他们认为温馨，并且不寒酸的境地。冷风还是不羞不臊地从窗户缝里挤进来。窗外已经下了雪，有些地方白得发亮。雪花掉落在他们新盖的房顶上，掉在他们的窗棂上。四个人交谈的声音都高昂，虚张着声势，像是在空中打着架。最

茶　王　　　　　　　　　　　　　　　　　　　　　　83

后，儿子双脚像打着波浪，勉强着要送冯玲回家。他们老两口给儿子架上电动车。那是一个星期前新买给儿子的，总不能让儿子在走路中一遍遍露拙吧，每一次露拙都是一次惊心动魄被人嫌弃的过程，这样的过程就是遭罪。他们在路口目送着儿子。丈夫轻轻地叹口气说，唉，结婚呀，还得准备万里挑一。刚才儿子说退休金，你我谁有退休金？

她咬了咬牙，不说有，谁跟你儿子呢？卖石头卖到死吧，只要活着总会有法子不给孩子添负担。

丈夫说，算了，船到桥头自然直。这自然是他这类人得以浑噩过日子的绝佳理由。

她不自觉地握了握裤兜深处的那饼茶，感觉它在她手心里微微地发酵，在呼吸。

回到家里，她洗碗，丈夫突然油腻腻地凑上来，来吧，丈夫在她耳边说，儿子一时半会儿回不来。她扬起带着洗洁精泡沫的手挡着他的脸。

丈夫不由她分说，把她横起来抱到床上，急火火地脱去衣服，他毛躁躁的手像只猫一样上蹿下跳，突然停下来，黛笙？他在黑暗中轻声叫，你在那儿叫黛笙？谁他娘的给你起的这鬼名？

你别问。

我怎么就不能问了。然后丈夫开始央求，央求她穿上她前一天在家里洗的另一套工作服。他说你穿那个显得特别像个贵妇。

拧不过丈夫的难缠，或者说，不想去跟丈夫的难缠费任何口舌。她穿了，部分袖子还湿漉漉的，丈夫很兴奋。他嘴也不闲着，絮絮叨叨着问老老板的来龙去脉，咋会那么有钱呢？丈夫问，你们一个破茶，看着旧成那个样子，还宰人哩。

她扭过头去，窗外的路灯把丈夫的身子照得像一具明晃晃的尸体。她说，你今天下午就不该去。

丈夫的呼吸泼在她脸上，冷水似的，我怎么就不该去？我不是攒了一千块钱，想给你买块茶，让你也享用享用。我怎么就不能去？我还就得去，咋？你那是皇宫？故宫还买票能进呢，就那破地方，我怎么就去不得？

丢脸。她说。丢脸。她又说了一遍，然后开始哭起来，一边哭一边撕扯着那身长袍大褂。

黑暗中，他们像是在无声搏斗。

丈夫叫她黛笙，她的泪终于伴随着耻辱一起流出来。一个人怎么会分裂成了两个人？黛笙这个名字，响彻在她漆黑、阴湿、凉透的房间，不再是属于光明、尊严和体面，她的上流梦想离她远了，像是一艘漂流的船，从她的一头，泊向了遥远的对岸，而对岸没有她，只有漫无止境的荒芜。

很久以后——当然也不是很久，总超不过半辈子的时间。她老了，老了的她喜欢穿着过时的民族风大袍子，上下一般粗，腰间系着一个口袋。总会想起那场大火，以及在大火之前，她分裂的人生。当然，大火之后，她的人生不再分裂了，她的人生——永远只归于了卑微。

大火发生于那年的春天——那年春天来得格外早，儿子的女朋友再来他们家做了两次客。春天就毋庸置疑地到了。天气暖和了，他们家也显得不那么困窘了，唯一困窘的是儿子。三十岁的儿子吵着要房子、要票子，很空很大的梦。那天，翠红卖掉了那饼昔归。她是从过去熟悉的客户那里，卖了一个相对合理的价格，正好够儿子万里挑一的礼金。昔归，昔归，她把它递给客人的时候想，往昔的岁月再也不可归了。

她在包茶的时候，听到老老板跟小老板在屏风后面吵架，内容还是一成不变的关于时代变与不变、思想更与不更，老老板捂着自己的胸口，气得拼命咳嗽，像是风吹过祠堂的呼呼声。这回，是小老板从屏风后面站出来，然后潇洒地甩手而去。天已经黑下来了，她目送着小老板的那双腿上了宝马车，然后看着宝马车优雅地转过一个弯，从拥挤的人群中开出一条道来。老老板还捂着他的胸口，拿着一杯茶可怜巴巴地望着她。

他念叨，黛笙，他说，我们的班章，唉，我们的班章要卖掉了。他点数着，他们一块抬头看着那饼茶，好像遗憾地目送它。但是老老板往青花瓷的痰盂里吐了一口痰，语调又清扬起来，也许并不是坏事，把它卖到国外去，你说可是好？

我不知道好不好，她垂着眼睛，看着自己的脚，我知道的并不多，老板，我原先觉得，我跟您共同经营这个店，认识了茶，知道了它的来源、它的口感、它的价值，然后给它们找了一个新的家，在这中间，我见识到了另外一个世界，在那个世界，你们一掷千金、随心所欲。原先我想，我们没钱的世界和有钱的世界终究是一个世界，所以我也愿意忧愁您的忧愁，哀伤着您的哀伤，但是现在我觉得好像不一样了。我们是一个世界，但你们发生着的、哀愁着的、斗争着的，我像是隔着玻璃在看，我知道发生了什么，但是闻不到切实的气味、听不到真正的声响、看不到具体的内容，我只是隔着玻璃在看啊看，闻啊闻，听啊听，到头来，我还是玻璃另一边的人，我们头挨着头，只能窥探着、好奇着、向往着。又有什么用呢？我真的懂您吗？我真的懂茶吗？我真的能有钱吗？我能有什么呢？

老老板嘴角拉扯着，他老了，白发已经把他装点得像岁月的遗址。他摇摇头，黛笙，你啊。你还记得吗？他问她，我第一次看到你的时候。你就不年轻了，好像是周末打了个闲工，出现在早市上，浑身都是面粉味。你一看见我，就拼命兜售。我问你卖的面包有什么特别，看得出，那天把你累得够呛，脚来回地踮着，换着站，但你依旧神采奕奕。你说你卖的面包好吃，又韧又嫩，什么用东北优质麦碾的面，特别细滑，水是长白山水，特别清冽，揉的时候三道打面，面发得柔韧温和，过程加了牛奶和晶糖，入口鲜甜可化，怎么说呢，像嚼着云朵，保干吃、蘸吃两相宜，怎吃都如坐云巅。当时我一边试吃你递给我的面包，一边想，这个娘们不简单啊，能把这鬼难吃的面包描绘得有滋有味，我的茶要是有这个娘们照应着，也许不赖。我能看出生活在糟蹋你，你穿得又土又简朴，但是你不邋遢，你还有一种渴望，那种还向往着生活的渴望。后来你说你看点书，就是家里孩子多没上上学我就明白了。看过点书的人都不安分。这是好呢还是不好？这些年我也想，我把你带过来，经手这些昂贵的茶，看我们这群并不比你强的人，在生活中享乐——也许对你很不公呢。

她鼻腔里突然就堵上了一股酸味，道，那时候我还傻咧。现在不了。

老老板问，现在不了吗？老老板叹口气，他明天得一早来，比你我来得还早，咱们的镇店之宝可能要远渡重洋，不知哪日再见了。

那，她低着头，它走了，我们的店还会在吗？

老老板拿起一顶黑色的帽子戴在头上，春天就是风不好，他喃喃地看着外面，又心不在焉地说，会呀，店嘛，总是要开的。

老老板走了。老老板一走，就剩下她收拾这间屋子。

一开始，只是一根蜡烛。停电了，她点起了蜡烛，好把所有的锁都检查一遍，把茶都各归各处，把尘埃都清扫干净——老蜡烛像是恍惚了一下，眨了眨眼，她也冲着蜡烛眨了眨眼，后来她想，算了，点着吧，天还没晴好，万一又下雨，晚上还要骑车狂奔来。如今还有没有那个劲儿，她还真是说不准了。

关了卷帘门，她拖着身子回家，儿子这段时间都很兴奋，每天往头发上抹着油，要是不动的话，像个真正的绅士。有时候她和丈夫出去把儿子搬到电动车上，有时候丈夫一如既往地瘫在沙发上，每天石头也就那么堆在门口，像是荒冢似的越来越多。

儿子架在电动车上说，妈，快成了。儿子很喜悦，脸上肉都凝在一块，笑得那么开。

她也微笑，行，成了就好。

儿子低头，突然想心事似的说，可是婚结在哪儿呢？

她舔了舔自己的嘴唇，这个问题她也问过自己，问过丈夫。问丈夫的时候，丈夫说，嘿，哪儿还不能凑合个窝啊，把咱俩屋让给他们就是了，我们睡客厅。她早该知道他达人知命，争论是徒劳。

她说，真不行，我和你爸搬去乡下住，这里给你俩，我们去乡下租间屋。

儿子放心地点点头，还是妈疼我。他说。说的时候，下嘴唇往里包着，把下颌骨的形状都暴露出来了，手不自觉地打了一个转，走了妈，他说，我去找玲玲。

那晚起火时，夜晚已经很深了，很深的夜晚只剩下街灯的影子，偶尔有车流从街头穿过去。她没睡着。她在犯愁，愁钱，愁儿子，愁丈夫，愁自己。愁一旦泛上来，像苦胆似的，她起来给自己倒杯水，杯底是丈夫买的凉茶，街灯不偏不倚地透过一楼狭小的窗户伸过来，她正倒映在杯里，她看自己，也喝着自己，直到茶渣攒到她牙齿边。这时候她想起来——班章没有上锁。那枚尊贵的古树班章，她的精神偶像，在三道锁的橱窗外面。她当时抱着它，进行一场不为人知的吻别。这本是属于她俩的秘密，她心惊胆战，若是小老板看到了，不知道又将怎么想。

丈夫睡得熟，呼噜正起劲。她慌忙穿上衣服，骑上车子又去了。风把她推着走，她不知道，她正急匆匆地奔赴她自己的命运。她的命运就是那场大火。一转过街角，进了早市的巷子，就弥漫着风的哀嚎。她撂下车子，跑到前，看到浓烟滚成了密不透风的实体物。一根椽掉下来了。火苗蹭上去，红色的、橙色的、赤日样的火，呼啦啦全爬起来，风不停不休地助纣为虐。卷帘门四周流泻着轻盈的火苗。她想拉起卷帘门，但是手瞬间烫肿了。一阵疼撕咬了她。热气从里面喷出来，扑在她怀里。她往后撤了一步，把外面的衣裳脱下来，蒙到自己头上，胳膊上。隔着衣服，她颤颤巍巍地开了锁。卷帘门哗啦一声掉下来，她想冲进去，但是浓烟和火舌反而冲了出来，把她拥倒在地，她再起身，空气中是一种寂静的噼啪声响，火正在一寸一寸吞着他们的店——她的店。她啊——一声喊着，她哭着，叫着，没有人应她。她摸手机，兜里什么也没有。

班章，我的班章。她想。

她冲了进去。在黑暗和火光中，她感觉自己已经熔化了，变成了炽热的一股液体。她在黑暗中跟火光近身肉搏。她感觉自己的脸滚烫，自己的手熟透。火已攀上博古架，浓郁的茶香把整个屋子变成一只巨大蒸笼，茶香无处可躲，肆意弥漫。那些古茶——它们一个一个，亭亭玉立在博古架上，拼尽全力地散发着妖冶的香，它们似乎在等待这一刻，回到过去，在成为茶之前，在成为叶子之前，在成为树苗之前，在成为种子之前，它们回去。

在火光映衬中的玻璃橱柜里，它们拼尽全力成了她心里的遗址。她为它们竖起了墓碑。墓碑上刻：黛笙——生于2004，死于2019。

这是在杀青，这是在揉捻，这是在蒸压，她终于明白它们经历了什么，在巨大的蒸笼中，她好像变成了普洱的一部分，她抱起那枚班章，她抱起它，然后看着那根椽踩着火的翅膀轰隆隆地掉下来。一阵热火扑来，她往后跳，后面热腾腾的像是火舔了她。她用还没有熟透的手攥住班章，她感觉皮肤已经开始化了进去，她哭着，在火中喊着，准备好了吗？班章！

准备好了吗——黛笙，准备好了吗——茶王。

她抱住它，冲了出去。

很久之后，也不算很久。她半边脸的烧伤还没有完全好，纱布在她脸上跟结起的痂难分难舍。她眯着眼睛看着外面，外面是寂静的早市，太阳升起来了。太阳透过斑驳的窗户把光不遗余力地打进来。丈夫蜷了蜷腿，她推醒他。你快去卖石头吧，她说。一会儿就都来人了，发现我们可不好。

丈夫从褥子上爬起来，穿上裤衩，出门把尿盆倒进临近的下水道口，再从破烂的卷帘门下面钻进来，庄翠红正用铁皮炉子烤着烧饼。两个人围着炉子，流着汗，闷热从屋外绵延到屋内。丈夫说，再卖些石头，咱们就租间小屋吧。

她说，反正没人收这地方，先过着吧。

丈夫喝口水，叹着气，你们老板就这么走了？这么一烧，得是多少钱啊。好几辈子的钱呀。好几辈子。

是你的好几辈子的钱。她低着头吃着饼。出事后，她再也没有见过老老板。他知道她住在哪里，但并没有找过她。大火事件上了当地新闻的头条。女主持人顶着一个纹丝不动的卷发机械地播报着新闻：3月4日夜间，英雄山早市一间茶室起火，火势凶猛，早上，环卫工人报警，消防队员赶到现场扑救，火势最终被扑灭。该商铺所在整栋楼被烧严重，现场无人伤亡。相关部门表示，火灾初步估计是停电后燃烧蜡烛引起，现场过火面积七十六平方米，具体原因待调查。

她接到过老老板问她安危的电话，老老板在电话中长叹气，说一宗跨洋生意毁了，幸而都有保险。事实上，她听到他抽噎的声音了。话筒里抽噎声伴着一种老年人特有的胸腔嗡鸣传递过来，他喃喃道，黛笙，我们树倒猢狲散吧，也没有什么能留给你的了。

老板，她强忍着脸上狰狞的疼痛问，你去哪儿?

我要去南方，跟着儿子干了，我老了。我明白了，也不是时代在变，只不过我老了。时代不能适应我，除非我去适应时代。突然老老板的声音又温柔起来，黛笙，你还要跟着我吗? 我们能重来，去南方，重新开一家店，你还做茶，有你照顾，我放心。

庄翠红眼前突然像荧幕一样闪回着许多的往事，她怎样跟随老老板学茶，怎么日复一日擦着橱窗，直到每饼茶都在玻璃后熠熠生辉。怎么让香轻悠悠地飘荡在每一寸地板上，怎么跟来的贵客交谈、周旋，看着钱大把流入，大把流出。她想起了在幽暗干净的屏风后面，他们暧昧的呼吸和茶的味道凝成一炷香。然后她就想起了熊熊的火，想起了破落的家里屋顶上那个龇牙咧嘴的大洞，想起了儿子失落的眼神——对了，儿子相的小护士跑了，带着那一万块钱。他们怎么会想到呢——他们应该想到的，穷人首先要避开穷人，穷人不要结合，穷人不要扎堆，但是不跟穷人结合，不跟穷人扎堆，又能有什么办法呢? 一万元。

突然她清醒过来，对电话那边的老老板说，不了。我们还有自己的路要走。

后来有一天，当她站在废墟旁边，她听到旁边的书店老板和卖煎饼果子的老板闲聊，他们说老老板命好啊，亏得儿子买了保险，获赔上千万，这下也甭纠结了，跟小老板一起去了波士顿，开了一家茶铺，在国外也颇受欢迎。两个人说话间，艳羡的滋味呲呲往外钻，又说起这家店算是遗址了。风吹过来荡过去，买果子的说："这就是命，有钱儿，怎么玩都挣钱，玩兴趣爱好挣钱，着火了毁了店也还挣着钱。这世道……嗐!"

这世道……她不作声了。

他们并不知道，她是来考察这里的。儿子近日又跟厂里一个离过两次婚的女人走在一起，那女人已经有两个孩子了。他们发展得还不错，女人不嫌弃儿子的残疾和穷困，儿子不嫌弃还要做两个孩子的继父。女人在儿子上班的地方炸臭豆腐，倒也互相有个照应。下了班两个人就一起回，儿子坐在女人的电动车上，两个孩子塞在电动车的中间。只是，没有地方住。孩子吵，孩子闹，不知道怎么样是好。后来儿子提醒她，老老板的店看来人去楼空，目前行市不好，两个月来也没人接手。外面看着焦黑透风，里面倒也敞亮，只是破烂些。

她明白儿子的意思。

搬家的时候——嗐，也不能说是搬家，无非就是把旧被褥和一些换洗衣服拿过去，外再添个尿盆和火炉。那时候她回头看了一眼她过去的家，然后目光轻柔地落在她的书架上，她看过的那些徒劳的书籍，以及最上方那枚睥睨一切的班章。她想问它，在这儿过得还好吗？是不是有点潮湿？她想问它，要不要跟我走，后来想想，算了。

她好像听到它微微地散发着它的余香，在阔别她。他们像是一对老朋友。于是，他们最后一次互相确认，它仍旧端庄，而她仍旧贫瘠。

丈夫抱着褥子看了她一眼，还拿上吗？他问。

不了，她轻声说，没有什么用的。

黑夜里他们就像老鼠一样蜷缩到茶店烧毁的遗址里。天未明，他们再像老鼠一样钻出来。你瞧，她不是庄翠红了，这会儿，她又能做她的黛笙。跟茶的余烬永远在一起。

在前护士长的照顾下，她还做了卫生工，只不过是不受人待见的卫生工。她的脸实在太丑了，好像把半张皮从上面活活揭了下来，她看上去也老极了，腰是弯的，手是颤的，脚是崴的。病人们看到她，远远都躲着，久而久之，她的胸膛再也不为外面的世界，为快乐而跳动。她只是活着。任由自己活着。

还有她不知道的事情。

11月份的一天，天深沉地阴着，白天，在她和丈夫都像老鼠一样讨生活的时候，有人给烧毁的店铺贴上了封条。上面写了重新开工的时间。她和丈夫小心地揭下还没粘牢的封条，食之无味地嚼着聊以饱腹的食物。晚上下了雨，屋里到处都漏着。没有地方躲雨的两个人用一条旧棉花被子紧紧裹在一起。头上盖着两个盆，丈夫盖的尿盆子，她盖的洗脸盆。丈夫说，不知道什么时候停哟。

她也望着外面。

丈夫说，哎，你瞧，竟然还有月亮哪。他们偎在一块，丈夫伸出那只愈合后拱起一个大瘤子的胳膊搂着她，他们都闻到了一股湿漉漉的焦香。月亮正无私地照耀着，即便是雨也没有将它遮掩，即便是乌云也没有使它暗淡，它公平地泼洒着温柔的光辉，他们就被这光辉笼罩。

丈夫说，不知道儿子怎么样了。家里还漏雨吗？

她往丈夫怀里缩了缩，几滴凉飕飕的金黄色液体轻盈地滑落了下去。

她不知道——儿子正在家里招待他未来的岳父母。岳父母来了，吃过饭后要走，正好这场雨留住了他们。

屋子还是原先的样子。经过庄翠红和丈夫一番努力，外墙勉强刷上了一层薄漆。屋内依旧暗无天日，挂满了塑料花。在里屋的最深处，有一个崭新的书架，上面叠满了庄翠红看过的小说。最上面是一个红色绸缎的盒子。盒子九十度开着，由左右两条黑色的缎带连接着，里面摆着那饼骄傲的班章。骄傲的班章，在昏暗潮湿的屋中，仍旧挺拔地端坐在精巧的架子上，潮湿令包它的纸面泛黄、起皱，它的味道开始混杂着人间的气味。

儿子的岳父母坐在沙发上，面无表情地看着电视打发着雨夜。儿子站着，脚底下垫着一块红砖头，这样站着的时候，跛脚的一边反而高了一些。他的女人一手搂一个孩子，两小儿头凑在一起看手机上的小猪佩奇。

这时候岳父说，刚才吃得有点咸，有些渴了。

儿子发着呆，没有听见，女人腾出一只手，从后面扭了他大腿一把，他立刻醒来似的，满面红光地搓着手，到里屋去了。

很快，女人烧好了水。两个孩子在客厅接雨的盆子里玩起水来。儿子泡了茶。屋里一股浓厚的茶香。

茶汤肥厚，醇美。金黄色的汤水，像是晶莹的琥珀。岳父母端着并不凑对的茶杯，一杯接一杯地不住嘴。

儿子端着一只碗，依旧站在他的红砖上，嘴里吸着茶，发着呆，他的另一只手拨拉着，像是优雅地划着船。外面的雨下得更大了，纷纷扬扬地落下来，落在平凡世界里每一个人脆弱的天空中，落到满地无声的灰色里，落到魂飞魄散的废墟中。

他又低头喝了一口已经变冷的茶汤。他跟女人说，我妈说这个茶是很好很好的，可是，我喝着，也不怎么好。

他把视线投出去，女人也随他往外望。他们望去很远的地方，在那里，孩子逐渐成长，生活日益富足，一切充满希望。

本文头题发表于《时代文学》2021年第2期，
并被《小说月报（大字版）》2021年第4期、
《北京文学（中篇小说月报）》2021年第4期、
《海外文摘》2021年第8期转载，
入围"2021年城市文学排行榜"

94   冷静期 |

野猪下山

一、三亩地打理人

即便对将要发生的悲剧一无所知，焦何美这一夜睡得也不安稳。

黑夜静得像一锅糨糊。在这片浓稠中，有声响使她惊醒了。她颤着手往后摸镢头，屏息凝气。"喝喝"声从薄薄的门板上一下一下翕动。挡门的木头咣当被撞开，一头噘着长鼻子的野猪探了半个身子进来，稀寡的冷白月光下，那畜生瞪着的眼愈发猩红，悻悻喘着臭气，仿佛琢磨着如何下口：是从老太的脖子开始还是从大腿开始？焦何美感觉自己浑身生长出一层毛，又瞬间掉光了所有的毛。她见过它们太多次了，但这么近的距离还是头一回。焦何美另一只手慢慢挪回被窝，摸着手电筒，猛然把它提起，推开关——没亮。立马滚到床边，攥着镢头的手心被汗浸满了。

她一下抬起镢头，呼打着眼前的空气。镢头跟铁床碰撞发出噌愣一声，焦何美吓了一跳，那畜生也怔住了，拧过身子，往外跑去了。

天亮时候，焦何美只多闭了一会儿眼，勉强起身，一丝不苟地盘好头发，棚屋从长条状的缝隙里露出一点儿阳光，冷淡、遥远、模糊，如同儿子从城里捎来的口信。最近一次的口信却跟鞭炮似的砰咚作响：儿子要把不满五岁的小孙女送回来。

养孙女可不像养猪。

猪吃人吃剩的，有地儿就睡。孩子不成，孩子要挑拣，大人要伺候，到底是见识过好光景的孩子，更娇惯了。而且，小孙女能住山上的棚屋吗？四平方米的棚屋由铁皮、木板、竹竿，外罩一层防油布搭成，夏日漏雨、冬日泄风、蚊虫不断，屋里横一张铁皮床。这也还好，最犯愁的是来无影去有踪的野猪。焦何美裹着丈夫留下来的军大褂和衣躺着谋划（多年来，那件军大褂已僵硬得能独自在地上立起来）。

一个小丫头跪地上，巴巴伸小手跟她讨食，她赶紧舀起一勺煮烂的红薯倒她手心。大腿猛地一抽搐，焦何美坐了起来，均匀了呼吸，把半截镢头用绳子绑了，背于肩上。从身后看，她并不像一个六十九岁的老太，干农活让她来不及虚弱。

焦何美跟村里其他人一样，一双儿子先后去城里打工。大儿子倒插门，捧着丈母娘一家亲，恨不得割断土地泥腥气，与她早不来往了；二儿子倒没本事攀什么高枝，找了同是进城务工的女人，但来往也是过年回一趟。童安市水秀村地处两山交界，位置偏僻，路窄道阻。这些年种地不营生，外出打工的人多了，由一个一千多人的村庄缩水至常住人口二百。剩下的，老弱病残扎堆。焦何美在山坡上有三亩地。她是这三亩地唯一的打理人。甭想指望两个儿子农忙回来掰棒子、种麦子。他们有他们的不本分。他们的不本分就是在城市里打拼得像个人样儿——就像种地是焦何美的本分。焦何美也去过城里几回。她最看不惯的是城里硬化后的柏油路和路旁边整齐划一的绿化植被。它们看上去就像插在塑料花瓶里的塑料假花，还像村里老刘媳妇似的，做作死了。照她的说法：土地都给城里人封住了。可他们吃啥喝啥，不都是从土地里头取？端起碗来吃肉，放下筷子骂娘。这群忘恩负义的玩意儿，跟她两个儿子一样。

但在水秀村，也并非万般皆好。比如，焦何美也有一恨：恨野猪。

四年前，焦何美的玉米棒子给猪拱了，几千斤的产量削减为不到二百斤。从那时起，坚决不能受畜生气的焦何美独自跑到田里，搭了窝棚，看守田地，把村里的屋子租给老洪。这些年来，她在山上，已习得跟野猪斗智斗勇的招招式式：立一只纸糊大砍刀的稻草人、挂撕得粉碎的长条彩色布、弄哗哗声响儿。她有一台带录音功能的收音机，专挂田边，播放杀猪叫。嗷嗷嗷的叫声惨烈地在黑夜没头没脑地游荡，吓唬来作祟的野猪。有时半夜起来，她还放鞭炮，用麻绳一个缠一个绑好，夜里露水重，每串鞭炮用防油纸罩着，绳子绕庄稼地一周，点燃第一串后，火顺着麻绳很快燃到了第二串、第三串。野猪下脚的地方又光火又乒乓，后半夜准不敢再来进犯。但野猪是聪明的，第一回受了吓，第二回就知道绕道；而鞭炮是花钱的，总得留到筋疲力尽的夜里再用。

午后日光毛茸茸圈在山地边缘时，她小儿子魏育林和孙女春来坐的村际小巴车远远绕着山路开过来了。焦何美站起来，手里还拾掇着玉米棒子。爷儿俩慢悠悠地爬上坡，焦何美吭哧吭哧刮玉米粒，在磨上碾了，跟黄豆掺起来，摊了饼给魏育林和魏春来。

魏育林在屋里没待多久，翻看焦何美赶猪的工具：削尖的竹棍、去半截的镢头、没了头的扫帚、废弃不用的锁链。魏育林拿着锁链问："这怎么用？"

焦何美把孩子的换洗衣裳塞到塑料袋里包紧，免得夜里潮气打湿了，道："甩嘛，揉荡着，猪就不敢来了。"

"还那么多？"

"夜里得三拨。"

"越活越不像个畜生，畜生也变精了，也知道该欺负谁。十年前它们敢来，我们这伙儿还不扒它的皮！"

"对啊，你们这伙儿都上城了。"焦何美转身嘟囔句，"都是些畜生，"抬高声音说，"育林，给我砍点柴去。"魏育林放下手机，砍了半天，抱回来两捆，躺床上听收音机。春来吃了煮红薯，正把红薯皮喂给看田的土狗。

"你放心？"焦何美看着春来。

"地里能有啥。再说，城里幼儿园没法儿上，孩儿她娘刚找上工作，你又不愿意来。"

"那你俩回来啊。"

"我俩什么情况，娘你不知道吗？"他来回把弄着手机，"这穷地方，我一大家子回来了，靠啥活？就指望那三亩给猪拱的破地？从猪嘴里夺吃的？"

"唉，快闭嘴吧，"焦何美念叨，手抓着削红薯的刀子，水样儿的夕阳在刀面上颤动。

魏育林看着焦何美把头发一丝不苟地捋到耳后，他摸摸春来的头："春来，听话哈，爸妈搞好了把你接去。"春来没抬头，用木棍在地上使劲乱画着。

二、药酒和标本室

焦何美弯腰往地头插长条的玻璃碴子。玻璃碴子是焦何美找割玻璃的老刘要的，里面还混着老洪家打碎的药酒瓶。焦何美把它们插到地里。"扎死这些畜生，扎死这些畜生。"焦何美叨念。春来拖着塑料桶跟着："好无聊。"她打个哈欠，看着树林拴的红绿白黑的塑料袋。焦何美歇会儿脚，用麻绳绑了红塑料袋，让春来举着满山坡跑。塑料袋兜起一团暖洋洋的红风，春来喊："奶奶，看我的红气球！"

她们吃煮红薯和玉米棒，焦何美也会简单炒点青菜，从鸡笼里掏蛋，下猪油荷包面（获得了春来的青睐）。山下老洪家的兔子生了，给她们抱来一只灰兔。春来就搂着兔子睡，石板似的被子盖在祖孙身上，将梦推入一种又沉又黏的境地，春来小手不断抓挠着，似乎想撕破这层梦的隔膜。但焦何美知道，梦还是好的，没梦的夜才凄惨。干巴巴地躺着听夜里鸥鹬"啾——啾"的叫声，把夜叫得更清冷了。焦何美把春来的腿往里搁搁，又到地里敲锣吓猪。收音机的屠杀越来越激烈。黑暗耸动的腥味也越来越近。有时候一头猪会绕开玻璃碴子，直奔人走的通路，要不焦何美骂："畜生长了脑子，比人都精。"喊累了，她拨弄铁皮，哐哧哐哧的响声在寂静中显得骇然。

焦何美回屋检查床底。去年，从床底蹿出一条一米长的野蛇。焦何美拿树枝叉着，给山下老洪送去。后者泡了酒。老洪什么都泡酒：蜈蚣、蝎子、九香虫、蚕蛾、蜜蜂。他家儿女进城打工，每年捎回酒来。他用玻璃罐封好，挤挤挨挨摆了一床底儿。每个酒瓶密密麻麻耸立着各类乡野生物。躺在这样的屋里，活像睡在标本室，这就是他生活的乐子了。村里独居老人就得自寻乐子，有乐子还算好的。大多数时候，他们闲不下来，种地，养牲畜，劈柴，放羊。水秀村是一个被掏空的村庄，大地疮疤般藏躲于两山间。失去了年轻人的村镇就像流失了水分的河床。老人们在日光底下排排坐，成为干裂、枯竭的岁月标本。

老洪摸着酒坛子："喝点不？"焦何美答："喝九（酒），还喝十呢——山上得收菜啊。"老洪七十六岁，养了五头猪，焦何美割了猪草，烧熟的红薯给老洪背来，舍给猪吃。春来趴在围栏看猪下崽。老洪点了租钱给焦何美，嘴也不闲着，兜了一瓶酒慢慢喝着（春来猜酒瓶里的黑东西是老鼠，但焦何美纠正说是田鼠）。

老洪说道："隔壁武头还仗势欺人，就他的儿子在镇上，离得近，天天作事。老刘他儿三年没回了，把老刘舍得呀。后村上那个货郎张，上个月死家里了，都臭了才发现。你说咱们这就要烂在这地里。儿女呐，都他娘的远房亲戚。"

"说这干啥？"焦何美头不抬。

"春来啊，你好好学习，长大了你也离你爹远远的。"老洪抿了一口酒，嘴边泛着白沫。对着春来挤眉弄眼逗趣儿。春来不喜欢他嘴边的白沫和下巴上的酒渍，躲他远远的。而老洪非拉住春来跳舞——他大概是喝多了。在厅堂里，他一侧的手脚同时抬起来，又同时落下，再换另一侧。像只蛤蟆，又像提线大玩偶似的，笨拙地跷着脚。春来笑了，也学他。屋里两只蛤蟆，两个大木偶。老洪喊焦何美一块。焦何美翻个白眼："打死我算了！"

傍晚刮起风来，春来举着千疮百孔的塑料袋漫山遍野跑。塑料袋给树枝划破了，呼呼啦啦兜着半袋子橙红。又拿绳拴了兔子，在山地里啃草。焦何美挂在苹果树上的铁皮给风刮得哧哧作响。阳光稀疏了，轻盈地散落在林间，风把夕阳吹远了。山上雨凉，屋里漏，夜晚不好挨。焦何美在房顶又盖了一张塑料布。把门板在缝隙间又擦一层。火炉灭了，她暖热了几颗土豆扔到被窝里。春来钻进去，小脚丫拧蹴着土豆。祖孙俩听着外面的风声。春来说："奶奶，这儿星星真大，真想和阳阳一块看。"过了一会儿，又说："奶奶，我想回家。"

焦何美把冰凉的脚靠外挨了挨。春来转过身，睡了。焦何美嘟囔："你们都回城里家，这儿就荒了。老树心一空，就死了！村空心了，也快'死'了！"焦何美听见土狗刨地的声音，它们是在找暖和的地方。听说雪山那边，狗会在雪里做窝。寒冷的核心里，其实是温暖的。焦何美的梦里，刨出一个野猪窝，一堆长鼻子的野猪暖烘烘地叫"奶奶"。然后，她听到了一个不和谐的哼叫，猛然惊醒，闯进耳朵的却是雨点啪啪的敲打声。

她把毛巾盖在春来脸上，从床底掏出塑料盆接雨水。手电筒照亮了鱼嘴张开时黏液似的雨丝。她听见春来咳嗽的声音，见春来的脸色发红，张着嘴呼吸，黄鼻涕糊了半脸。她又试了试她脖子，烫得很。她把春来抱起，用被窝裹了，塑料袋蒙着，放进背篓，披挂着半截防雨布往外跑。

那群野猪进来偷食时，焦何美还在往山下赶。她没听到猪的哼唧声，雨声埋没了或者是她大意了以为下雨猪就不会来找食了，但野兽的饥饿是没有时间概念的。焦何美一心背着孩子跑到山下村庄时，水秀村已进入了睡梦。焦何美叫开老洪家。老洪让出"标本室"的床，焦何美把孙女的塑料布扯了，把她脱光放进被窝。老洪烧热一桶水："下雨了哎，还在山上干啥！"焦何美不作声，拿了裹春来的被单擦头。老洪拿来了一些感冒药，连哄带骗做鬼脸地喂春来吞了。

他说："我让老三再给我寄点好药。给春来灌点药酒，一晕乎啊，就不难受了。"

"可别学你那套！"但她知道这只是老洪开的无聊玩笑，她打量着屋里，"有饼干吗？"

"有酒啊。"老洪又笑，嘴边就跟上了岸的螃蟹似的泛着白沫。他从桌上摆的各式瓶罐里倒出花花绿绿的药片，就着药酒一口气吞下。

焦何美努力不去考虑那些玻璃瓶里到底装了什么，也不去寻思药和酒到底会不会相克："老洪，你整天喝药酒，吃这么些药，图啥呀？"

"图啥呀，延年益寿啊。"老洪把毛巾涮热拧干了，递给焦何美。

"老不死，老不死，活那么久干啥。天天奔命似的，累啊。"

"不就是，不就是为着跟你多做做伴嘛。"老洪声音低下去，轻轻咳嗽两声。焦何美脸红了，因为脸皮糙，红也红得不明显，一层油脂似的汗冒出来。

"收拾了，你睡会儿吧。山上天天折腾。"

焦何美也不答这些话。她看着老洪把铺盖抱到外屋去。

醒来正是晌午。雨停了。焦何美感到自己好几年未睡过这么一个囫囵觉了，身上也已给暖干了。她摸了摸春来，热倒是退了，孩子的脸由红泛白。去隔壁猪圈也没瞧见老洪，只听见他跟相邻的武家隔空打嘴官司——两个老头因为枣树掉枣天天闹矛盾，老吵吵。焦何美见桌上摆着一碗黑蚂蚁酒，旁边是红薯粥。焦何美把红薯粥喝光了，舔了舔碗底。见春来睡得沉，先回山上了。

山路泥泞，坡上湿滑。焦何美背着镢头，关节疼痛像是一堆小人在骨头缝里钻来钻去，脚底在青石板上打滑。身子倒在泥地里滚下去，她几乎用了半小时才重新爬起来。叹口气，掰了一根老树权拄着。到她的苞谷地前，焦何美闻到野猪腥臭的尿臊味。果然，苞谷成片湿漉漉堆着，未成熟的玉米穗趴在地上，长长的红薯秧东倒西歪，裸露着主根。连片种植的花生也被践踏，遍地留下了野猪脚印和粪便，混合了雨水和泥土，气味臭不可闻。棚屋里春来的兔子，这会儿只剩了一块耳朵。焦何美把那段耳朵拿到田里埋上。然后，她坐在镢头上，抱着被啃过的玉米穗，望着被踏毁的田，良久没说话。一夜降雨的山上，风凉得刺骨。骨头似乎在关节处爆裂开了，疼痛一点点生长起来。

晌午时，老洪骑着小三轮来找焦何美。焦何美正抱着玉米穗一动不动。老洪又回村喊了几个人一块把焦何美扶上三轮车。她在床上躺了两天。老洪就在隔壁待了两晚——第三天晌午，祖孙俩都起来了，身上的热和急都退去了些。焦何美缓过来第一句就朝天骂道："畜生，畜生，一群没屁眼的畜生。"

当时，老洪正削着给猪吃的红薯，嘴边的白沫鼓囊囊，破了又生："哪里就没屁眼了，你看它们拉了多少啊。"

焦何美翻了个白眼，叹口气，把头发一丝不苟拢到头上，扎紧了。老洪站起来，掀开锅盖，把焖好的红薯拿筷子叉了给春来："来，娃娃。"

春来手一拨拉，红薯掉地上，春来嘟囔："我不要吃红薯，吃红薯拉红薯，我要吃猪油荷包面！"

焦何美叹口气："赶紧让你爹把你带回去——要不是你呀，野猪敢闯你奶的地？要不是你呀——唉，你也是个操心的小畜生！"然后她又苦笑，把春来的头摁在她胸口："小畜生你再给我感冒了。感冒冲剂两块钱一包。你要吃垮你奶啊。"

祖孙俩当晚就又上山了。

三、非法狩猎是为罪

这天，焦何美正挖新坑，准备扩大土坑深宽，把竹签削得又细又长，插在坑洞里。骄阳照得她花白头发染了汗，迎着光面一绺绺金样儿。焦何美花了半个月时间，重整野猪破坏的地，补种秋玉米。她并不懂经济或者数学，但她能算账：野猪来这么一场，一亩半的作物残了，损失有两千多块。焦何美不敢想两千多块意味着什么。两千块的损失盗走了她几个晚上的睡眠，身子更佝偻了。日头打在山上，像一个个极狠的巴掌。她就在巴掌下面挨着，身体弓得厉害。

春来病刚好，兜着红塑料袋满山跑。逮了铜壳郎，拿狗尾巴草的芯拴后壳。铜壳郎一飞，翅膀扑棱棱，风扇似的吹着她的小脸。那辆车开来时，焦何美还当是儿子魏育林来了，拧着眉头抬眼看，不是。是一个开着小厢车走山的货郎，货郎眉毛粗得像两条虫子趴在额头，一开口就笑嘻嘻地："老太太，野猪拱了田吧？"

焦何美不答话。货郎叉开腿、背着手往田里瞧："损失不少吧？"

焦何美哼哼两声，站起来，想走开。货郎说："我这有杀猪利器。瞧不瞧？"

很久之后，焦何美会把她这次冒险视为"鬼使神差"，她真是鬼使神差了才会从货郎那儿买了简易高压电瓶和铁线圈，沿围栏绕了一整圈的电线。焦何美劈了一块木板，插进地里，画了个闪电，算是告示牌了。村里人看到就知晓这儿有高压电，但畜生不知。

焦何美搂着春来，听着夜里的风声和其他动静。森林像一个睡意十足的娃娃，在山的摇篮里熟睡，一切的风吹草动都是悄静的安魂曲。焦何美盯着跟变压器相连的电铃，迷迷糊糊睡去不知多久，铃声大作。她挺起身子，一声声野猪的哀嚎响在田野深处。她关掉电源，操着手电筒出棚查看，围栏根下有一大一小俩野猪，身子直挺挺躺着。

半个月间，电网让焦何美补足了五年来睡眠的亏空。焦何美由衷感到一种快活的安稳。庄稼有指望了，也就是说，生活就有了指望。她能把玉米卖一卖、红薯卖一卖，钱就能攒进床底的咸菜坛里。

电机一开，六头野猪前后上钩——它们原本可以不为饱腹而冒生命危险的。焦何美要处理这一堆烂摊子，可一点儿不比整理猪踏过的苞谷地让人省心。她搬不动动辄三百多斤的大野猪，就叫着老洪、村头的老刘两口、老张一块儿把猪割开了。几个老人活动起来关节都咔咔响。但是他们快活，这可是一场胜仗：猪腿、猪肚子、猪头四分五裂装得满盆。焦何美给风霜吹皴的脸舒展着。她这晚就放心下山了。

在村口空地上，他们烧了一大盆水，全村老人孩子闻香而动。去头、剃毛、滚沸、剖肚，一头头猪从里往外翻过来。村里飘着野腥的生气。那天晚上，他们一村人吃了一头半。春来要了一个猪鼻子，拿麻绳绑了，跟其他几个孩子拖在地上踢。剩下的肉食，由老刘和老洪张罗，卖给了猪肉贩子。

焦何美怎么也想不到这能招致什么灾祸。镇上来人时，焦何美还在地里除草。森林公安远道而来，焦何美还以为附近出了什么车祸。他们来告诉她，要对她进行取保候审。焦何美对"取保候审"四个字并不陌生，村里有过打架、斗殴的情况，往往加害者就"取保候审"了。对于焦何美来说，"取保候审"意味着"犯罪前兆"。焦何美抓住一个管事的："警察同志，我不明白，我哪里就犯罪了！"

"电网杀猪，大娘，这是非法狩猎罪。"

焦何美往后退了几步，绊在春来身上。春来正把红薯埋进土坑中，往上面盖一层薄土，堆上柴烧热。焦何美这一脚就把春来刚吹起来的火苗踩灭了，春来嗷嗷像个小猪崽子似的嚎叫。焦何美喊："那不是猪嘛——那是畜生啊。天杀的，咱们不都吃猪吗？警察同志，你不吃猪肉吗？"她逮住一个他们的胳膊，攥得死紧："你不吃猪肉吗？"

后来，焦何美被判拘役四个月缓刑六个月。除了卖猪的钱全部上缴外，还要赔偿野生动物资源损失一千元。焦何美不识字，她拿着白纸黑字的判决书，眉毛皱得连在一起。她还是扯着嗓子在村口喊（声音已经哑了）："那是猪哇！你们不吃猪嘛！猪欺负人啊！"

老洪拉住她："我看了，说了，保护动物呢。"

"那畜生——它糟蹋粮食，它祸祸我们啊！"

"它们是保护动物啊。谁叫人多，它少呀。什么东西一少就成了稀罕物了。再说上面不写了吗？咱这还有一条：'私自架设电网，危害公共安全。'"

"可那是防猪的啊！"

"到底说，这个法儿确实不行。"

焦何美不置一词，把判决书叠了四折，塞到脚底麻鞋里，跺着脚："我去挖坑！挖大坑——挖不绝它，还有儿子。还有春来。春来啊——"她拧头朝着山坡无望地喊去，又叹口气嘟囔："那是野猪啊！是畜生啊！保护它做啥！"

可是，畜生听不见人话，照例在夜里进犯。失去了年轻人的村庄离沦为野猪地盘不远矣。

四、扎小辫和吃药片

水秀村有句话说——扎小辫儿的，吃药片儿的，都不可小瞧。很久之后，村里人会说，那群野猪惹恼的就是这两种人：扎小辫儿的和吃药片儿的。

魏育林又来过一次，他把判决书从头到尾念给焦何美。春来摆弄着魏育林给她带来的廉价娃娃。焦何美一面听一面大喊："我日它畜生祖宗！"魏育林浸染城市文明已久，见不得这种粗俗语录，眉头皱了皱，闻着判决书一股儿鞋臭，拈着一角，搁到焦何美的两层被褥里，接着扒拉焦何美的咸菜坛子，从层层塑料袋里点数了一千多块，说是给焦何美交罚款。焦何美眼睛盯着他拿钱的动作，轻声叹道："老洪给你带了点儿药酒，蜜蜂的，说是好。"

"不要他的。"儿子干脆地说。

焦何美瞧着儿子的神色，低下头去给水炉子续柴。春来正在一边凑火烤蚂蚱，整个棚屋漫出一种焦香儿。焦何美抬眼瞥见了被褥里露出的纸角，想起那群作祟的野猪，又骂道："畜生就是畜生！跟人抢吃抢地儿！"

魏育林的眉头简直舒不开了，他把钱拢好。"娘，"他小声盯着青石板，"到哪儿啊，都是畜生跟人抢吃的抢地盘儿。但你猜怎么着——它们还都能抢得过呢。"焦何美叹气，拿起桌上的四消丸，几十个黑丸粒倒嘴里，嘎巴嘎巴嚼。

魏育林赶最晚的村际巴车，赶到镇上歇一歇，住一晚，再往城里去。住旅馆要六十块钱，巴车来回得五十块，所以儿子就像城里人去度假旅游似的，一年光顾水秀村一回。回来的日子还要掐算得紧：千万不要赶上农忙时节，譬如棒子熟时。今年两亩地的棒子熟时，焦何美动了心眼，让春来吆喝着村里的孩子们到地里。焦何美一面掰棒，一面给他们讲从收音机上听来的故事（绝大多数都是杀猪故事），棒子晾在空地上，小孩子们就比赛剥玉米粒。焦何美的故事不停，玉米粒就满天蹦。等玉米粒粗刺刺装进尼龙袋，焦何美会分几次把成果拉下山。春来蹦跳跟着，要么追狗，要么撵兔子。焦何美一面背着一尼龙袋的玉米粒，一面骂："小崽子！猪有你这么大——早都会自己吃喝啦。"

春来听见就笑笑。她喜欢奶奶，她叫她"田野奶奶"，尽管焦何美根本不会给她扎辫子、给她买糖、买娃娃，甚至不肯"好好说话"，但就像魏育林晓得自己的本分是挣钱、焦何美晓得自己的本分是种地一样，春来晓得自己的本分就是要努力喜欢身边不停变换的监护人，比方说——爸爸妈妈，隔壁大娘，楼下面店老板，幼儿园阿姨。现在，"田野奶奶"。其实，春来对田野烦得很。野地气味并不好闻：遍布着猪食和作物发酵的味儿，潮乎乎的泥土腥气。潮湿的山地就像一个长满绿毛的怪物。橙红的太阳薷薷垂在树梢。潮气从蘑菇里、从装满蚂蚁尸体的泥土里，从野猪的脚印和粪便中冒出来。不出一会儿，她的衣裳都会变得湿漉漉。可是她不会抱怨这一切——她从小就习得看大人脸色的本领，也学会了努力去感恩她生活里贫瘠的一切而不考虑为何贫瘠不是一视同仁地降临在每个孩子身上。

发烧时，她感觉到背她的老太婆不利索的脚在泥地打滑。被子连头包着她，但老太婆身上没有——她就知道感激了。她闭着眼睛，尽量让自己显得渺小，她知道这都是大人们要挟她听话前，给的那点甜头儿（"当时我对你多好、多好"）；在她躺着一动不动时，也是老太婆一口水一口汤喂她，老太婆从没要求她听话，让她"好好学习""必须出息"。于是，她就有了一种小小的渴望：难道说，她对她好，并没有现实可报的代价吗？她有这样的好运气，连田地都变得可爱起来。她尝试帮助田野奶奶，比如和一堆孩子比赛掰棒子（不就是为了让老太婆少干点儿嘛）；假装田野和山林能给自己带来所谓的"童年快乐"（谁的童年快乐要这么土气？）；尽量不想念城里的娃娃和动画片（可还是抑制不住）；吃奶奶给做的半生不熟的所有东西——不管是红薯、烧玉米、烙饼还是自制茶、棒子面粥（因为水土不服而拉稀也是代价之一）。

事情发生的那天，棚屋外面是焦躁的风声，鸟雀和云鸦的啼叫，乡间纷繁的声音中有一种坚硬的质感。春来喝了茶，刚入夜还清醒着。焦何美白天用那副弓起来的身板扛了五袋玉米来回，乏极早眠。春来听着焦何美的鼾声一阵长一阵短地响起，她瞪着眼睛从屋顶的缝隙处窥探柔软的星星。这时候，听见了砰咚一声。春来一哆嗦，然后她就想起了奶奶前些日子刨的坑——想必有掉到坑里的"畜生"。她给焦何美脸上盖了一层薄毛巾，让潮气别打湿睡眠。然后，攥紧着那根特制镢头，一手举着手电筒，兜里还揣着鞭炮和火柴，出了门。

夜空黑得还不透，边缘如巨大的蝶翅发灰发青。树梢上潦草地挂着月牙。但是太阳在另一头还没沉落到底儿，渗出一点微明。按说，这是昼夜在两个世界会面的时间。水秀村里流行一句话：阴阳交替，小孩躲避。可偏偏春来就出来了，像小耗子似的，轻巧溜过田间围栏。围栏上还留着铺设电网扯断的线路。她一面走过去，一面拿镢头敲打着围栏上的铁皮。铁皮发出咣当咣当的响动（焦何美熟睡得没听着，但野猪肯定听到了）。

那头小猪的半个身子就卡在焦何美刨好的坑里。嗷嗷嗷可怜地哀叫。它的腿给竹签一劈到底，直插进肚子。它苦苦挣扎，发红的眼睛似乎往外渗着光。

春来把鞭炮点燃的时候，听见上山的道路，有一阵轻声咳嗽。今天她立了功，又见到来人是怪老头老洪——这下，这头野猪可跑不掉了。

老洪骑着三轮车，想过来帮焦何美把最后几袋棒子运下去。见尚有微明的田地里，一个小个子呼呼跳着招手。认清是小丫头春来之前，他先认清了春来手里的"武器"——那截鞭炮烧着芯绳，而她只顾着打招呼——老洪喊："扔炮仗呀！小傻子！"春来并不傻。不过春来吓坏了。炮仗在她眼角响起来的瞬间，焦何美才被炮仗声吵醒——她歪着小脚从棚屋探出头来，脸上还挂着来不及揭去的半条毛巾——好在炮仗已投出去，不幸正中小野猪的坑。那头猪疯了似的鬼叫，像一个吸收了山林所有悲鸣的怪兽。野猪叫倒不算什么，但那头野猪在鞭炮的强烈电光下猛然拔出了鲜血淋漓的腿，嗷一声倒在地上。

老洪扛着装了半袋玉米棒子的尼龙袋，气势汹汹地走过去。他有意要保护那祖孙俩。他年龄太大了，平时总窝窝囊囊，只能饮药酒、养槽猪。他有意在他七十多岁的年头上显一显英雄本色（哪怕是"男人"本色——他老得都要失去性别了）。当他把那半袋玉米当武器砸向那头已经奄奄一息的小野猪时，焦何美把毛巾掼地上，远远喊道："你这个小王八蛋畜生啊！你怎么跑出来了，多危险啊！知道吗？"但他们都对小野猪的上当感到高兴。这次可无人知晓。只有老天爷知道。老洪嘴里攒着白沫："春来！嘘，我们要好好庆祝！一会儿，让你奶给你做猪肉吃！"

春来想象世界上有一千碗猪油荷包面。一千碗猪油荷包面哎！她单侧的手脚同时抬起来，又同时落下，再换另一侧，像只蛤蟆，又像提线大玩偶似的，笨拙地跷着脚。老洪笑了，也学她。田地里，两只蛤蟆，两个大木偶在蹦跳。焦何美翻起白眼。老洪招手："快来啊，焦何美！来啊，一块儿啊！活动活动筋骨嘛！"

焦何美叹气："老洪，你准是又喝上了！"她摇摇头，回身准备去烧柴。

那头野猪一定在那里潜伏很久了，也等得很焦急。一般来说，野猪是怕人的。所以小野猪掉进坑里嚎叫时，它少安毋躁。可是那会儿，老洪的暴力一下就把它的野性激荡起来了。它环视了一会儿，抓住这个时机，一下从草丛里跃跳出来，把老洪拱倒了——老洪狠狠跌滚一边——但春来就没这么幸运了。春来正背对着那一幕，只对着田野奶奶忙碌的身影，头摇晃着，嘴角咧着笑，快活地跳着同手同脚舞。那头巨大的母野猪准有足足三百斤，它冲上来的姿态凶悍强势，一下扑上去。他们没来得及听到春来发出任何一点儿声响，她就砰咚倒下了——野猪蹿回来，又一次踩踏过去。然后，再次返回。它撕咬上去。

焦何美本来站得还远。等她发出像杀猪一样的叫声撺过来时，那头野猪却开始撒开蹄子，往野地跑去。它一面跑一面侧头望着它受伤嚎叫的小崽子。太阳已经完全沉落了，月亮发出了玩忽职守的极浅的光照。焦何美扑通跪在土地上，轻轻翻过孩子。春来粉色的棉袄被踩下了脏乎乎的脚印，就像长出来的灰霉菌。她一侧头发被猪连皮撕咬掉，汩汩淌着血。她的脸原本是又圆又小：现在压得扁，五官扭曲变形，鼻口处全是乱溢的血道子，黑暗里头，就像几条粗粗的黑虫子爬满了脸，她两只破裂的眼球映出光芒，如同月亮打在起纹的湖面。焦何美趴在她的胸前听，怎么也找不到心跳，嘴干裂开来，血珠子滴滴答答落在春来胸口。

老洪扒着爬过来："春来、春来，没事吧？"

焦何美张大了嘴，干干望着他。老洪拖着身子靠近春来，他从喉咙深处发出了一种凄厉的怪叫。然后，把头重重地磕在地上，直到脸几乎埋进了土地，嘴吃着腥湿的泥土。

五、大地的祠堂

魏育林和他女人在绿皮车上望着远方。车到站，他们忙慌下车，到底还是把背包落在了行李架上。他女人什么也没说，嘴唇干白得像是把脸粉涂上了。他们赶上巴车，先去镇上小旅馆过一晚。村际巴车夜里不开。两口子在六十块钱的宾馆和衣躺了一夜。第二天天刚蒙亮，就在门口等着。深秋的落叶在乡间没人打扫，铺陈了一地。阳光高耸而明亮。魏育林恍恍惚惚觉得，叶片里头闪着春来小小的身影，但凑近了看又没有。

女人一路边哭边念叨，要把春来带回家、带回家。魏育林倒是没哭，他心里存个侥幸：是不是老太婆找个幌子忽悠好几年没回的儿媳回村？等远远瞧见焦何美抱着东西等在路上时，彼此心里都是一阵错乱。事情也就像头顶上的太阳明晃晃的，但是真切

野猪下山

得如同假的。下车后，魏育林看见焦何美嘴干裂开一个口子，里面血丝赭红赭红地结了痂，像是钻出了一条红虫子，正当真格地咬她。

魏育林轻声道："娘，春来呢？"

焦何美眼神一动不动："我搂着呢。"

这时候，女人慢慢挪过去，看清了焦何美怀里抱着的骨灰盒。她嘴上下抖动着，扬起手来，一巴掌狠狠掴在焦何美脸上。老刘家两口子左右抱住了女人。魏育林来来回回跺脚、双手在空气里撕扯着什么似的。在焦何美身后的老洪呜呜呜在哭。焦何美抱着骨灰盒一动不动。魏育林啊啊喊着，好像他才是那头受了伤了猪，他的哀号声逐渐弱下来，直到也开始抽起自己嘴巴子来。

魏育林跟女人回城里时，天还黑着。他们先坐上村际巴车，然后是大巴车，在童安市吃了几天来吃的第一顿饭。馄饨端上来，女人拿起筷子，一个接一个往嘴里送去，呼呼下咽，魏育林抽空了一盒烟，道："吃吧，留得青山在，不怕没柴烧。"女人听后接着跑到树底下，哇哇哇全吐了。

他们没来得及见到春来最后一眼。只有焦何美老年机上模糊的照片：春来在田地里逮蚂蚱，狼吞虎咽着猪油荷包面，兜着红塑料袋在田里快活奔跑。只有这些。他们也没能带回春来，焦何美也不同意春来跟他们回去，焦何美攥紧了那只小小的骨灰盒，始终不让别人碰。好像春来已经属于了她。魏育林知道他说服不了母亲，他见她依旧扎着紧紧的发髻，抿着严肃的嘴，永远劳作不息。她本质上是那样一种人：被同一种落后的文化饲喂长大，难以改变口味似的难以接纳一切新事物，或者说：不可理喻。他现在可以埋怨她、恨她，但是谁能否认当初把春来留下的决定正是夫妻二人做出的？愤怒、埋怨，然后理解，继而接受——这整个悲哀消化的过程，会在长达一到两年的时间里，一个不落地挨过来。

焦何美没闲着，她找村里和镇上管事的讨说法，让春来"瞑目"。镇上管事的遂带着护林人、搜捕队和志愿者浩浩荡荡搜寻山林，最终找到了野猪群居的巢穴，在半山腰阳面背风的一个隐蔽洞穴。焦何美扛着她的镢头，差点冲上去把那头大肚子的母猪抽死。那群志愿者小伙子搂抱住老太："大娘，那是保护动物。你弄死它要坐牢啊！"

"它弄死我孙女！"焦何美左右拧动着，发髻乱了，头发披开来，成缕地白。他们拿走了她的镢头，才放开她。焦何美接着又要扑到母猪坑里，喊着跟它"一块死"，又给拉住了。她红了眼，瞪着镇上管事的："人杀猪犯法，猪杀人呢？"

镇上管事的略一沉默，左右看看："要是野猪发疯作孽，那也该杀。"

"那就是该杀啦！"焦何美弓着腰，发着抖指向野猪，"是这头畜生！我认得它。它死了我也认得！畜生就是畜生。我要千刀万剐了它！"对于千刀万剐的事情，镇上管事的不太认同，除此外，他倒凭着单纯认知，觉得有仇必报算得上立场正确，犹豫着应了。几个队员擒着长竹竿、网兜、钢丝套锁，把那头待产的野猪扯出来。焦何美随手抓起一块尖头石——又是小伙子拦住她——草丛里突然传来动静，他们抬起头来，一群野猪在附近草窠中四下逃窜。焦何美愣愣怔怔，手里还攥着石头，喊道："在那儿！"

搜捕队的遂跑向野猪群。但哪怕是这群队员，也不敢单独行动。那些大大小小的野猪加起来得有一千多斤，比小伙子们可壮多了，怪不得它们践踏得一个女孩儿肋骨全部断裂，肺部破损，压扁变形。哪怕是他们赤手空拳对上这群野兽，恐怕也难逃一劫。但是焦何美又喊道:"在那儿!"那群搜捕队又往与刚才相反的方向跑去。他们筋疲力尽,但焦何美还在指示着方向。

最后,镇上管事的说:"老太,到底在哪儿?我就问吧,到底是哪头?"

焦何美咬紧了牙,擦着眼角:"它们每一头!每一头!"她喊声有些狰狞了,在山林间格外刺耳。

可镇上管事的没有权力去处罚"每一头"。他摇摇头,大概认为老太婆精神已错乱。他们一左一右挎着她回到村庄。田地里的冬小麦冒出了一点绿。远远望去,就像是一江柔和的春水。村里的老人们站立在田地边,就像脚脖没在水里一样儿。焦何美仰着脖子:"没有王法了!人杀猪犯法,猪杀人没罪啊!没有天理了!人杀猪犯法,猪杀人没罪啊!"那些柔和的春水随着秋风漾荡着。焦何美不断重复着她的车轱辘话。镇上管事的人收拾起东西:"老太,你不能这样说啊,你是找不出哪头是'犯罪猪',杀人还得逮着真凶呢不是?"

"没有王法了……"

不久以后,焦何美养成一个习惯,她收集红塑料袋,拴了麻绳,绑在大大小小的树枝上。在每个傍晚眯着眼睛休息时,她幻想那是孙女春来从一棵树欢跑至另一棵树。一个个球状的山风,让大地漾满童真,犹如这个已不在人世的女孩的祠堂。每当田野里有蝴蝶、麻雀和燕子徘徊,焦何美的眼睛也总愣愣盯着它们来了又去,看到它们,她会想到春来。有一天,她在鸡窝边的废纸盒里,看见了魏育林带来的那只娃娃——盖着卫生纸做的被子,瞪着眼睛睡觉。焦何美在鸡窝边蹲着,一直到双脚麻了。

水秀村的秋季特别短,倏忽开始下雪。山林的风吹着长哨,刺骨地冷。焦何美瘦巴巴挂着军大衣,戴着毛线帽,在棚屋呆呆

　　　　　　　　　　　　　　　　　冷静期　|

地听着响动。春来走后，她日日置身于大地的祠堂，没有别的差事——除了一心找到那头猪，宰了它，把它煮了，做一千碗猪油荷包面！

那年是个寒冬。焦何美在土地里种了冬小麦、大白菜和土豆。近段时间来，她一直在修围栏，把竹子头削得尖尖的，半人高地立起来，用铁丝一根根绑紧。每夜，她依旧起三四回，就算听不见猪叫，她也是要出来望一望的，她要见到那头母猪，她准能抓住它。不是这头，就是那头，她总要想个法子的，人不能给畜生逼疯了，人不能给畜生逼疯！

连续三天下雪的时候，焦何美没离开棚屋。她用厚厚的防寒布把棚屋裹起来，雪落了半指厚，让她的田地像一片冰河，她的棚屋像一座雪堡。雪堡外面白得灼眼，走进去却是密密实实的黑。她备了很多电池和两只手电筒。冰天雪地，野猪又有了作祟的痕迹。它们备寒冬的食物，突袭下山扒马铃薯。有两个晚上，焦何美差点见到它们掉进她挖的一圈陷阱里。她算好了，等野猪掉进去。她就把土埋上，再铺上雪，它们这可算自杀。但猪聪明，一点儿不像《西游记》里猪八戒那么蠢笨。跟焦何美敌对的那群野猪已经有了丰富进攻和退守经验。它们只会在她的棚屋前后寻觅。有一回扒出了焦何美埋在地下的大缸，把留着来年下种的作物都拱了、吃个殆尽。焦何美撵出来时，那群猪四蹄乱窜，跑得飞快。"一群贼！一群贼啊！"焦何美喊。

连续三天下雪的时候，老洪也没有离开老屋。水秀村在冬季更像是一座荒凉的空城。只有盛午时分，老人们撅着腚，喂喂家畜，他们见面聊几句，好把一天寒碜地打发过去。隔壁老武盯着邻居冒头的枣树，还挂着几颗枣，被雪抹了霜，白里透红，倒怪喜庆。武太门口扫雪，瞧见老洪屋门前的雪还丰厚结实，跟老武唠叨，对门真是懒极了；老武哼唧一声，往雪地甩把鼻涕，雪像吞进黏液似的；武太抱怨探头来的枣树，枣树挂的雪晃一晃也要砸到人脖子里；老武又爬上梯子，站在两家共墙上喊老洪。都知道老洪把野猪惹急了，野猪就把春来踩踏死了，老洪躲进家门不出来了。老武喊了几声，没人来应，照以前老洪的脾气——他喝的药酒可不是白长了火气的，定要跟武家掰扯。老武没人斗嘴深感寂寞，把梯子从自家抬起，竖到老洪家，亲自探入敌营。

那院子大概很久没有打理了，屋门关着。老武推门时，觉得一股寒凉从脊背爬上来。老洪躺在床上。地下、桌子摆满了空药酒瓶。屋里没有一点儿人气，黑乎乎的像个灵堂。但老武进去时，老洪还有一口气。那口气只够他动一动手指，把老武吓得一激灵，跟跄地歪栽到门口："来人呀——救人呀！"

事后水秀村的人想起来，总觉得那年冬天是一个百年难遇的寒冬。水秀村本来地界偏南，但那年冬天的雪，几乎把他们一辈子的雪都下了。那年冬天，水秀村现常住人口二百多人中——后来经过统计——接二连三离开四位老人。其实每年入冬，他们都会觉得，一部分的自己像土地一样慢慢流失出去：血管骤然发紧，血液冷缩，连一个流行性感冒和普通跌倒都会从天而降要了人命。有三位老人正是病情急转直下，但是靠着药酒延年益寿的老洪离开，谁也想不到。

当时老武一喊，村里三三两两的老人们都出来了。听说老洪还有一口气，他们抱被子的、找木板的、拉麻绳的，混乱一团。老刘家两口子给镇上拨电话。但是大雪封山，信号断断续续。又听说村际巴车早不开了。村里人推来三轮车。几个老人踢开药瓶，搭手把老洪从被窝里扶起来。屋内一股儿酒糟和呕吐、粪便的味道，尽管这群老人都抵达了对生活气味并不敏感的年龄，却也禁不住用厚手套和毛巾捂住口鼻。几个硬朗些的老头把翻着眼白、奄奄一息的老洪抬起来。老武踢着他门前的雪，喊道："咱

　　　　　　　　　　　　　　　　　冷静期　|

们就是抬也得把他抬到镇医院去!"

这句话多少有些振奋。一路上,那些人呼唤着老洪的名字;有些人到这会儿才记起老洪不叫"老洪"而是叫"洪有为"。与施救的困难相比,他的身子硬挺在两块拼在一起的木板上,肯定也好受不到哪里去;一群老人打前站,用拐棍在三轮车前指指戳戳;关键是指望运送的三轮车连连打滑,连换了两个驾车的都握不住方向。老刘大喊:"爷们儿们,咱指望不了别人,咱指望自己!大家伙儿一块抬起来!"于是六个硬朗些的老人分别专注一个着力点:腿、背、胳膊、头……他们踩着缓慢而稳当的步子朝镇上走去。所有人都知道,为了让老洪尽快得到救治,他们必须一刻不停地走动,倘若稍有停顿,也许老洪的那口气就断了,或者施救者的心气也断了。

两山间的雪道,就像是撒了一路的盐巴,白莹莹闪着微光。这群人身体力行跋涉在这片生活的盐巴上,就像腌渍了的咸菜疙瘩。这群老咸菜疙瘩远远地像晾晒在盐巴上,终与山林、大地融为一体。老武早年间当过兵,他喊起了口号:"一二三四!一、二、三、四!"他喊得偏福建口音,随同走着的妇人们笑起来。靠近老洪肚皮一侧的老人听到老洪的肚子像装了一半的坛子样儿在摇晃,发出咣当咣当的声响。老刘媳妇笑了:"老洪啊,你到底喝了多少啊,你以为自己是口缸哪!"她的声音尖细而响亮。老人们又一次快活地笑起来。老武喊:"爷们儿们,"他笑着看了一眼老刘媳妇,加上一句,"娘们儿们——"(又引起一阵笑声)。他粗粗喘着气儿,气势如虹,"加把劲儿啊!"

他们一步一步挨在这山间,突然觉得,也许就能把这山翻过去,也许就能抵达村际巴车都抵达不了的地方。有那么一瞬间,这群被灰黑大衣层层包裹的老头老太似乎找到了年轻时鲜活的感觉和气力——哪怕一瞬间也好。他们喊着号子,小雪花轻轻旋在脸上，呼出的白气和口号飘荡得像过去的繁盛时光，他们用尽力气，他们哈哈大笑，他们团结一体，他们没有被衰老和疾病、封闭与落伍打倒。有人看到木板上的老洪略抬一抬头，似乎雪花也落于他的眼眉，清醒了他；有人看到，木板上的老洪白沫泛在嘴角，好像也随着喊起了"一二三四"。

焦何美在棚屋烧水时听到了响动，她围上围脖，冒出头来，张望着村边。她隐约听到像列队前行的口号声。她把水壶提下来，闷住火炉，往山下走去。远远地，瞧见那列队伍——好像全村的老人都出动了，他们驮着什么，一路快活地前行呢？是野猪的尸体吗？不对，干吗要给畜生裹被子啊。她眯起眼睛，把飘落到嘴边的雪花舔进嘴里。是什么呢？等她跑到山下，撵上那群人时，第一批抬人的施救者早就气喘吁吁，开始换第二拨人了。新换的六位老人吆喝着口号，把老洪抬到肩头。

雪又一次飘大了，小手似的扑扑往人脸上打。焦何美随着走了几步，喊道："是谁啊？""老洪啊。"老刘媳妇尖嘴喊道。

焦何美又紧撵几步，嘴角抽动着："是野猪吗？是野猪干的吗？"老刘媳妇笑道："你呀，给猪吓着了不是。老洪喝了药酒，怕是中毒了。这不巴车不通了，大家伙儿要把他抬到镇上去。""抬到镇上？"焦何美嘴角里喷出一口白气儿，她的声音提得高高的，"就你们一群老骨头能把人抬到镇上吗？路还长着呢！"

老骨头们立在那里，没有人说话，接着老武声调高高地喊起来：一二三四。他没有听她的，他们没必要听一个被猪逼疯的老太说的话。他们过的这辈子很长了，各种生活经验累积得有雪那么厚。他们继续"一二三四"地往前跋涉。这真的称得上跋涉了，日头出来了，第一层雪毛茸茸地化掉，像是剪掉的绵羊毛。脚踩下去，抵达坚硬的地面里温和的泥泞。拔一脚，得使出一把子气力。但可怕的不是日头高升的中午，而是渐渐冷却的下午。

两拨人已经倒腾换了三次。换得越多，他们发现越歇不过来。不仅歇不过来，他们老旧破损的膝盖和背都焕发出一种新鲜的疼痛和生冷。每一次往前行步，都加剧了疼的扩张，他们脆弱的骨头发出咔吧咔吧的声响。

焦何美远远跟着队伍，她在坡上，而他被他们抬着，走在山坡下面的泥路上。她瞧着他的样子，跺着脚骂道："洪有为你有种就起来呀，洪有为你有种你就起来呀，洪有为你有种你别躺着你起来呀……"出事后，她很久没去过老洪那里，她知道她去不得。而现在，似乎只有她知道，这就是一场告别了。她看见老洪在木板上的手垂下来。她知道他看得见她。她在坡上紧撵几步，好走在队伍的前面。在他的身体平平地挨过去时，她把一边的手脚同时抬起来，又同时落下，再换另一侧。像只蛤蟆，又像提线大玩偶似的，笨拙地跷着脚。然后，她把老胳膊老腿儿归拢好，凝望着老洪，笑了一笑——她看到老洪也微笑。她翻了一个白眼，抬头看着阳光，抹去了眼角浑浊又滚热的液体。那群老骨头经过，然后往前"一二三四"地行进。

这群顽固的老骨头！她别过脸去，于山林间，又听见铁皮呱嗒呱嗒的动响。"畜生哎！"她喊道，"畜生哎！你吃了我的棒子你屙不出屎！"她着急往回赶去。所以她没有听见这边剧烈的垮塌声——那块木板陈放的时间太久了，它的内部早就变得像这群老骨头般又脆又干——木板从中间一劈为二时，焦何美还在漫山遍野拎着半长的镢头撵猪——看上去很像是上次待孕育猪崽的那头母猪。她用镢头不停敲打围栏上的铁皮，所以她没听到这边剧烈的垮塌声——尚有一丝余息的老洪这下像一袋装满玉米棒子的尼龙袋坠在地上，大衣和脸上扎满碎木屑。最可怕的倒不是他，而是那些抬木板的老头，他们看上去累坏了，简直筋疲力尽。他们加在一起气喘得足以让脚边的雪都融化掉。喊着"一二 三四"

的老武嗓子哑到说不出话，干脆坐在地上，望着盐巴路的尽头：那才是大山起拔的地方，离镇上，还远隔着呢。他们气馁地蹲坐着，被风冻得瑟瑟发抖。

这时候老刘两口又站了起来。他们自告奋勇去取推车。其他人舒了一口气似的，在雪里懒懒地等待。车取回来时，看那歪扭而行的架势，似乎也派不上多少用场，但是他们依旧乐观地喊起了号子："一二三四、一二三四。"抬起老洪时，老洪的嘴紧抿着，竟没有一点儿白沫了。还是老武大胆去探，他一哆嗦，手垂下来。"老洪——"他喊。

他在大家等待取车的时候就已经平静而安详地离开了这里。他紧紧闭着嘴巴，嘴角干干净净。他的身体里漾荡着无数的黄酒、白酒和那些标本。天长地久，他要跟那些标本藏于一起。他自己本身就是一个标本：一个彻头彻尾愧疚和遗恨的标本。或许，还有思念？

老骨头们一开始都还为车子的到来感到欣慰。如今欣慰变成了一桩丑闻、一段恐怖的共同回忆。站着的老骨头，突然两腿哆嗦（老武甚至尿了裤子，热乎乎的液体冒着气儿就从腿缝间蹿下去），蹲着的老骨头感到自己再也起不来了；老刘两口子刚刚还在拔老洪身上的木刺——这会儿，他们还在低头拔。淡黄色的太阳（也许是月亮）挂在山崖口，村庄仿佛在拼命向四周退去，他们像一群相互依偎取暖、依靠掠夺生存的野猪，死亡猎人的屠刀锋利地逼近了。

六、死或与猪同行

过年那会儿，焦何美一个人在山上。老年机就放在床头，寂静到让人以为坏掉了。终于夜晚将至时，天边泄出一点黑来，儿子魏育林终于打来电话。

"吃了吗？"顿了一顿，他说，"我是问，你们俩吃了吗？"

村里零散着几声鞭炮，焦何美于是在黑暗里笑了笑，炉子的火毕毕剥剥响着："吃了，猪油荷包面呢。"她做了三碗，给春来模糊的小照上放了一碗，空着一碗，自己骑坐在床边，簌簌喝着。到这个年纪，做下这样的事，遭了这些罪，跟儿子不能说的话又添了许多。焦何美感觉自己像一个逐渐缝起来的口袋，多早晚，口袋就得全封住了，那时候，她离死也就不远了——她并不忌讳这个。

白天，她抱着胳膊，两条粗壮的腿稳稳地立在山顶，看着清冷树梢上破落的塑料袋，是春来在大地深处等待着她，是老洪……于是生死相隔显得那么孤独，死也就不可怕了——她如今常把"死"挂在嘴边，仿佛说出这个字就能让她面对它了，知道它的底细和深浅，不再恐惧而是当成了一个老朋友对待了。要不能怎么办呢？像老洪那样贪生怕死？老洪每天吞下花花绿绿一把药，让那些器官营生着，遭罪不？人老了，就得想明白：死是一种仁慈，是一种良善。

只要有她一口气在，焦何美又想，她就不能被野猪打倒，只要有她一口气在，她就不能让畜生把自己逼疯！她把自己的处境渐渐全部归结于跟猪的过节儿，把对猪的愤怒加了一层，又加一层。她是没有办法的，她总不能离开这三亩地吧？只要活着，她就得在这片田地里站住，她就得守住她剩余不多的东西——至于那到底是什么，她不清楚也不想搞清楚。

她不分昼夜地在山林间搜寻、徘徊，追踪野猪的脚印，跟到深山里，在老树根部或山坳潮湿处查找猪粪便，当路过的水池混浊，残草、落叶还新鲜，就能看见野猪的蹄印；蹄印上凸起的泥土有鲜明的粉末，草叶上还有浆泥水滴可见；溅在草叶上的泥点圆整——她总是与刚刚经过的野猪错过。

发现草洞里那头怀孕母猪的时候，焦何美不动声色，她这回笃定，那个害死春来的畜生就是它。她把镢头的刃磨得锋锋利利。一开始，她想到了用踩夹，她试探了母猪行进的路径，旋在一条山路的主路上。但野猪的鼻子很灵，三两米内有铁的味道，它们就会知道，然后绕道而行。所以她在草洞的三条支路全部设置踩夹，但踩夹只是夹住了一只可怜的松鼠。她只好又在空地中间放了半只棒子，坐在锄头上，藏在草窠里，铆足劲儿等待。

起初，那头猪吓了一跳，它的长鼻子在空气中努力地嗅探，闻到玉米棒时，它扑上去狠啃，但紧接着又回窝了。焦何美有的是时间，她不着急，比起猪来，她离"死"总是要更远些的——第二日，她又多加了玉米粒，并在几尺远的地方竖起一块木板。那块木板如同田地的稻草人般，暂时吓退了它，但它耗不过她的，它也耗不过饿。你瞧，不久，它又来了。每一日，焦何美总不慌不忙在玉米棒子周围多立起几块木板，每次木板变多，它会躲避和远离，伸着黑鼻子在空气中继续探嗅，但很快，它会认定危险并不存在，再来偷食玉米。大约一周后，由木板围起的圈栏做好了，当它毫无顾忌地走进圈栏时，焦何美堵上了最后一块木板。

到底怎样处理野猪让焦何美犯难。焦何美一夜没睡，睁大了眼，恨得牙花子疼，但卷在被单下的判决书总归提醒她，以任何形式搞死这头猪都会犯法（"畜生！×它个畜生，还保护动物——分明是'保护畜生'！"她骂道），她看出那头猪的肚子已经硬挺，肿胀，即将产子了。那么，森林公安和镇上管事的，到底不知道畜生的崽子有多少吧？它弄死她的后代，她别无他法，只好以牙还牙，也弄它的后代一死，她要让春来也好、老洪也好，田地里被残坏的庄稼也好，都看看——扔到河沟里淹死？捅进火炉里？埋到地里？对了，首先得让它也产下崽子来，拿那猪崽来做猪油荷包面给春来吃，做药酒给老洪喝，再敬敬这片给啃坏的田地。

　　那头猪起初可是暴躁、易怒的。头一个月，焦何美加水、给它玉米粒都是趁野猪睡着，悄悄投递。她要让它放松警惕，慢慢适应环境。那头野猪头几天根本不肯吃食，只是伸长舌头汲水。焦何美不着急。她慢慢给它整块的土豆、地瓜、带壳的花生果、玉米穗。一周后，野猪总算开始吃起来。几日后，它果然产下一堆猪崽子。也许是受到了惊吓，也许它就是故意的——这头猪产下了三头死崽，仅一头活崽。

　　真是小啊，焦何美的一个巴掌就握住了。她看着未睁眼的小畜生，琢磨着只要手再用用劲儿，她就能把它掐死。她用箩筐兜了小猪，开了她山下的老屋门。老洪死在前往医救的路上，而他的孩子赶过来都太迟了。看吧，这就是他们的命。那些不安分的孩子啊——他们怎么会感觉不到那种断裂呢？难道说，村里的老人们劳苦一生，临死前就要像身下的木板一样咔吧裂开，也就是说，他们死不安宁？难道孩子们就安宁了吗？想想她自己吧！她徒劳地守着春来的墓地，以为能守住儿子回归。能够吗？土地已经失去了它自古以来的引力。死人也没有任何挽留力！村庄像一个孕育后筋疲力尽的女人，而他们就在她的身体里诞生，然后壮大、离开。这是一场剖腹，是一场村庄与人的剖腹哪。

　　焦何美坐在原先标本室样儿的里屋，空中弥漫着酒糟气，那些空空的药酒瓶如同一张一张黑夜的瞳孔，窗户里蹿来的灯光打在上面，那些眼睛一个个都失魂落魄地张望着焦何美。焦何美嘟囔："看我干啥呀？"她自言自语地摸过一只只药酒瓶，把空瓶里的黄液体舔到嘴里。她把箩筐里的猪丢进一只敞口酒瓶，小猪哼哼唧唧企图翻身，但只是抬了抬鼻子。她从柜子里找出老洪剩下的黄酒。

酒顺着玻璃瓶，发出咣当咣当的声响，小猪浑然不觉地踢腾着它的四只蹄子。黄色的酒体透着晶莹，终于把小猪像琥珀般包裹起来。可以看到它踢得越来越厉害。它闭着眼睛，伸着蹄子摸索。小小的鼻子往上一拱一拱。而她看着这份杰作：瞧瞧吧！这是一个多好的祭品。对了，她要它做老洪的最后一个标本，做成野猪药酒！她要把它埋进地里，跟老洪、跟春来、跟地里无数剥落的粮食埋在一块儿。她让它也知道那个滋味。

那头小猪四蹄翻腾，嘴里冒出小小的气泡。它的脑袋一耸一耸，把脸紧紧贴在玻璃上，以为还能吸到氧气。这个世界对它来说，恐怕是一场梦一样短的"噩梦"：从羊水里出来，又回到"羊水"里去。焦何美连连喘气，看着它受那窒息之罪，她只觉得心脏也被抓住似的，呼吸扯得又细又薄。那只小猪挣扎着，贴着玻璃的头，变得那么扁——焦何美呛了一口唾沫——她从那个样子中想到春来。她怎么会想到春来？小猪又不是蝴蝶、家雀和燕子！春来的魂儿不会在这里。那头小猪把鼻子使劲往上靠，四条短腿无声地在水里踢踏——焦何美再也忍不住了，她呕吐起来，在她彻底瘫软之前，她从背后提起镢头，双手攥紧了，一下劈在玻璃瓶上。黄酒哗啦淌出来，玻璃碎裂一地。那头小猪终于伏在碎片上，跟一条落了水的大老鼠无异。焦何美浑身发抖，这会儿又趴在尿壶边吐起来。她满头的白发落在眼前，遮住了她恸哭的脸。她咬着头发，感觉苦水一层一层洇湿了身体。

老洪留下了五头家猪。那年冬天，地上的雪融化以后，老洪子女才零零散散从城里各处赶回来。那样的场面，在这个村庄每年都不稀奇。焦何美甚至能想象自己死去后的步骤：先是二儿子魏育林和媳妇，他们哭了一天后，大儿子孤身一人回来，他们把她火化、埋葬，开始商量着如何处理老家的房子，推倒山上的

　　　　　　　　　　　　　　　　　冷静期　|

棚屋，送走土狗两只、鸡鸭六只，再卖掉那不值钱的三亩地。然后，他们远离水秀村，像远离一个儿时的朋友。她开始自言自语："娘想孩子，路那么长；孩子想娘，线那么长。线那么长。"听说过没了孩子找一辈子孩子的，没听说过没了娘找一辈子娘的。焦何美从老洪儿子手里买下了五头猪。这会儿，她把头发捋到耳后，在黑暗中静坐了一会儿，站起来时——腿已发麻——她把那头小猪兜着，放进老洪的猪圈。猪圈里有头母猪也刚做母亲，这头野猪崽子一会儿就循着味儿钻到它怀里去了。她趴在猪栏上，嘟囔："小畜生，你呀，就吃吧喝吧！你就吃吧喝吧，敞敞亮亮地吃吧喝吧！一辈子给焦何美当小畜生！一辈子跟着焦何美！一辈子留在焦何美的三亩地！"她一遍一遍地念叨。

而山坡上，那头圈化的野母猪总算安稳下来吃食。有一天，焦何美披头散发，慌神似的趴在围栏盯着它——突然就笑了。那天夜里，她把围栏又加大了些，直到加大到五头家猪放进来都不嫌小——那些家猪有些已经在发情，她等着它们混杂、"相一相""配一配"。她对着猪言语："你们就配吧，就配吧，我弄不死你，弄不死你我总有法子让你老实。我有法子让你老实。你等着，你等着吧！人不能给畜生逼疯！人不能给畜生逼疯！"

谁也不知道这个过程是怎么开始又怎么进行的。焦何美从来没有停下来，焦何美的身影错落在山林深处。她到处扎木桩、围栏。那些往日常听到焦何美半夜响动的村民，听到的鞭炮声、杀猪叫、铁皮呱嗒声越来越少。村里的老人们琢磨，难道那个老太婆真的疯掉了吗？不过，她不疯才怪！

但村民们只知道，半年来，野猪一点点变少了，或者说它们变得胆小如鼠。

那年春天和夏天过得都很快。山林重新披挂了绿甲，焦何美在林间挂满了春来喜欢的红塑料袋，一兜兜暖红的风飘飘扬扬着，仿佛山林绑满了红气球。不过，她的三亩地第一次显得荒凉。这一年，她没怎么顾得上种它（但以后她还要用它来派大作用）。她在山林间走着的时候，从背后看，依旧不像七十岁的老太。

村民们纳闷，不常看到焦何美兢兢业业守着三亩地的身影——他们很少见到她，直到夏天的傍晚，她赶着一群猪在山下成群结队地啃草皮、咬地秧、翻找土里的薯类。老武放的羊咩咩叫着往后退，那群猪的个头太大了，人们都会觉得，焦何美把田地里的庄稼都喂了它们。难道焦何美已经不种庄稼，改养猪了吗？

老武喊："焦何美啊！你闭关去了吗？你的五头猪下崽了吗？"

焦何美没作答，她身后放牧着那群猪。猪大大小小，身上披挂着长毛，有的还有长鼻子。老武有些惊恐地瞪起眼来——难道是？接着，他猛烈地摇头，不对。哪里有野猪会这样听话、这样驯服呢？他对着焦何美笑笑。焦何美也笑笑。她回头对着那群猪言语些什么，而那群野猪懒洋洋地翻动着草根、土地，丝毫不留心老太婆在说什么。它们留下了稀稀落落的脚印。老武注意到焦何美终于又扎起了头发，他觉得，焦何美的样子从来没有这么孔武、这么神采过。

七、后记或曰附录

1. 野猪为杂食性动物，喜食地下根茎，亦食嫩枝嫩叶、种子、果实、昆虫和动物的尸体。在我国，野猪自2000年被列为有重要生态、科学、社会价值的陆生野生动物，简称"三有动物"。野猪对农作物危害严重，一头野猪一晚可吃掉玉米或其他粮食十公斤至十五公斤，如连糟蹋的粮食在内，可达四十公斤至五十公斤。按照《野生动物保护法》规定，未经批准猎杀野猪属于违法行为。2021 年国家林草局宣布启动试点工作，通过猎捕调控野猪种群。2021 年国家林业和草原局下发的《防控野猪危害技术要点》："野猪种群调控密度控制标准为：建议在南方丘陵地带按照 2 只 / 平方公里控制标准，具体猎捕量应在实际密度的基础上核算。"根据我国《野生动物保护法》的规定，政府对野生动物造成人员伤亡、农作物或其他损失予以合理补偿。2021 年12 月，国家林业和草原局发布《有重要生态、科学、社会价值的陆生野生动物名录（征求意见稿）》，曾于 2000 年被列入《国家保护的有益的或者有重要经济、科学研究价值的陆生野生动物名录》的野猪已被删除。

2. 焦何美将家猪与野猪同养并驯化，成为童安市水秀村的巨大秘密。也就是说，村子里的老人每个都知情，但他们没人做告密者。焦何美除了在山坡放牧猪之外，也会种一些庄稼。但她发现，种庄稼显然不足以应付猪的吃食。她开始承认，她做的事情并不是万无一失。焦何美在独居中养成了自言自语的习惯，据称，这个人口不到二百人的水秀村，独居老人多多少少都有些自言自语或者跟猪狗说话的习惯。

3. 2021 年春天，老刘夫妻被迫分开，老刘北上女儿家看外孙，老刘媳妇被远在南方城里的儿子接过去看孙女，两个人临行前，双手握紧，老刘说："今儿，咱俩是天各一方喽。"——他们跨过了那条铺了盐的道路，抵达童安市，坐上不同方向的列车——在车窗外，他们都探出头来，注视那个叫做"家乡"的地方：他们曾身体力行跋涉在这片生活的盐巴上，就像腌渍了的咸菜疙瘩。他们作为老咸菜疙瘩晾晒在水秀村的盐巴上，终有一日，会回来这里。谁知道是什么时候呢？但那时，他们总得落叶归根，与山林、大地融为一体。老刘最后没跟老刘媳妇作别，他望着退后的村庄，喊道："老洪啊！再见啦！"

4. 老武死于心梗发作。享年七十六周岁。

5. 魏育林丢了工作后，又跟女人离了婚。2021年冬天的最后一个夜晚，他背着薄薄的行囊，先坐动车，然后上大巴车，在镇上住六十元的宾馆，又上了村际巴车。在村口，远远地他瞧见焦何美在等他。她的身后跟着一群大大小小的猪。一时间，他差点吓得腿脚瘫软，但焦何美的发髻扎得紧紧的，让他多少安下心来——他多少预料到，日后，他会跟母亲一起养猪（但他不知道养那种猪需取得特殊许可，不过那是后话了）、种庄稼、办农场，他还会翻新老房，再娶妻生子。后来，他常常在田野里，绑那些举着纸糊大砍刀的稻草人（那模样总让他想起焦何美）；他也会去鸡窝旁，给那只躺在纸箱里的塑料娃娃换新草被子（那模样总让他想起春来）；他时常跟大哥打电话，嘱咐他"回村看看"——慢慢地，他会觉得在水秀村也可以过得下去，过得好。他晓得，不管人类怎样进步，城市怎样拓宽，总有像他一样的年轻者回到过去，回到村庄，继续站立在大地上——身后，也总有被驯化的"凶猛野兽"。

而村庄，只要有人，就有希望。

或者说，在任何一片大地上，只要有人，就有生存的奇迹。

本文头题发表于《山东文学》2022年第6期，
并获2022年度"山东文学奖"

风雨桥

有两个儿子的父母总难做到一碗水端平。

我们家，比如。

有一回，一波小型地震光临镇子。我父母裤子来不及穿——父亲驮着我，母亲扶着，四只脚慌乱地从胡同里往外跑。那时街上，各家各户窜出的人，面面相觑，密密麻麻，虱子似的，成群站着，像一片被收割后等待荒凉的麦秆地。这时，父亲用他仅剩的一只好手，拍了脑门："成材！"他声嘶力竭。

"成材啊！"母亲抱着我，也慌了。

地震余波漾过去。不知多久，我哥林成材蹩着两只脚，黑着脸，像一张骨头架子，从黑洞洞的房子里跳出来。

一

1968 年深冬，我顶着林成栋这个名字出生了。

据说娘胎里，我先破了水，一只脚蹬出，接生婆端端拎住，把我狠力拔出，母亲险些断了气。一种笼罩我家的昏暗气氛也破水了。这气氛来自我叔，成了漏网走资派，被捕，被拉入牛棚，被审查。叔、婶儿断了经济来源，我哥就灰着脸，回来了。

我哥自小过继给我叔家。他瘦弱，矮小，黢黑。镇上有个闲算命的，一手端破碗，一手攒珠子，非预言母亲跟我哥水火不容，相克。什么法儿破解呢？过继。于是，父亲把他继给没有子嗣的叔叔婶儿。这下好了，我叔着一破棉袄，胸前挂白布条，像挂帅，辛苦劳改；婶婶儿天不吃不喝，干脆投了河，碎掉的冰面，深夜一声嘣咚。

我哥六岁，回来了。

我俩跟父亲学活儿。父亲是个老木匠，"老"是一种褒奖。有一年立夏，雪还在树尖上，父亲外出运木头被货车擦过去，自行车翻了，整个身子径直在雪地向前滑四五米，胳膊别进另一辆正飞驰的自行车前轮。粉碎性骨折。一个右手骨折的木匠算是报废了。连日里，父母在客厅商量，压低声儿——无非怎么用家里有限的积蓄来分配俩孩子无限的未来——你知道，总有一个人要立时立刻养家糊口，另一个要存个青山，厚积薄发。那段时间我忐忑不安，生怕架上磨子的是我。

那一天终于狐假虎威地来了。收音机嗡嗡响着《我的中国心》。母亲发话了，她拿筷子敲了敲碗沿，眼睛平视，并没落在我俩任何一个身上："今天定一定吧，谁上大学。"

父亲拿左手笨拙地往嘴里夹了一口白菜，接："谁跟我学艺。"

空气黏稠，风一丝不苟地履行着它让人汗如雨下的职责。我嘴里的炒白菜没了味儿，汗从背心滑落到裤衩深处。

我哥先说话："这咋选？"他放下筷子，搓着两只大手。

"你俩先表个态吧。"母亲继续低着头，像是跟菜盘子说话。

我哥扭脸看我："这咋选？"

"我想上学。"我也低头，赶紧把米饭扒进嘴里。

"我，"我哥声音也低下来，"我也想上学。上学有出路。"

"唉，"父亲叹气，往地上吐着菜根头，"俩儿我们供不起。我这么想着吧。小二一直在学堂，老大一直没学上。按说该公平一点，老大去学一学文化。小二跟我学手艺。"

我注意到了那个字眼"按说该"，所以我脖子伸长了。我看向母亲，她嘴抿得紧紧的，盯着自己的筷子："你俩说怎么决定吧，这种事。"

我没办法，空洞地扫我哥。他的表情一如既往地着急并且茫然。每遇到事儿，他就着急，说不出话，他就茫然。

他看我："要不成栋去？"他眼睛眨了一眨，我没看错。我明白的，当时我是明白的，他眼里是一种故作姿态的谦让，他眼里是一种焦灼的渴望，渴望我像他一样说"要不哥哥去？"那样我们就惺惺相惜了，那样我们就能你推我让、有商有量、热热闹闹地相爱相杀，我哥哥喜欢这种假大空的热闹和俗气的团圆。

可我没有。我咬紧下唇，一秒钟，两秒钟，我说："好，我听我哥的。"

筷子掉到地上。我哥噎着了，吭吭吭地呛着水。

"唉，"父亲又叹气，嘴拧到胳膊那儿，把烟斗叼上了，"就这样吧，命啊。"

很多年以后，我才明白，父亲那个叹气和那个"命"的意思。

然后母亲说："好，成栋以后得上大学，成材接班。"这一句话定了我们的终身，而这句话还是母亲嚼着窝窝说的，所以很多年后，我站在三十层的落地窗前，想自己一路走来的辛苦和恢宏，黄面窝窝味儿就在回忆里搅着。

我哥被注定了，只能跟木头较劲。每天搬个马扎站在大门前发呆，一手攥刀，一手攥木头，镇上人送他一句"神经病啊"。他笑笑，垂头不回嘴。那年头，很多人下海，我抱着课本，跟我哥说："你也可以下海经商。"我哥吹了吹手指头上碎糟糟的木屑说："你以为谁都有傻子瓜子的运气吗？我又不是个傻子。"

一天下午，惦记着家里难得包的水饺，没下课我就往家里赶。钻进胡同时,见玉兰姨正用火炉烤一把铁梳子,往自己头发上烫卷。

我打个招呼,掀开家里绿色塑料门帘,开了锁,进了屋,先去厨房看看母亲的劳作所成。案板还摆在水池边。鸡蛋打好在碗里杵着。已经成团的面粉蜷在铁盆一边。我叹口气,想着回来早了。

我真回来早了,因为我听到里屋有海浪似的,一阵高一阵低的响动。我探着步子过去,断断续续的内容穿过了我的身体。

“你就应该拿主意!”

“你拿意见呀。你是一家之主,你说怎样?”

“我说怎样?我说不好。”

父亲说话声伴着椅子扭过去的吱扭声。两个声音都充满了犹犹豫豫和飘忽不定。

“他毕竟不是我们的孩子。”这是我母亲的声音,坚定的。

“就算他不是,这么多年了,唉。”这是我父亲的声音,然后是旱烟袋打着椅子的声音,黏黏糊糊,没有决断。

心跳声从我的脚底下升起来,好像把我包围了,我的耳朵烫得像个新出炉的红薯,我定在那里,手麻着。

然后是母亲的声音——“反正这么多年都要过来了,现在也不是时候。”

然后是父亲的声音——“我们也算对他有了交代。让他跟他走吧。”

然后门开了,我和母亲隔着防蚊的塑料帘子,接上了视线。

母亲,手里的韭菜落了一地;父亲,烟袋磕在桌角;我们,彼此静默着,互相尴尬着。然后父亲垂下头,叹口气,幽幽从我身边钻出去了。母亲下巴抖得好像给什么烫了,晶莹的口水在嘴边泛着。她抿抿嘴,把那些口水抿进去。她说:“你听见了吗?”

我说："没有，我刚进来。"

母亲轻轻提着脚，垂头盯着地板说，好像那才是她儿子。"哦哦，那就好，"嗫嚅了一会儿，她又说，"我们，我们说着玩的。"

我点头。母亲碎着步子钻进厨房。我父亲窝在客厅里抽他的烟，眼神往我身上一闪，就钻到眼角里。1995年，父亲死于一场旷日持久的肺癌，他可不知道，这烟会要了他的命，因为不知道，所以那会儿他抽得凶。

我退出家门，像我没有进来过似的，挂好塑料门帘，假装里面原封不动。

很多时候我会忘了这件事，更多时候，这个新发现的事实就像一副眼镜，让我重新审视我哥以及我父母与他、他与我的关系。这一审视不要紧，我立刻从往日的岁月中找回了蛛丝马迹、针头线脑相互印证着。有时候他发现我在打量他。"咋了？"他一边用小刀刻着手里的木头一边问我。

我说："看看你，哥。"

"看吧。"他一脸蠢笨的憨厚。我心里对自己说，这就是我亲哥。我把自己的头生硬嵌进他怀里。

闻见木屑一股一股的清香。

当然，连接我们哥俩的，还有女人。总是女人。有一天，那女人的母亲——玉兰姨，摇晃着金莲小脚，迈进我们家，说要我们给她闺女造个橱子。

凭雄性本能，我们认定这将与终身大事系于一线，都跃跃欲试。不言而喻，我们共同浇筑了对刘雅芝的巨大、持久而坚固的喜爱——从她搬来胡同开始，我们常碰面，她上女学，晌晚得空，在门市部帮忙。她脚步轻盈，一张圆脸，笑起来眼睛眯着，像在抵挡过于灼热的太阳。她老家南方，声音娇俏，平心静气的言谈也总好似撒娇。我常见她捧书，领子立得高高的，露出一截雪白的脖颈，像是缱绻着的猫的肚皮。我哥指着她说，这就是我的梦中人。我明白，我哥的理想很娇小，很白嫩，像是一只春天的猫。那也是我的理想，但我没说出口。

刘雅芝并不理他，偶尔碰面，礼貌点头，我哥手里的木桶就会失魂落魄地漾涌出水。

有了这么一个机会，我哥下了班，就骑自行车遍寻一块称手的木头。他总算寻到了。整一个月，反正我们哥俩本事儿都使上了。那段花纹妖冶的木头慢慢从它原始的模子中脱逃，成了有模有样的桌子。我磨、刻、锯，桌面做了抽象造型，怎么说呢，近看是镜框，远看是卦象，而我哥用榫卯、穿带。于是，这架梳妆台有着中西结合、土洋相交的特点：它的桌腿是四只猫脚（来自我），但边角花纹繁复，显露着我哥所擅长的以小见大的手艺。我指着猫腿，得意地说："瞧咱这创意。"

我哥说："不像话，这算啥，乱七八糟。"

我摇头："雅芝那么活脱，绝对不喜欢呆板的老一套，手艺手艺，就得迎合咱飞速发展的时代。你那老手艺、老古板早晚要淘汰。"

我哥生气了，把圆刀往地上一扔，刀尖在地上戳了一个灰白色的痕。

我们将这精雕细琢的梳妆台，搬进刘雅芝家。屋内很小、昏暗，刘雅芝屁股窝在赭红旧沙发里，腿垂着，阳光斜射过来，在艳艳的红色与扑扑的灰色中，白得明晃耀眼，像油彩里摹绘的女神。我安好桌子。我哥在闺房里坐也不是、站也不是，索性蹲地上。而刘雅芝站起来了，一步一摇，扶到门框边，跟我们说话。圆脸贴着墙，墙粗糙，她细滑，墙发乌，她发白，对比鲜明。她点评说："真特别呀，很有想法。"然后上前俯看着桌子，四只猫脚跟她浑然一体，喇叭牛仔裤勒出肥美的桃形臀部不动声色地翘着。我哥脸通红，我也一样。

她走到我面前，两手扶着腮帮："我娘说主要是你做的？"

我点头。

我哥蹲在地上，小声嘟囔："我买的木材。"

然后我赶紧说："我做的款式。"

她扑哧笑了，打开每个抽屉："神仙呀。"她的背影静止了。

"神仙呀。"她又重复。

我哥从地上站起来。

"太精美了，真的。"她转过脸来，这会儿我能看到她眼睛睁大了，晶莹着，整个脸像是一轮太阳。她攥着一只小梳子，梳背上顶着一只极小的展翅翱翔的鸽子，她伸出手来在我们面前仔细打量。那梳子正面雕刻着一只八大山人似的垂眉丧眼的喜鹊，眼睛的地方正好是树窝的黑瘤，漆黑发亮。我哥试图发出一些憨厚的笑声："这个是附送的，传统手艺，不要钱。"

这时候，我永远都记得这时候——她走近我们，手向上，轻轻跃动，搂住我哥的头，红色的唇印就落下来。在那个年代，这个动作又大胆又脱俗，在我的青春期，这就是我的宿梦，一夜一夜地光临，一夜一夜地筋疲力尽。

回家时，一路上，我在发狠踢路边的花丛，踢得寸草不生……到了河边，我说："等等，咱掰手腕！"我已经身高高过了我哥，体重重过了他，我已经力气大过了他。在他绷直筋骨的时候，我整个身子往上一跃，再一压。他哎哟一声，手被我重重摔在河沿边的石桌上。

"你干吗给她做那个！"我说。

"那木头瞎了可惜，用点下脚料怎么了。"

"我是你弟弟，你不说让着我。"

"这种事，"他搓着自己的脸，手指缝里在看我，"这种事咋让？"

"整个的，整个的桌子、椅子，还有镜框都是我，都是我一点一点抠摸出来、琢磨出来的。你就弄个抽屉和梳子，怎么还你领功呢！"

他微微笑，看着天："咱俩这是公平竞争的，对不成栋？她那是喜欢我，瞧见没。"

他举重若轻的微笑让我心里涌起一股一股酸水，那些酸水灌着我，覆盖我，漫过我。我跺着脚，把脚底的草揉搓得不成样儿："她要的是梳妆台，没有我的梳妆台，就根本没有你的惊喜。说了做梳妆台，你作弊。你作弊，这根本不是公平竞争！"

他没有安慰我，只是瞪着眼睛看我哭，嘴歪到一边去，说："你小子——你不是说过，只要方向是对的，方法可以取巧吗？"

一股火烧起来，我的耳朵烫在脸边："这是我的名言，你懂什么！你什么都不懂！你就，你就半个文盲！"

我哥脸灰了，好像停驻了一朵云，他说："我文盲因为啥，你没数吗？"

"你为啥文盲，你没点数吗？"我说。

我哥眼里又是那种蠢笨的惶恐："成栋，你什么意思？"

"爹娘养你就不错了，那是我爹娘，他们凭啥供你上学！"

"那也是我爹娘。"

"他们从来没有第二个儿子！"我冲他大喊，"你明白吗？你根本就不是我亲哥。"

一种诧异击打了他。总之，我在暴怒中欣赏着他的无措。

"什么？"他说。然后整个人像张薄薄的灌饼似的站起来。

突然在我身体里泛开的暴怒，突然如它来临一样地熄灭。我不肯重复我的话，我转身，沿着风吹来的方向跑去。我脑海里只留下我哥那张震惊、无措、恍悟的脸。我跑，风从我胸膛里钻进钻出。

那天我们家里像是炸了，哥哥回家来跟母亲对质，母亲啥也不说，光是哭，父亲扯拽着两人，然后噼里砰咚，东西碎了，门摔了。我藏在里屋。第二天门口，我哥合着一床被子睡着。楼道里一阵浓郁的酒味，污秽物在他嘴边腥臭。这件事就算这么过去了。我们默契着，再绝口不提。我的哥哥醉醒起来，一如平日地做工。

结果，像冬天总会来，春天总会走。刘雅芝竟定了亲。

知道这件事的当天，为向我哥表忠心，我跑到对面，踹她门，她一脸诧异。我扒住门框，浓重地往她裙子上啐一口，道："言而无信，小人，娘儿们，骚货！"她一张圆脸拉长，两眼弹成两个滚圆的球。

她那男人我们擦肩见过，有一张长脸，光白，活像脚丫子倒插在脖上。母亲说他现今在海口打拼，一年后回来成婚，带走我们迷人的芳邻。

哥哥郁郁寡欢，那段时间没有走街串巷，对着木头发气。一家还有三张嘴指望他，他的背越来越佝偻，一茬青涩白发沿鬓冒出。那年末，我们裹着被子，煤球烧不起了，哥哥从城边上运来一车碎煤渣，满屋黑粉尘。父亲一直吭吭吭，母亲一直咳咳咳，厚厚的烟雾像堵墙从厨房推到屋里，一层又一层水泥灰的尘埃落下。蜘蛛网永远在结，网上挂满油烟和尸体。

母亲又放下了筷子，说："老大，楼上你刘姨给介绍了个闺女。人家不嫌咱家。这闺女安安稳稳的。主要是家里就一个，她娘老儿都是开店的，家里不比咱家寒酸。"

我哥低着头吃白菜，半天没回话。母亲拿筷子敲了他的碗。

他说："你觉得行吗？娘。"

母亲把筷子提起来："我觉得，行啊。她家里还有点……"

哥哥头没抬，打断她："你觉得行就行。"

那个母亲觉得"行"的姑娘一个月后就变成了我的嫂儿。

二

我用功读书的结果有了初步成效，高考我在榜，一所工程院学校。上大学那天，父母和哥哥来送我。火车汽笛嗷嗷地悲鸣着。我奋力挥手，只看见站台上，他们三个并排站一起，一开始正常大小，然后越来越小，最后就成了三个黑黑的小点，混在无数其他黑黑的小点中，混在逐渐开始发展的生机勃勃的城镇里，混在一种即将开始的撕裂中。在那种撕裂中，社会像地壳样儿地运动，有些人上升，有些人下降，有些人干脆沦陷，有些现代将成为历史，有些历史将重蹈覆辙，有些规定将被废止，有些规则将被重建，有些精神将被定义，有些理想将重新出发。那就是一个坐标，从那点出发，我们之前黏稠交会的轨迹将永远分道扬镳，不可触及。

我三四年大学在外，中间回家次数极少。我们家因为承载着一个巨大的秘密而失衡着。毕业前夕，我在一场同学会上，听说这么一个消息：当年镇上的刘雅芝跟着她对象去南方后，并没有成功结婚。那天我们都喝得有点醉，知识也好、潮流也好，在我身体里像跳跳糖蹦来蹿去，骚动和燥热也冲来撞去，一种成年的钝痛插进我的胸怀中。十亿人民九亿倒，还有一亿在寻找。我就是那个寻找的人。我开始无比渴望她，就像渴望另外一种激情迸发的生活，另一个激情迸发的我。我曾在毕业前问我哥，我能不能追刘雅芝，我哥怎么回答我的？

嗯，他艰难地说好，说："你要对她好。"

追刘雅芝，说得轻巧。那时候我毕业在即，一边准备着分配的事儿，一边隔三差五回家，花了几周，假装不经意地去镇上新兴的几个爱做媒的人家里坐，给她们每家送去一个雕花繁复的小矮凳。一个小矮凳花不了我几晚功夫，却使这些在市井之事上极尽聪明的妇人拍着胸脯保证，刘雅芝的婚事只说于我一人，此外镇上再不说给别家。这是平定外患。

凡我回家，有事没事我便在刘雅芝门前，她搬到了火车站附近，在百货大楼干起了售货员，我便在火车站和百货大楼前晃荡。早上出门，她擦着我的肩膀过去，歪着她的小苹果脸不看我，中午她拎着菜回来了，我也跟她后面走着。有一天她啐我。"别跟着我。"她把手里的韭菜头对着我。

"我没跟着你呀。这地儿大，我随便走，你随便走。我又没走你的道儿。"

"你们大学生不讲起理来真是厉害哪。"

"这跟大不大学生没什么关系，我就愿意走这儿。"

她突然立住不动了。我们前后脚停在火车站入门处。汹涌而来的黑色人潮乌泱泱地漾出来，像是一波又一波的潮水。她突然声音低下去，低下去，用喉咙最尾部衔着那一缕游离的声音说："你也来欺负我。"

"我就想知道，"我也低下声音去，"我有没有这个资格可以欺负你。"

她突然仰起脸来看我，啪的一巴掌掴了我。女人的巴掌总是形式大于内容。我不疼，我等着她发话。她穿着的新式夹克衫随着身体发抖，她的眼神就像聚了焦似的，黑亮发光。

我一如既往来看她。只是远远看着，像是农夫照看自己的庄稼地。后来镇上已经开始渲染开来我俩的风花雪月之事。有些内容我自己都觉得可以一试，有些内容我觉得过了。

风花雪月的传闻多了，她也不再啐我，我们常见面。见完面我紧着往家赶，抓紧补功课。再后来，临我毕业前夕，我突然回学校。再后来我听说传闻的风浪果然掉了头，开始说我们不配。风浪吵嚷着说刘雅芝是别人用过的，而我是大有前途的。大有前途的人不应该再穿一双别人穿过的鞋。他们替我抱憾，而我心说，肉炖熟了，火候快到了。

我顶着一份最近城镇的区属国营企业文员的工作毕了业。我第一时间回来，便去约她。夜很黑，新兴的工厂排出滚滚白烟，像人造的祥云。她肿着眼，下嘴唇顶着上嘴唇，眼睛奢着。她穿着一身黛绿色连衣裙，颜色衬得她的脸更白些，我好像接近了太阳。

我说："把事儿办了吧。"

我只是这么简单一句话，她哇的一声哭出来，整个身子像风刮倒的垂杨柳似的栽进我怀里。我们仓促办了仪式。洞房当晚她咬着我的耳朵，她哭得我心疼，她说："成栋，带我走，随便哪里。要快，尽快。"

结婚后，我们住单位分的不到十平方米的房子，生活算是平淡并且稳定。雅芝做营业员。我到点上班到点下班，你说枯燥吧，枯燥得像一张白纸，你说幸福吧，幸福得如两个围着蜜饯的孩子。不幸也偶尔降临，比如雅芝怀孕和流产。她怀的是葡萄胎，医生把她手指插得像马蜂窝。身子好点时，我让她辞去工作，专心在家养。为了照顾她，我雇了一个保姆，支付完保姆费用和药费，我手里没几个钱。我常常感到捉襟见肘，可又有什么办法呢？

那时我哥已借着祖宗的手艺，吃开了市场，成了镇上有名的木匠。

我唯一想到的，不让自己窒息的办法，是跟哥哥借钱。跟哥哥借钱这事儿，我需要喘口气再说，我有点憋得慌。

怎么说呢，那天，我和雅芝到哥哥家里，我们提着箱可口可乐，进门就给他。而他拎到里屋里，和嫂儿一道儿谢我俩，还没摸清我俩来的缘由。我们等着《新闻联播》放完，我们等着《渴望》从电视上响起来，我们等着时间轧过去。然后我开口跟哥哥借钱，我就没再重复那些傻话，那些让我不堪回首的语句，总之，我开口了。我哥不是没理我，我哥只是愣愣的，然后起身去了里屋。我们坐在客厅里尴尬地听着里面传来压抑着的商量声。里屋门开了，我嫂儿扶着门框，幽幽地探出半个身子，胳膊扶着门框，她的声音敦厚，雀斑随着脸起起伏伏："弟弟，弟妹，真是不好意思。"

我们转身要走，待下去没意思了，话都堆在这里了，堆起了一座语言的坟墓。哥哥拉住我胳膊，那箱可口可乐原封不动地从他手里递了过来。我不想拿，雅芝不知哪里生出来一股生猛的力气，一把薅过去。我始终记得，在楼梯间，嫂儿追上我们，送来的那些话，大意是这样：她说成栋，你好歹是个大学生，拿着固定的工资，你哥呢？你哥天不亮就挨家挨户去推销他的手艺，别人一个活三天，他要五天。为了赶工，他白天黑夜不睡觉。一家的担子都在身上，现在好了，我们终于熬过来了，我们有点起色了，生活有些滋味了，手里有些底子了，我们刚看好了一个门头，准备开个店，我们不是不帮你，我们就是想先过好自己的日子，这不对吗？

这不对吗？我哥脸也没处搁。这不对吗？我的脸也渐渐融了。我们匆忙逃窜，连句解释、掩饰的话都没有。

路上我们经过那条久经治理的河，在夜晚寒碜的星空下，我和雅芝倚着栏杆，沉默地透口气。我的胸口压着一只磨盘，一寸一寸地压得我难行。雅芝翻过身抱着栏杆大笑，笑得一声高过一声，笑得整个粼粼的河面上，声音粼粼。我也感染着，我也笑着，我一边喘气一边问她："怎么了？"

她拿手擦着自己的泪，我永远忘不了她说的那句话，她说："我好卑微。"

我永远忘不了这句话，我为了这句话付出了一辈子，我买楼还珠地辛苦了一辈子。

我一激动，扬起手，随带扬起了那箱可口可乐。它明亮的瓶子，鲜艳的商标，都轻易完成了一次对我们的嘲笑。雅芝纤弱的胳膊涌出那么一股力气，直直将它推进了河里。我们一块往下看，河水并不湍急，只是气定神闲地流淌，从高流淌到低，从黑流淌到黑。黑暗中，我们看不清桥下的水花，只听见"砰咚"一声。只是"砰咚"一声。

<h1 style="text-align:center">三</h1>

那日的遭受，日子的捉襟见肘，我们面对风浪时如一叶凄凉小舟似的飘摇，让我心里起了动荡。那时候各类信息也频频来报：有个表妹据说买通深圳南头关蛇头，从边关铁丝网钻进了深圳了。犹豫下海，有一个多月时间。决定下海，只是一瞬。她打点好了东西，我说我先过去探一探环境。她说不行，要走就一起走。我们怀揣着两百多元钱，一路南下，到了深圳。

落下脚后，我先在建筑工地挑砖，后来做促销员、配钥匙、做采购员，什么都干，偶尔，我买特区报。报纸有个栏目，上面一块密密麻麻的交易价格信息，仿佛一串闪亮的星星，这些星星在我的天空抖搂出一丝生机。那些起伏变化如水银泻地，如一柱升天，让我的心又一次鼓噪着，在挂着邓小平同志标语的街头，我多年前感受到的那种燥热再一次重蹈覆辙。我明白了，雅芝并不是平息它的手段，谁也不能平息它，我只能任它奔涌，任它淹

　　　　　　　　　　　冷静期　|

没我、覆盖我，我想到大江大河去学游泳。

前三个月工资发下来后，除留下必要的生活费用，我把钱全买了深圳发展银行的股票。雅芝说我疯了，她说我疯时，她像我母亲一样做些手工活贴补我。这就是女人的伟大。

那段时间不只我疯，她也疯了。我们明明过得紧张、窘迫，却内心激荡着，敏锐着，好像要投身于一场大事。我跟店长、跟老板赊账，借钱买了跌至低谷的"深宝安"，当时借完钱，我和雅芝一个晚上没有睡着，在本子上写下所有的欠账，想着那些庞大到令我们心惊的数额，想着无论如何要快点还账。那时候我以为只要方法对，没有触犯法律，巧劲要下的，捷径要走的。为了还账，我拼命干，把水泥沙袋扛上五楼这样的活干过；在投机倒把边缘，低价进高价卖的长途贩运也干过。半年后，我抛售了手里的股票，那时已赚四倍。

我手里有了两万块钱。两万块让我们俩一整个晚上睡不着觉，以为自己攥着一个月明，我们抓紧还了钱，我带雅芝去烫了最时兴的头发，我们坐在地板上，哗啦啦地翻着钱，连觉都不敢睡，怕醒了钱会变成天边的一缕烟，连同深圳的美梦一道飘走。

雅芝搂着我的胳膊，问我："你怎么知道能行呢？"

我说："这是政府挑选的样板，目前政策是只会更好，不会收紧。现在，到处都在兴土木、建房子，这只股是做房地产的，这么多人、这么多企业涌进来，肯定要盖房子、建厂子。我买的时候行市不好，大家都争着抛售，再赔也赔不了许多。"

我一本正经地分析，事实上，我在买入的时候，可没思考那么多，就像卖出时，也是顺势而为而已。我是那个时代造就的幸运儿，只是我当时不自知罢了。

"我发现，"雅芝的眼睛温柔得像一波秋水，"我嫁了一个天才呢。"

我肯定不是天才。来深圳的第二年，我换了工作，跟着股市认识的几个同样激越的青年，创办了一家咨询公司，为了揽到做市场调查的业务，骑着自行车四处拜访客户，有时三顾茅庐，有时磕头求人。很多时候，我就把自行车停在路边，听着这个城市蓬勃的心跳，它真像个年轻人，我以为我们是惺惺相惜的年轻。我在与它一起激荡着。我手里拿着白面馒头，夹着咸菜，大口大口地咬着，我的咀嚼肌苍劲有力，我的手腕全是像汗一样冒出来的劲儿，我铭记着时代踏过去的轰隆隆声。我往上伸手，抓住了时代。

秋去冬来，我们回家过年，我手里宽裕许多。除了给父母钱，我还从哥哥那儿订购了一堆家具作为新公司的置办。过年那几天，别人都在悠闲地放鞭炮，电视屏幕上赵丽蓉老太太夸张地唱着"探戈就是蹚啊蹚啊蹚着走"，嫂儿胖胖的怀里抱着一个胖胖的娃娃，一边拿手摸着雅芝身上细腻的衣裳。我抱着胳膊看我哥忙。他拿那些斧钺刀叉，在木头上轻剜慢搓，嘴上叼着烟，岁月从父亲渡到了他。

"哥，"一颗长烟灰掉地，我又递给他一支，"我看镇上开了木材厂，还有家具厂，你这么自己单干，能行吗？"

"不打紧，"哥哥头没抬，正找平，汗珠从他额前滚落，"我挣口食粮。做得细着哩。他们不能比，不能比啊。"

我说："我听嫂儿说，你一个家具有时还能打半个月。你知道吗？现在是讲究效率的年代，科技多发达，电话就是明证，你这边说话，那边就听着，一对一的，没有时空界限。"

"对哈，你给家里装的电话，好啊，老头老高兴了。"

"——我是说效率，哥。你这样靠手艺吃饭总是会被淘汰的。"

我哥没说话，把手下的铅笔夹在耳朵上，深深看了我一眼，腾出手，掐灭烟："我还觉得你那样危险呢！我听刘雅芝跟小菀

冷静期 |

聊你们挣钱的事儿了。你忘了！啥叫'投机倒把'？我看你真是忘了！"

"哥，时代不同了。不管黑猫白猫，捉住老鼠就是好猫。现在就是求发展，不要像'小脚女人'，要大步子迈。你这样就是挪着小脚，也不是挪着小脚，是根本原地踏步。"

"成栋，你别挣了几个钱儿就装大了。"

我不说话了。站远了，瞧着哥哥做工。他在椅座上雕刻一座桥。桥上檐角翘起，绘凤雕龙，整个图有棱有角，有遮有掩，有详有略，有山有水，两个小人儿背着背篓从桥下出来，两边蜂窝一样的参天大树遮天蔽日。

我没话找话："你雕的什么？"

我哥道："风雨桥。"

"这个倒别致。"

"风雨桥，供人遮风避雨的，我雕刻那些细活里，你嫂儿最喜这个了。"

"嗬，雕给嫂儿的？"

"寓意好，也有公司要来做门面的。"

我回到客厅，跟母亲说话。六十多岁的她窝在沙发上像一堆与环境融为一体的旧麻袋。父亲躺在床上，像黑色的水，温情也往外漾着。我们聊到很多旧人旧事，其中说到叔叔，母亲紧紧攥着我的手，说叔叔变了，就好像一条河能转三个弯，风水也要轮流转般，他娶了一个外籍老婆，加入了别籍，后又离婚，现在，已在深圳混出名堂。母亲塞给我一个纸条，一个号码潦草印着，说是叔叔的。

回到深圳后，我和雅芝商量，总要跟叔叔见一见、叙叙旧，当时我已经开始拓宽公司的业务，兼着开发一些软件，我跟叔叔搭上线。再见到他时，他既不是我父母相册里意气风发的文人模样，也绝非牛棚劳作时一脸仓皇懦弱。他戴眼镜，温文尔雅，讲起生意经，兴奋得发颤。他受海南房产的启发，在深圳搞起地产生意，他不出头，有人帮他出头。只消说"地产生意"，你便明白，他的生意将如何方兴未艾，如何经久不衰，如何在大浪淘沙中无往不胜。

之后，我们常聚，不相信商场有长久人情，我便趁他膝下无子，真像半个儿子似的，在生意上承蒙他照顾，在生活上照料他。雅芝也常给他递碗水饺、送份家常。他跟我倾授经验，细长的手推着眼镜，眼里透着一点淡定的光，说："那些年我总算明白了，那么苟且地活着没有用，活就得活得自在点。法无禁止即自由。成栋，法无禁止即自由。"

那是我人生的上半场最富丽堂皇的日子，那些日子像是镶着金片，闪闪发亮，但——它也锋利，在不知不觉间，划伤着一切。比如说，我的婚姻。我爱雅芝，给她一切，比如说，富足。我以为这就是我能给她最好的。我是个傻子。

当我扯拽着酩酊大醉的身子回家，她总是穿着最多情的丝绸睡衣，在客厅里等我。我抚摸她。头一歪，吐在沙发旁，酒腥气、食腐臭瞬间弥漫了我们，离间了我们。那期间，雅芝又一次流产。

当时，她住进重症监护室。我没回去，我在海南谈一个项目。我谈得酣畅淋漓，谈得激情澎湃，谈得不知东西南北。我看到雅芝的电话，不接。数个陌生的电话，不接。叔叔的电话——我接起来了。

"混蛋！你在哪儿？！雅芝流血住院了！"

我说："哦，这不在外地嘛叔，她也不是第一回了，我回去陪她。"

"给我滚回来，你！"

我违逆了他，因为我的业务必须在海南拓展，就像买第一只股票那样，我相信自己的直觉，认为这是对我们最好的顾大舍小、避害趋利的选择，我在海南关机待满一周，拿下合同，连滚带爬上了飞机。我来晚了。护士说，她做完手术就退房了。

四

1995年深秋是一个肃杀的季节，是我下半场的开始。在我一边拼命硬干，一边到处打听雅芝下落时，哥哥用我给他买的大哥大打了第一通电话给我。我接电话时，新闻里正在播连环色诱抢劫杀人案张小建被判处死刑——我只听见哥说了六个字，像家乡泥土样儿，黑沉沉的六个字，回声不绝："爹走了。回来吧。"

现在，时隔半辈子，我已经不易想起那时悲哀的汹涌。我只记得我跌跌撞撞下了飞机，从飞机到汽车，再到出租车，一路上，只是我沉挨挨的身子扯着我坐卧行止。还没到家门口，哭天抢地的声音再次将我灌倒。母亲在门口嘶喊着，她眼睛瞎了。眼泪从两个黑洞里滚滚下来。

父亲冷冰冰地躺在棺木里了。棺木是哥哥打的，上面刻满了父亲教给我们的手艺。

观音、弥勒、关公、钟馗，各路神仙请保佑父亲。

凤凰、龙、竹林草木、花鸟鱼虫，请保佑父亲。

我从包里掏出当时带来的几千块钱，一把火烧给了父亲，我往地上死命地磕着头。

这些年来，我在深圳渐渐过好，却没能把父亲接过去享几天清福。

我不孝。

这些年来，我不知朝多少人磕了多少头，却没有磕过我的父亲。

我不孝。

那天太阳也邪魅。秋日里，太阳浓烈得凄惨。我的衣服湿透了。最后，我哥扶起我来。浓稠的血啪嗒啪嗒从我额头上流进我眼睛里，我的眼前是血红色的。

也许是我额头的血，也许是过于悲伤，也许是邪魅的太阳，母亲突然昏厥。我们只好分成两路：一路送父亲火化，一路带母亲去镇医院。那天很不巧，车都开走了，邻居聋二推来一辆小翻斗车。把母亲架到高高的干稻草上，嫂儿抱着孩子则坐在外侧看护母亲。

我们抱着骨灰盒，一路又跌跌撞撞地回来。我们回来，我们是林家最后的根。当时是，未来也是。我们林家将在这片大地上消失，就像它从来没有在这里开枝散叶一般。

管事的人在喊我们。喊我们这林家的最后一枝。我和哥哥还在悲伤中懵懂着，这时候周围的大婶子都七嘴八舌吵吵开来，待我们明白发生了什么，哥哥把骨灰盒沉沉地放进我的手里，疯了似的往回跑。

驮着我母亲的那辆车子，轮胎轧上了一块石头，我的嫂儿在翻斗车上，坐在高高的干稻草上，抱着孩子，直直翻下来。她头向下翻下来。她翻下来。直直撞在坚硬的地面上。我的胖胖小侄子在最后的时刻，被她用尽全力地向上举，她的胳膊在最后的时候，以一种艰难的姿态扭曲。即便如此，孩子的头仍然同样磕在地面上。聋二什么也没有听到，他的耳朵不过就是老天给的摆设。他把母亲推进医院，才发现斗车上少了一大一小两个人。

我说什么了？对，1995年的秋天是一个肃杀的季节，我失去了父亲，我哥哥失去了一切。我看着母亲被抢救回来，我看着嫂儿和侄子也变成了两个同样大小的骨灰盒。

　　　　　　　　　　　　　　　　　　冷静期　｜

我回到在深圳的住所时，像下过雪似的冷峭峭的。桌子上面迎接着一份同样冷峭峭的离婚协议书。我后悔吗？我后悔。如果重来一次，我会选择改变吗？让我说件事吧——有一回我们几个跟客户一起吃饭，那位上海的客户说起家乡的创业者，眼里放着异样的光彩，他说，年纪轻轻，才三十岁，就已经身家上十万啦。当时我的筷子没有停，我筷子上挑着一块黄瓜片，慢悠悠地递进嘴里。他不知道，我还不到三十岁，上十万已经是几年前了。

我签了协议，寄到雅芝留下的地址。我觉得她会回来。

可雅芝走后，我的身边人只剩下了叔叔。可是，唉，让我说什么好，叔叔也离开了我。前些年，他跟我做协议：他跟几个元老打天下的房产公司，要我做显名股东，他则在幕后。那时候政策还不够开放，他的外籍是入股障碍。我自然跟他签了协议。所有分红通过我打入他账户；公司的决策，明面都是我参与。那时候，我的生意，不管是叔叔那份，还是我自己那份，都如火如荼，如日中天。

但我们之间也藏着不和。我们谈起公司的走向和决策，有了很大分歧，他觉得政策已经到达了一个弹簧能延展的弹力高处，我认为远远没有，我试图说服他，他却跳起脚来训我："你！成栋，你的想法还是太年轻！我经历过什么，你经历过什么！我看得比你远！"然后他又开始絮叨道："你把媳妇逼走了，你也想逼走我吗？"

一次按照叔叔的决策失误后，我们不得不裁了人。我按捺不住了，我开始暗地里不再按照他的意思，我继续给他送最新款的鱼竿、送最诱人的鱼食，带他去垂钓。我慢慢给自己留了后手。他察觉到了没有？我猜他有所察觉。

那一天来了。我的副手对我说，公司里有人给叔叔通风报信，知道我在过去一段时间，都在违逆他。果然，我叔叔穿着一身光亮的西服，出现在股东会。他陈述自己是那个幕后人，想明确一下位置。我站在会议室长桌的一端，叔叔站在另一端。

股东会决策，少数服从多数。投我的是多数。

你看，叔叔他败给我了。这些年他居于幕后太久了，不是显名不显名的问题。散会后，他突然老态龙钟地窝进会议室的长沙发。股东会的成员们一个一个低着头走出去，好像他是一座礁石，让他们这些在浪潮中飘摇的船都避之不及。他直直地看着我从长桌的那一头走向他，走近他。我没有说话，也没有微笑。

他看着我，眼神朦肿，里面内容太多："怎么会这样呢？"他似是自言自语。

"叔叔你一直钓鱼，根本不知道，"我坐在他的沙发边沿上，脸隐藏在阴影中，"老赵的儿子闯了祸，是我帮忙摆平的；孙总的媳妇难产，是我送去医院的；大老高手脚不干净，证据都在我手里。"

"成栋，你——长大了，成栋。"他的嘴唇哆哆嗦嗦，嘴角起了白沫，他深沉地看着我，看着我好像不认识我。

我低下头看他："叔叔，你不在这里太久了。"

叔叔说："你长大了。你这么狠。你自己媳妇不陪你去帮别人弄孩子。你图什么！"

"我图什么？"我噌地站起来，走到一边，正对着他，"我图我必须有所作为。我大学里得吃女学生剩下来的粮食才能过活，我娶了媳妇——交了雅芝的手术钱，就没钱过日子，我赶晚去白菜摊捡白菜帮吃！我赊人家的鸡蛋给雅芝补身子！我图什么？现在多少人跟着我干？我图我要让这些人都过上他们没过上的日子，我图只要跟着我干，就不用再跟人借钱！我图我要有更大的作为！为了更好发展，牺牲是必需的，难道我没有牺牲吗？"

"你这是，你这是本末颠倒啊，你！"叔叔不仅是嘴唇颤抖，他的下巴也在抖，"这算什么……"

"这不算什么，对。你一个决策失败，公司就要走下坡，很多人就要失业了，这不打紧，很多失业的人背后还有一家老小，他们也得流落了，就像你当年流落似的。没处是家。"我继续说，"叔叔，你教我的，'要赢得气魄，要不拘小节，要有大格局'。你忘了？至少你还记得吗——法无禁止即自由。"

叔叔眼里突然涌起一股泪水，簌簌地流下来，好像突然开闸了。"我没逃过那个年代，你知道那时候，自己儿子可以打死老子。我以为我活在了这个年代，这个年代也一样，儿子可以打死老子。"他突然蹒跚着上前抱了我一下，我浑身发了一阵抖，他浑浊的口气在我的耳边热着："也是，你看得比我远，你看得比我清——成栋你是天生的企业家。你没辜负我。"

他放开我，定定地看着我，他的眼神从狡黠到挫败，又重新清湛。他的眼神好像那年从牛棚里抬起头，对不起，他在牛棚时我没有见过。是我从照片里看到他年轻时，左手端小号，右手拿书，那张照片曾给他挂上走资派的头衔。

我知道，我和叔叔的缘分就到这里。不是有人说吗？人生是一列车。我下车了。我拍了拍叔叔肩膀，他不如我高了，他萎缩了，又回到那个在大雪里犹豫着，想带走自己孩子的那样儿。我冲着他耳朵道，"叔叔，我已经给你安排好了。你的账户里有当时投入的全部资金，也有分红。后半生保你生活无忧。另外，"我顿了一顿，以区别重点，"我会对我哥好。我给他投资办厂，我一定不会放弃他。你放心。"

从他眼神中我看到一种惊异。那惊异很快就像白糖化在水里，倏忽不见。他温和地笑了："不用。各人有各人的命。"末了他看着窗外又加了一句："反正我挣了钱，又能给谁呢。"

"是，你放心，我会保证我大哥的生活。"

他用那种眼神深深扫视我。

"你知道我怎么发迹的吗？"他问。

我愣住了。他说："我兄弟给了我钱。是你爷爷留给我们两家的。"他叫我父亲"兄弟"，叫我母亲"嫂子"。一点儿也没错，只是听起来别扭，我说不上哪儿别扭。

"我兄弟很伟大，"他的瞳孔左右颠动着，我知道回忆已经开始在他的过往中费力地涌上来，"他帮助了我，那个时候，别人都恨不得跟我划清界限，是他帮助了我。我藏了很多书，他帮我销毁不说，还帮助了我。"

我垂着头："父亲帮了你。我害了你，叔叔。"

"在我犯难的时候，他背着嫂儿把钱偷偷给了我。而我呢，我做了什么，这么多年，我还嫉妒着他。我恨着他。我怨着他呢。"

他接着说："我遭罪时，想凭什么是我呢。我本来前景大好，一下子就毁了。怎么就偏偏是我赶上。他有一个儿子，我有一个儿子，然后我的儿子还要喊他做爹，因为喊我做爹没得前途啊。他帮了我，我却想，凭什么是我不是他呢。"一行泪从他眼里斜斜垂下来。他伸出枯树枝似的手抹了去。"我就借着这股子劲儿，拿了钱，只身来这儿闯荡，从一开始啥都干，到后来，总算遇到了凯瑟琳，有了外籍身份，有了更多钱，有了机会。我以为我就掀了新篇子。可还是不行，偏偏混得好的时候，夜里做梦反而是那些遭罪的。一过得好点，就梦到遭罪，因为我是在最好的时候遭的罪。我这个人，矛盾哪。"

我上前搂他的背，在他瘦弱的肩膀上拍打着，他浑身一颤。他的脸本来埋着，埋自己手中，他仰头看我："你是个好孩子。你这是帮我哩。我就不该有好的时候，那样我就不会有噩梦，没有噩梦，我睡得香，睡得长久一些。我老了，我该死。"

　　　　　　　　　　　　　　　　　　　　　　冷静期 |

我不知安慰些什么。

"我老了，我天天睡不好，我该死了。不过值了，雅芝水饺做得好吃，你也孝顺着我。我什么都有了。我值了！"他又说。

我们一块看着夕阳像一块红色的巨石肮脏而剧烈地投向这个城市。然后他突然走开，从我身边。我目送他，他走向落地的半扇窗户，他立那里，俯视着城市，他的喃喃自语向我传来："风，风真大啊。成栋——"他回头看我一眼，深沉而漫长，他对我喊："你要给我送终啊。"身子一歪，他跳下去了。

像梦一样，叔叔走了。那段时间，酩酊大醉时，我会觉得财富也是一个梦。美梦吗？噩梦吗？都不是，是一场虚幻一场捕风一场徒劳无功。一觉睡醒，我总觉得我还在雅芝身边，或者我在我的小时候，在河边陪着哥哥看风。叔叔还在吃雅芝的水饺。我父母都健康、壮硕。梦里风也有，雨也有，凉飕飕的柳条抽打着我。我醒来，浑身是汗。打在我脸上的柳条竟是我的泪水。

五

我曾经以为我这辈子就这样了，残缺的，荒芜的，是一座沙漠。没有人渴求我。路过的人都急着远离我。他们跋涉过我，他们忘了我，可他们更忘了——我也曾是绿洲。总有一些人要响应号召，先富起来。总有一些人要牺牲。他们以为他们在牺牲，而我以为我在牺牲，我们互相之间都觉得委屈、窝囊，两种牺牲横亘中间，我们鸡同鸭讲。我曾经以为我哥哥理解我。我哥曾给我打电话求助，我抓住那次求助，以为那是我们的一种连接。

有次我回家，时间是 2005 年的 7 月。我走在街上，我在哥哥的小门店前立着，一人宽的地儿，被挤在闹市区中间，门楣上已经落满了灰，显示出它的破败和孤独。

我立槐树边，侧着身子，远远地看到我哥出来。他在水果摊上犹豫，然后全身上下折叠似的蹲着。他挑橘子。油亮的一筐，一毛一斤，他挑的那筐一分一斤，他在烂橘子堆里，摸摸这个，翻翻那个，仔细地挑拣。灰白色头发仿若旧被里的棉絮。一有来人，他就站也不是，蹲也不是地弯着腰，人走了，他再蹲下去，有几颗拿到鼻子前闻闻。

我的心有些疼痛。我想上前给他买下最好最大的橘子，没有一个不鲜亮。一个女人突然出现，款款走到他身边，拍他肩膀。在他扭头时，女人却跳了下脚，绕个弯，转到他的另一侧，笑声轻盈，眼睛弯弯："哎呀，宁买好梨两个不买烂杏一筐，你总是不听哪。"

我的心在肋骨中缩成一团。我的前妻雅芝眯着眼睛，然后拉他起来，她拿出我送她的限量款手包，掏钱买了鲜亮的橘子，每一个都是我在十秒钟之前想给他买的——这会儿，我已经没这种想法了。我看着他们一前一后走进店里。装着橘子的塑料袋在她美好的腿间，来回晃荡，上下起伏，每一下都精准地砸在我的心窝。

我跟了进去。

"哥。"我叫他。门店后面是一个寒酸的木匠所能拥有的最寒酸的院子。院子里光皮净地，摆满木雕、木块。青石板上苔藓丛生。

我哥把手里的木块咣当扔到地上，看着我。"成栋，"他叫我，"你来了啊。"他穿着过宽的西服，松垮垮地搭在他身上，一层细细的木头屑。他眼睛从褶子里突出来。

我再看看立在一边，嘴里嚼着橘子的雅芝："你来干什么？"

"你有你的事，我有我的事，干吗我要向你汇报？你有权利知道吗？"她低头不看我，手利索地摘着橘子络。

　　　　　　　　　　　　　　　　　　　　冷静期　|

我明明因为见到她，感到被攥紧的心又重新舒展开，并且剧烈得好像在跳一场迪斯科，但我还是屏住呼吸，说："好久不见，你伶牙俐齿了许多。"

　　"都是那些年没捞着说的话，今日统统可以说了，我偏要说个够。"她面无表情地还击。

　　"你们好好说，要不坐下来？"我哥看着我们俩，露出他标准的不知所措的样子。

　　我没理他，继续对着雅芝："你还好吗？我打听你好久了，听说你经营了服装店开得挺好，你回来干吗？"

　　"嘻，我知道，你呀，让你副手光顾我门头，跟我定单子。因为我没要求分家产，只要了一个门头，你怕我活不下去，做慈善，你好得很。"

　　我心里柔软，但说出话硬生生的："你本就不是生意料，倒闭了也正常。"

　　"是呢，在你眼里，我活该是个金丝雀，被你养家里。"

　　"你们别吵呀，进屋，进屋坐着说，好几年不见。还记得小时候吗？当年咱们路过时，还说这地方好呢，我租下来了，怎样成栋？"

　　我笑了笑，转脸看着我哥："哥，你不是有事跟我商量吗？"

　　"成栋。"我哥搓着手，眼睛却老老实实地看着雅芝。

　　雅芝烫过的碎发已经捋直了，齐刷刷的短发荡在耳朵后面，她冲着我说话，她生气时说话更像是撒娇。她眼睛盯着门："我们该说的话，你那时候没有让我说过。现在，我也没有什么好说的，你们谈你们的。我不打扰啦。"

　　"站住。"在她从我身边擦过去的那一个刹那，在我身体感受到她的位移，我的眼光瞥到她的踱步，我每一丝呼吸都向着那个方向飘。我说："你站住。"我接着用手攥住了她的胳膊。

"干什么啊?"她往地上一跺脚,她已经不年轻了,但她的姿态还那么轻盈。

"你到我哥这儿,什么意思?"我问她,"你们好了还是怎么?"

"成栋啊,你别误会啊,雅芝上回借我钱,这是来看看……"我哥含糊的声音接着就被截断了。

"我不明白呀,"雅芝怒气冲冲地指着我,"我难道就不能来成材的店,这难道不是我的家乡吗?他——"她的手也怒气冲冲地指向我哥,"难道不是我的朋友吗?"

"我不需要你解释什么。"我笑。

她急了:"林成栋,你别笑!你一笑就没有好事,你的心眼都让钱给糊了,你别以为这都是我的错。我们走的根本不是一条道。"

我接着说:"刘雅芝,说现在——你是劫富济贫来的,对吗?"

砰!我和刘雅芝都一凛,我哥突然往地上摔了一块大木根。"你们没完了?说了我们没啥,没啥,就是没啥!"

"我走好了。"雅芝要走。

我又拉住她:"不是外人,你别走。"我又问我哥,"什么事?哥,你说。"

我哥在一片木头的碎屑中站着,看看我,又看看刘雅芝,嗫嚅道:"我们回去说,回家再说。"

我看了雅芝一眼:"没事,哥,没有外人。这是我前妻。"

我哥不说话,眼睛垂着。

雅芝跺着脚,说:"算了,我走。"

我还拉着她。

"唉!"我哥叹气,把碎木头从地上捡起来,"我说!我说就是了,成栋,我买了一批海南黄花梨,欠了老张家一些钱。"他的声音低下去,低下去,掉在地上。

我不用听完，我是一个职业商人。老张是镇上有名的放高利贷的。但这不是重点，重点是："哥，海黄？你能买到的，绝对只有假的。"

　　刘雅芝先看着我哥："我说你怎么！唉！"又打了我的胳膊。

　　"肯定是，你买了多少？"

　　我哥连忙带我去看仓库："在这儿呢，你看，有鬼脸，有降香味。不会有假。"然后他犹豫了一下，"我每天枕着木头睡觉，我放到鼻子上，能闻出来，我敲一敲，能听出来，绝对是海黄，嗯，应该是海黄。你说是吗弟？"

　　屋子里，蹲着一只硕大的木头，到处都是刻痕，到处都是刀割，原木上一堆碎料，堆成几个坟冢样儿，在阳光底下泛着河水一样的光泽，一个个麦穗纹、蟹爪纹张牙舞爪地影绰着。一股浓郁的醇香，像奶似的味儿从霉味中渗透。也许真是海黄，也许就是木头，那又有什么区别，上面七歪八扭，七纵八横，灼烧的炉子就是它们最好的去处。

　　"一堆垃圾，"我说，"哥，你为啥要买这？你看看镇上的那些木厂，如果前些年你就按我说的那样经营，现在河边那些厂里早就有林家的一户，或者干脆我给你投钱成吗？你雇上人，置办机器，走好手续，别再这么糟蹋钱了行吗？"

　　"别说了！"雅芝急得喊我，她拿鞋跟轻踩我的脚。

　　我哥的脸瞬间黄了，又黑了，他的嘴唇发紫发青，泛着冷冷金属色，他上前推了我一把："成栋，你说啥呢，我这哪是糟蹋钱，我是为了雕刻，要用好木头才能雕出来、传下去，人们才会买，才会收藏。再不这样，爹的手艺就失传了。"

　　"爹的手艺？"我假装急了，"爹就是一个普通的木匠，在机器生产之前，我们倒可以靠这手艺过日子，现在呢？哥，现在你瞧见工厂出的了吗？技术革新快到你无法想象。你觉得你的这双手能做过机器吗？你觉得你能够……"

"别说了。"我哥的脸憋得通红。

"我是在帮你更新观念。再说这木头，你这是搞投资吗？你知道这木头被炒成什么样了吗？现在是最高点，你买入，你以为——"

"别说了。"雅芝又打断我，我注意到她的脸绯红一片，桃花谢了似的。她手颤颤地指着我，眼睛看着我哥哥："你看到了吗？他已经不是你弟弟了，他还是成栋吗？他不是成栋啦！你求他帮什么忙！我走了，你们谈吧。"雅芝跑出去。

我追出去拉她。

她一只手胡乱擦了一把眼泪，鼻涕还挂在鼻尖上，她推开我，又任凭我靠近她，她低低地嘶吼："你哥缓过来不容易。你嫂儿和侄子没了后，好歹他缓了过来。"

"看来你出了不少力啊。"

"林成栋！少用你那从钱眼里跳的肮脏思想来想别人。你，"她看着我，眼睛充了血，"我和他没啥，而且哪怕就是有啥，现在你说了也不算。"

"你说得一点错儿都没。是哪，要是你嫁给我哥，我还得考虑给你俩包一份红包还是两份。"

"你！"她叹口气，"我是刚回来行吗！我只是来看看哥哥，你别这样想我。"

"是，你一个包有多贵，我哥他知道吗——够他三个月的伙食费。你上来了，就下不去了，雅芝，从奢入俭难，不是我小瞧你，你再也吃不了苦了。"

她深深地，怨怼地看我。她抿着嘴："林成栋，你一点也不肯花时间了解我是吗？"

我对此无言以对，只好说："我们不是说哥哥的事吗？你怪不着我，他这样下去，只能给逼得没路可走。"

"那你能不能给他留一点颜面？你能不能不那么尖锐。"雅芝低低地说。

"我是为他好。就像当年他也没有借给我钱，反而逼上梁山，破釜沉舟不是？人得破一次，才能醒悟一点，也早早地把钱用在刀刃上，别叫钱哭。"

"你就是想看他在我面前没脸，林成栋，也许别人看不透你，可我知道你。"她的眼森森地红了。看我的眼神像是井里升起的水，有一股湿寒气。

"你要签别人的合同，总要知道同船的人带着什么风险吧？我在好心提醒你呢。"

我拉着她的手放开了。夕阳撕裂似的在天空中猩红着。

"成栋，你后悔吗？"她最后说。

我想了想，天上的云朵开始告别我，蓝天开始倒垂，夕阳一点一点地收回它的凛冽，我说："不后悔。"

她于是狠狠上前，对准我，啪地扇了我一巴掌。扇到我浑身颤抖，不，我本来就浑身颤抖着，我渴望着她凶我，发了疯似的报复我，那样证明我们中间真实存在过某种东西。然后她只是擦了擦泪，又淡淡地笑了，她从包里迅速掏出一只小巧的口红擦了擦嘴，她看着我，缓缓说："我们仨，我们仨都变了不是？生活在继续呢，还要继续呢。算了，成栋，再见吧。"

我回到哥哥店里，他蹲在那儿呢，跟个石狮子似的。

"成栋，你咋这样逼哥呢？"见我进来，他站起来，"你觉得你走在社会头上，你人上人了，就和我，和大家不一样了。你在可怜我。"我哥低下头看着自己的手，上面横七竖八："你觉得你这样挺对，你在可怜我，在体谅我这样儿的人。"

我说出了我最不应该说出的话，我说："难道我不应该'可怜'和'体谅'吗？"

"就算我，"他憋得满脸通红，我可怜的半文盲的哥哥，为寻找一个合适的词语来传情达意，满脸通红，两只手伸到空中，好像要从天上抓住那些词，"就算我不行，我啥啥没有，那你也没权利，对，"他拼命搔着头，"没权利可怜——我也在拼命啊成栋。"他又蹲下来。你瞧，他们这样儿的人就喜欢蹲着。

"哥，我知道你在拼命啊。"

"我们说的根本就不是一回事，"我哥猛地又站起来，手插进兜，来来回回走，地上湿滑的青苔被压下去又挺起来，"我怎么说，要是我上过学，你会看得起我。成栋，你看外边，你看那些工地上打工的，他们蹲地上，出溜溜地喝面条，可怜吗？你看旁边那个罗锅大娘，捡垃圾的那个，你看她可怜吗？你寻思你是可怜他们，你可怜是因为你觉得你比他们强，你比他们活得好，你有身份，你有，你有这个，"他把右手伸在我面前，大拇指哆嗦着，拈着食指和中指，"在你心窝，"那只手开始戳着我的衬衫口袋，戳得我往后退了一步，"在你心窝，你觉得你有理想，有目标，你觉得你和别人不一样。在你心窝窝，你就不觉得他们会有想法，有目标。这就是，这就是凭啥你可怜他们，可怜——我们。可我们没法儿可怜你。"

他说完了，他看我的眼神灰蒙蒙的，像鸽子。我的哥哥，他说的每个字我都认识，都听得懂，可是他表达的，竟是我从来没有想到过的。蝼蚁虽然卑微，也有自己拼命活着的目的。这就是我哥哥的意思。可是——一只蝼蚁拼命活着的姿态，又有什么意义呢？它也不好看，它更不会为这个社会创造更多的价值。它只是自顾自，我的哥哥。

六

被水泥钢筋架构的高楼，水样的玻璃，玻璃下面乌泱泱的人群，一块一块癞子疤似的建筑工地。我就这样日复一日俯瞰着像我一样生机勃勃、野心勃勃的城市。一开始，我像乌龟背上的一只蚂蚁。认定我爬得比下面的快，后来我像骑在兔子上的一只蜗牛。我赶不上它的发展了，我狠狠揪住它的毛，试图不被它的速度甩开，没有用的。

2015 年之前，我们投资的房产正像跟着这只巨大的兔子在跑，两年腾起身，两年落到地，偶尔踩踏进坑，偶尔跨进云。那些一睁眼就在见证神话的日子，我不断拓展着公司的营业范围。从单纯的地产到建筑工程后期装饰、服装贸易……开枝散叶，越来越茂。我的自负也日益鼓噪，越来越不容置疑，不容置疑就使我敏感多疑，心思也从闷头做事到大量耗费在人事上。我变得不那么敏锐了。

三年前，我投资的几个服装店、电话产品接连倒闭，退出市场。在公司决策层面，因抵制网络化运营，公司其他股东相继不满。我四处网罗他们的把柄，可我曾经掌握行贿证据的同盟，反过来同样掌握了我一些不够干净的证据——嗐，你知道，在政策不够灵活的时候，我以为人的灵活才是正道。我的鬓花白了，我的小腹鼓起来了。我老了。

岁月已经用尽了我，待到了抛弃我的时候。曾经的勇立潮头，也不过是命运在摆弄我前给我的甜头。

从那时候开始，我神经性头疼也迈入了一个新境界。我开始夜夜失眠。失眠时，我就开车到河边睡觉，听风的声音。风里有我小时候的气息，风原来天下统一，从南方飘荡到北方，从我流转到哥哥。

后来，我是听雅芝说的，说来可笑，在我走下坡路时，这个女人又出现了。最初是在我烂醉被一家酒吧轰出来。我在一张长凳上睁开眼，却看见她的脸。穿着夜黑的连衣裙，脸上抹着淡白的粉，好像烘托着一个月亮。一巴掌精准有力地打我，对我说："你咋了成栋。你想死吗？"

我晃晃脑袋，剧烈的头疼让我像两截断开的钢筋。我感觉到沉重、难受、胸闷。胸闷——因为她正骑在我胸口打我。她的小手啪啪啪地在空气中舞动，好像一只奔跑的白猫。我后来知道，我睡的长凳是派出所的，我所有紧急联系人都填了她的名字。万幸中的不幸，让她瞧着我这副破败样儿。

她说："也是巧了，我就回深圳一趟，就赶上你这种事，就好像专程来看你似的。呸！"

酒醒了。酒醒了我就在她家待着。她开一个小服装店门头，在门头楼上，熙熙攘攘的热闹响沸在街上，她跟我说，她母亲，也就是我的前丈母娘，我们的玉兰姨，一年前驾鹤西去了。她叹了一口气，并没有对此抒发什么实际的感慨，又接着说起我们家。我每个月打给母亲的钱，除了固定买药看病，保障生活，余下的并不多。在那十年里，我的哥哥也经历着波折。她问我，你去看他没？我说两个字：没脸。我偷偷问起哥哥。她说，那几年，哥哥的债像是雪崩一样地滚大，债主天天逼他，把他揍了几顿，把我给他买的机器、家里的电器都搞走了。他于是求爷告奶又借高利贷，抵押房子，购入设备，起早贪黑。好在这个年代总不亏待起早贪黑的人，总算还得差不多了。我问雅芝："你怎么回来了？"

她难得现出羞涩的神情，她的头发留起来了，拉直了，盖住她的圆脸，一轮月亮映在她额头，她的脖颈从小方领中透出来，白得耀眼。但她已经比我先抵达了苍老，细纹抓住了她的脸。她说:"我又要结婚了。"

我抽了一口烟,烟灰掉在自己的胳膊上,我低着头看着细碎的灰烬:"祝贺你。"

"你不问问是谁吗?"

"你有你的事,干吗要向我汇报?再说,我有权利知道吗?"

她嘴角牵动一下,一丝苦笑微微泛起,她说:"你还记得清楚哩。他就是我那个同学。神奇吗?在海口创业失败了,大起大落,跌宕起伏,也离了婚——哎,好像你们成功人士,离婚是一种人生标配哪——他回了家乡,我一眼认出他。他让我想起那时候,那时候我们都还年轻,我整天想着远走啊,高飞啊,要过得跟小镇上的人不一样,要看好大好远的世界。真怀念啊。"

"你做到了。"我深深地望着她。

"都回不去了。"她叹气,胸腔里埋着一股温柔。

"他呢?"

"谁?哦,"她好像一副不适应的样子,"他特别会照顾人,本来也要来的,还没来。我先过来。好了,这下好了,我们都老了,老了好,老了就光感怀,不折腾了。这不是件好事吗?你呢,说说你,怎么沦落到街头了?我的亿万富翁?"

"是,"我笑了,"现在名副其实了,我是一个'负翁'。"

"怎么啦?"她把腿交叉起来,牛仔裤依旧紧紧捆在她身上,画出一个美好的腿形。她的额头正流逝着数不清的时间。如果我们一直在一起,我有种错觉,我不会感觉到时间的逝去。

"我破产了。公司倒闭了。我的副手,你认识的那个,背叛了我。"

"多常见的戏码呀。"她笑了,伸出手来捏捏我隆起的啤酒肚,"我好想说,你也有今天。"

我的笑声一定很寒酸:"可不是。副手比我年轻,干得比我强。在很多决策中，如果我早听了他的，我们公司可能还有救。我一步错，步步错。本来，我叔的公司可能也有救。我是搬他公司的砖补我公司的砖，最后两堵墙都倒了——幸好他没活到看见我糟蹋了他的事业。"

"你叔？"雅芝瞪着眼看我，"神仙呀，你难道一直不知道？"

七

我已经五十一岁了。对，我终于回忆到这里，我的过去条条缕缕与真实的时间即将重合，即将不再是"我的回忆"，而是现实的时间。我该怎么措辞来描述事情的最后，也就是我命运的最终呢？很多小说家穷尽一生，不也在寻找一个适当的句子去表达，可你别忘了——表达的宿命是被误解。

让我还是以哥哥的事件开头吧。

我哥是在去年出事的，去年——2018 年，林成材享年五十五岁。他的坟墓没有像他遗愿里嘱咐的那样，坐落在河边，但他的骨灰，我是认认真真带到了大海，用手掬一把，然后洒落在所有的粼粼的海面上，风带走了他，带走我们林家的香火。

哥哥在做工时，刨木机不运转了，一块木渣卡住。他半个身子歪着，直接将手探进机器取木渣。而那该死的机器又运转起来，把他的左手连带着肩膀绞入。当店里伙计发现时——哥哥半个身子只剩下一点皮挂在刨口上。秋日的高阳，天上残红一个太阳，地上木屑、青石缝里全是血的艳红。

当时，我被债主约到宾馆，正重新打欠条。我求爷告奶从那里脱逃，只剩下一具没有用的身子，整个人空荡荡的，像是装着风的瓶子。半个世纪前的狂妄、自负像溶液样儿，从瓶子里面漏出去了。我跌跌撞撞，几分钟前给我打电话的伙计嗷嗷大叫：

"成栋哥！快回来吧！成材哥不行了！抢救费用还没结！你娘闹着上吊哩！"

被限制高消费。我租辆车，超速狂奔抵达我的家。

我的家还叫家吗？到医院时，只得到医生那张淡漠的脸，嘴扭动扭动，说："准备后事吧。"母亲在另外的病房，由我去把这个消息告诉她，而我浑身是汗，是震惊，是泪。是，我的前半生。

母亲躺在狭小的病床上，眼皮肿着，嘴里嘟嘟囔囔那套要死要活的胡话。

"娘。"我舀了一勺粥，抵住她发灰的下唇，"吃点吧。哥走了。"

她的脸开始移动，脸上的两个黑洞冲我来，她抖得白粥洒落。"你，"她狠狠推我，"你别叫我娘。"她把脸转到一边，泪开始奔涌，声音号啕。

我去给她擦眼泪，她使劲推我，她枯木桩子似的手戳得我很疼。

"娘，哥走了，就剩咱们娘儿俩了。"

母亲噭的一声，又昏了过去。

护士们七手八脚给她上设备。我抱着她的脑袋，她醒来，哇一声又哭，哭着就吐。她不对我说话。

我给她捋了捋额前的发："娘，就剩我俩了。"

母亲把头偏到一边："我做了什么孽呀。我啊……天爷爷啊……我的儿啊……"

"娘。"我唤她，我握她的手，"我哥才是你亲生儿子对吗？"

她本来脑袋一下一下撞着床板，听这话，动作止了，她慢慢抖着身子，转过脸来。

她断断续续，不清不楚地给我讲了一个故事，一个关于上一辈人的故事，她曾经跟雅芝也这么说起——故事是这么开始的：1963 年，她生了一个男孩，村里算命的说，他们相克，需要寄养给别人冲一冲——这我知道，下面是我不知道的部分——1968年，她又怀了孩子，当时已经快满八个月大，可那孩子脐带绕颈，死了，她在产婆家引产，我叔叔连夜来求。婶婶也临盆了，是个男孩——他求说那个孩子就算是他们的。他只求别让那个孩子跟着受牵连。他背着婶婶把孩子抱来，他笃信对他的制裁不会有结束的一天。婶婶因为他，因为那孩子，才无望地跳了河。

那个孩子就是我。

我怎么会以为那个孩子是哥哥呢？这么多年，我竟以为是哥哥！我且把这个消息装在心里，真理似的端给哥哥，我心里生出一股不休不止的怨气和悔恨，我说："你为啥不告诉我！在我跟我哥说他不是亲生的孩子时，你为啥不纠正我，你为啥不说其实我才不是！为啥送我去上学，为啥看上去都是我在占便宜我在受偏爱，为啥！"

母亲——半个世纪以来，我都叫她"母亲"。我已经忘了我真正该称呼她什么，难道是"伯母"？不，她还是母亲，她抹了把泪。

"对不住啊成栋，我们也对不住成材。我们，"她又哭，连带着胸腔的嗡鸣，"我们最对不住成材了啊。有人知道你不是我们亲孩子，很多眼睛都看着我们呢，我们这辈子死要面子活受罪。"

我宁愿她说她把我当成亲儿子，我宁愿她骗我，她没有，她说的话一句是一颗尖锐的钉子，她把它们一个一个拧进我身子里。

"这下好了，这就是我们的报应，我的成材啊……"

这就是——我的报应。然后突然她伸出一只好像脱去了树皮的手，她伸向我，食指颤颤巍巍指我，她说："你连钱都不肯借给你哥，当年你借你哥钱，你哥背着你嫂儿，把钱塞进可乐箱里。那是他们攒了好几年用来开店的钱，你是个畜生，你就这么跑到南方，你就一声不吭，就把这事当成是理所应当的，你就是个畜生，你非劝他用机器，你是个畜生，你害死他了……"

我整个人跪下来，我是颓然倒地的，那些钉子把我插得浑身是洞，我记得那个箱子，被雅芝扔进河里，河水迅速吞没了它，原来河神也是爱财的。我误解哥哥这么多年，这么多年里有那么多时间，我们却没有再好好地谈一谈，更要命的是，我哥从来没把这件事拿出来，连我羞辱他时，他也没有。他把事情含在嘴里，打碎了牙往里咽，他咽进去他的尊严。我怎么有资格可怜和体谅他呢。

这么多年，他明明在可怜和体谅着我。

这时候她又迎来一个剧烈的抽搐。"啊——我快不行了，这真是好，真是好，我能团聚了，老林啊，你等我啊，"说着声音又变了，又厚又沉，像是一把锉刀，"老林你不是个东西，我就说不要不要，你偏要，你应承下来，结果呢，结果我们儿子没了啊，老林你不是个东西，我们两个儿子都没了，亲生的以为自己是领养的。领养的孩子恨我们，这下好了，我们亲生领养的都没了。没了！没了老林！你这个狗东西啊！"

"娘！"我扑倒在她床边，我搂紧了她的瘦胳膊，我把眼泪往上抹。

她哐哐哐地砸我的背，砸我背，然后我们一起哀号。我听到医院的楼板在震颤。又一波地震来了，我上前挽住她的两只竹竿似的胳膊，背起她。背着她我往下跑，我和众多醒来的人一起跑，我们在楼梯间挤着搡着，直到来到医院前面的空地上。

太阳出来了，日头滚烫滚烫地掉进来，大地震颤了，好像被日头的滚烫所灼，所有人跟着东倒西歪。我叉开腿，稳稳地驮着她。大地平静了，日头温柔升起了。我们在明亮的空地上享受这种救难时刻。

"放我下来啊！"她在我背上吼，声带像是被撕扯开的。

"娘。"我叫她。

她不说话，光哭，她的胸腔里的颤动一阵一阵传向我。

"娘啊。"我又叫。

直到她回答："成栋啊，好孩子，你放我下来。"

八

当初，雅芝告诉我的时候，我夜夜拿头撞墙，直到再也感觉不出疼痛。但后来，我想明白了，叔叔——我生父，始终不让我知道我们的关系，因为他认了命。可我不能认命，我要好好活着，活得像个样子，这样——当我有一天到那一边，当我面对那三个男人——我生父、我父亲、我哥哥，我才能说，我活得够劲，我拼命了，我把你们没活好的那一份都认认真真地活好了，我没糟践了这个烂命，我没辜负任何一个人对我的指望，对，他们都曾在我身上托付了指望——生活得更好的指望，那是人活下去不像蝼蚁的意义。人生有什么意义？活下去，并且活得有尊严。

请你们原谅我。

哥哥的骨灰盒安安稳稳地放着。我们一家齐了。

母亲平静下来。我给她置办一个轮椅。推她去护城河岸边，日头明亮。

日头明亮，日头比过去要高，黄土大地都疯了似的奔跑。城市在腾飞，这片土地上，整整一代人的汗和泪，在狂卷的浪潮中湮没无声，终于化成滋养这土地的河流。我们荫护下的儿女，跟着城市飞腾，见到无数的"可能性"。我想也不敢想，我梦都不敢梦。

雅芝跟我一起守了丧。我们默契地只字不提往事。

白天我们把母亲推出门，晚上她做饭，做水饺，水饺好吃。

她穿着黑色的连衣裙，裙子好看。我问她："你男人呢？"

"嘻，"这回她又叹口气，叹得举重若轻，"不是说过吗？他特会照顾人，可他不仅会照顾我，也会照顾别人，唉。"

"你活该。"我笑，拉过她的手放在自己的肚子上，"你摸摸，再这么让你喂下去，我要得高血糖和肥胖症了。"

她没推开我的手，我觉得很好，我们都年过半百了，岁月把她又还给我。

"走吧。"她拉起我往屋外走。

"干啥去？"

"我跟你娘要来钥匙，咱把你哥的铺子收拾收拾去，咱得绝处逢生哪。"

我感觉腿脚不那么方便了，我走在她后面，她的影子蹒跚起来，我也是，我们的影子交合在一起，我们的过去就款款而来。

她带我到了哥哥的店铺前。夏天的风一截一截从我们身边绕过。稀疏的柳条捶打路面。她从边缘有些磨损的手包里掏出钥匙，她说："成栋，我并不是舍不得这个贵包，我就是看着这包，就想起你那时候拼命的样子。"

我上前抚摸她茧子丛生的手，闻着她身上淡淡的发香。"我知道。"我说。

不用寻找，就在开门的刹那，我看到了它——那座巨大的木雕，像一艘从过去开过来的老船：风雨桥。

院子只能放下它，它——黄花梨木的鬼眼在阳光下矫揉造作地闪着亮着明媚着，奶香、木香温温暖暖地钻满角落。那只我嫌弃过的木头，如今已咸鱼翻身，线条深邃、纤毫毕现、桥体雄浑、廊檐精巧，几个背着背篓的人缓缓而行，蜂窝状的树、人的衣袂、地上的草向着一个方向微微弯着。我仿佛看到了风。

雅芝晃着我，"神仙呀，"她转来又转去，"这侧面还有字！"

两行小字，婉婉转转，活过来似的：

风雨停，风雨停，骤雨疾风赶人生；

赶人生，莫欺穷，谁在世上能成雄？

我哭了。雅芝拉紧着我的手说："快看看呀！看那些小人！"

我看到了——我怎么看不到——那些背着背篓的人：一个瘦脸盘女人在前面，背篓里装着一枝一枝的花，头上插一把梳子，梳子上立着一只丁点大的鸽子；两个男人跟着，一个高些一个矮些，矮个男人弓着腰，背篓里装着碎木头，高个男人拉着矮个男人，背篓里装满书。在风雨桥里面，还坐着一个胖脸盘女人，背篓里装着一个伸出头的胖孩子，胖脸盘女人在冲着前面笑，风把她的笑吹到前边去了。

那是我们。

九

好了，现在是——让我看下手表，现在是北京时间：2019 年12 月。这一年的冬天不太冷，冬天的冷几乎已经成了记忆。我在窗玻璃上倒贴"福"字。贴完，我将动身南下，去干什么？不好意思，谈项目。雅芝边包着水饺，边抱怨。母亲躺在她的安乐椅上，盖着薄被，睡着了。

风还是一往无前地吹来，我又要一往无前地出发了。哥哥留下的海南黄花梨救了我的命。当然，在抵押的时候，雅芝恨得牙痒，说那应该是传家宝。不，雅芝，哥哥留给我就是要我用它。如果你懂我，如果你懂我哥，你就明白，我们是林家的人，我们林家都会用自己的方式挣扎，我们会一直挣扎到底，操刀命运，至死方休。

朋友，如果你路过北方，路过我们小镇，你会看到一个小小的店面，被左右挤着。那个店面如今已经换了招牌，那招牌也在南方重镇冉冉升起，耀武扬威地成了一家公司的名字。这里可以说是那家公司的遗址。

如果你路过，请你停下来，想着我们的过去，想着我们的经过，想着我们的以后。那个招牌是——风雨桥。

我的一生都在那桥上了，那桥上有我爱的人和我不具名的奋斗。我是一只蝼蚁，也是一个泡沫。我曾经爬满了世界，也曾经颠倒了虹光。我总算对得起我哥那并不卑微的怜悯和体谅。有一天，当我和他面对面时，我会对他说——算了，那是一个秘密。

你们永远，永远不知道我会对他说什么。

本文头题发表于《胶东文学》2022年第7期

今天洒完水了

魏永芳骑上自行车。车没有铃铛，她随时喊着：让一让了，让一让了。让几个让，家就到了。五岁的波波和壮壮在客厅里玩五子棋。丈夫老杨已经赶集回来，用毛巾盖着壶，温着喝茶。电视轰隆隆的，抗战的大炮开着。

魏永芳换了拖鞋，隔着炮火问："婆子呢？"老杨眼睛不转："遛遛去了。"魏永芳觉得手里有一根刺似的，坐在客厅的床上拿着手电筒仔细照，果然拔出了一根毛刺。老杨说："你挡我电视了。"她说，"你就知道电视、电视。"老杨抱着茶壶和茶碗推门进了里屋。魏永芳关上电视。波波和壮壮说："妈妈，没响声了。"她说："你们不是下棋吗？"波波说："还想听个响。"魏永芳又打开了，接着进厨房炒菜。菜一定是有的。老杨在集市上，粗壮的芹菜和发硬的白菜总是管够的。它们排列在案板上，等着被处理成片成条成碎末，然后给热油烹，被酱和醋烧，最后流入牙齿和食道，更加稀烂。跟人一样，都是由硬变软的过程。比起来——魏永芳想，它们的日子更不如意。

准备完饭菜后，婆婆背着手笑嘻嘻回来了，后面跟着大女儿乐乐。乐乐住校，魏永芳都忘记了今天又周五了。周末不休就意味着周末没有周末的意义。撇开这些，她擦了手，赶忙去市场上割了一块肉。波波和壮壮馋馋地看着，眼里都能流出油光来。魏永芳已经分好了，按数给他们了，乐乐还多一块。乐乐说："我不想吃肥的。"婆婆敲敲碗沿："快吃吧。"乐乐说："春雨爸爸每天都去送鸡腿，有时候也给我。"然后她看着老杨，"为什么我们不能像春雨家那样呢？"老杨咽下白菜和豆腐，说："问你妈。"魏永芳的话已经烂熟，随口就出："那是为了要你们——罚钱，农转非办户口，买这点房子不都是钱嘛。春雨家里老坐地户，他们当然不需要。"波波问："妈妈，什么是坐地户？"婆婆说："就是生来就是城里人。"老杨说："爸爸在水民县都起了楼，石头垒的。"魏永芳说："可不是，晚上灯火通明，像皇宫一样。"

晚上，波波和壮壮给爸爸挠痒痒，挠一晚上给五毛钱。婆婆在客厅里睡。就在电视机下面搭了一张床，四面盖着蚊帐。魏永芳搂着乐乐。但乐乐不让搂了，她说："都多大了。"然后说："妈妈，你身上有味道。"魏永芳说："干活的人都有味道。"乐乐抱住她："那我挣钱买个带大浴缸的房子给你们住。"魏永芳说："不要鱼缸，要那干啥？瞎钱呢。"乐乐说："浴缸。洗澡的。"魏永芳说："那好，不用去长城洗浴了，他们那喷头坏了也不修，一个洞下来水，哪是去洗澡，去挨砸呢。"乐乐笑笑："医院有什么好玩的事吗？"魏永芳想了想，说："就生老病死那些事儿呗。"乐乐说："哎呀，我们班主任是学计算机的，来教数学了，第一节课画了一黑板解一个方程，第二节课请同学们来找这个方程计算中哪里出了错，然后我说……"魏永芳已经睡着了。呼噜声隆隆隆挤进空气，把空气都挤碎了。乐乐从书包里抓出耳塞，一边一个，戴上了。

第二天快打扫完时，魏永芳找到护士长，想要拖了一周的工钱。乐乐走时，就得给她拿下一周的饭钱。她几次三番在护士长跟前卖力擦，几乎擦出一首儿歌来。护士长没发现。她跟到了值班室。直到用白毛巾擦了她杯子。护士长笑了笑："魏姨。"魏永芳嗫嚅了一声，又出去，又进来，总算开口了。她说："护士长，工钱能结了吗？我闺女，我想……"声音就掉到了地上。护士长哈哈一笑："魏姨，你看我，都忙忘了。是拖了一周了。咳！真忘了。"魏永芳暗想，怎么能忘记这个呢！这可是别人的救急钱，还能忘这个呢。但是她千恩万谢，出来了。有着落了就让人心里安定。

于是她下班时愉快地穿过了玉兰大街。像是从猪的肠道里一直钻出去。到城里这么多年，她几乎是围着这条路在转，这条路上的风景也已经烂熟了。橙红色的赵姨抱着扫帚招呼她，她用脚刹住车子。卖豆腐的秋红和洒水车老张一起围过来。"打一把？"他们问。魏永芳捏了捏揣进兜里的钱："得送送闺女。又一周了。"赵姨他们望了望天，仿佛天上写了日历。

乐乐今天兴致也很好，从兜里掏出来好几页稿纸，上面趴着黑乎乎的字，声音也很高："妈，我要参加全国作文大赛，老师说我作文写得好呢。"魏永芳说："什么大赛？交钱吗？"乐乐说："八十块的报名费。还得要打印的。"魏永芳撇撇嘴，看着一边喝茶的老杨。老杨的茶壶高高扬起，往自己嘴里送个壶把儿。魏永芳把车筐里的菜放下，说："是不是骗钱的？你好好学习不行吗？非要搞那个干吗？"

"妈，老师说我有天赋的。"乐乐急了，扎高的辫子甩来甩去。她往老杨那里看。母女俩都知道，看过去——收获的无非是无望。但乐乐不生老杨的气。她当他不存在。她拿着作文，眼泪汪汪地看着魏永芳。魏永芳在心里计算：老杨又进了一批喜糖，还没回本。波波和壮壮要添件秋衣秋裤，已经短了两截。婆婆的药。乐乐的学费和住宿费。她说："不行就是不行，什么天赋啊，咱家农村来的，祖宗里头上下都没作家。那都是老师忽悠你交费用的，一个孩子八十，十个孩子就八百。还是得学习为主。"

　　　　　　　　　　　冷静期　｜

"妈!"乐乐跺脚,跺脚也只是让这间平房在城市的角落纹丝不动,"妈,你就不能让我参加一回吗?春雨都交了。"

魏永芳说:"春雨,怎么什么都跟她比?她家老坐地户……"

突然之间,乐乐手里簌簌动着,顷刻变成了撕得粉碎的雪花。一片、两片……屋里堆满了白色边沿黑色内核的小星星。波波和壮壮捧着那些碎屑。"哇!"波波说:"下雪啦!"壮壮说:"下星星了!"乐乐恼恼地看了一眼魏永芳,钻进里屋。拉上门,门里插销"啪嗒"一声。印满竹子的窗帘也闭合了。魏永芳叹口气,又冲着老杨:"你管管呀。"老杨赶忙用毛巾把茶壶盖住,端起就进了屋。魏永芳又吼在地上跑来跑去踩碎纸片的波波壮壮。他们互相一模一样地瞪瞪眼,也钻屋里去了,很快,在老杨的床上传来了孩子的笑声。

婆婆开始收拾自己客厅里的床。把白天的垫子收起来。再铺上一床薄薄的褥子和花被。她躺进被窝,往里让出一点背:"进来吧。挤挤吧。"魏永芳钻进去。她发现婆婆身上也有股味道,不是干活的味道,是风油精和伤湿止痛膏的味儿。一岁年纪一岁心,一岁年纪一种味儿。魏永芳靠着床边,背对着那个味道。很快,婆婆粗壮的呼噜就起来了。魏永芳从枕头底下掏出一团卫生纸,扯了扯,分成两块塞进耳朵。她不好翻身,感觉地板的凉气不屈不挠往上钻。她看着满地的纸屑。算了,还是扫扫吧。

月光从天窗里掉下来,很廉价地铺了一地。碎纸片盛在簸箕里,厚厚的一层,肥油似的。自制的耳塞掉出来,呼噜声跟一堵墙似的撞过来。她坐下来,拿起其中一张最大的条状碎片:

> 可是他不觉得,月亮就是月亮,白蒙蒙的雪一样梦似的。他说那就睡进树洞里吧。反正树都不怕冷,洞也一样幽深。兔子先生说,"那就请吧"。

今天洒完水了

她又找到一张小点的：

> "兔子的毛卖不
> 它让他割下了一小块皮
> 血。他说"可我也要吃肉啊。"
> 给你。可你不能吃我的孩子。"
> 要养你们的。"他披上了它的
> 出一股股的暖，树洞里成了春

她翻找起来，找到一张撕裂处能拼接起来的：

> 卖"，他问它。它说，"今天只卖皮
> 他给它包扎起来，雪白雪白上
> 兔子说，"等皮伤好了，还
> 他说"那是自然了。等我好
> 皮，暖和得不得了。从自己身体
> 天。

她像做拼图一样，又找到了边缘齐整的最后一块：

> 不卖肉。"于是
> 有一层盈盈的
> 会割一块肉
> 了，我还
> 里流淌

然后魏永芳把全部碎片找出来，趁着月光，拼起来。她干脆两条腿窝在一起，坐在扫帚上看完了三页纸。她喜欢这个兔子先生和"他"的故事。兔子是一只偶尔搞破坏却舐犊情深的兔子，它卖掉自己的皮和肉，最后是骨，让幸存的人带着它的崽子走出了荒漠。

　　文章的最后是：

　　　兔子得到了永生，因为兔子的皮、肉、骨都在他的肚子里，很快就进入了他的每一个细胞，因为基因的关系，他的孩子也会延续这个细胞，兔子先生永远留下来了，作为这个家里的编外成员。可他会老去、离开。小兔子们，却一窝窝地繁衍壮大。等于说，它也会失去他，但他们共同不会失去的是童话和相信童话的童真。大人什么时候长大的？兔子先生说："是从不相信我们也会说话开始。"

　　第二天一早，她先去急诊门诊打扫完卫生，告了一小时的假，骑自行车到打字复印店，把被胶带缠满的伤痕累累的作文交给一个店员。那店员有张像鸽子那样的脸，只不过没有那样一只巨喙。嘴薄薄的，抿紧了，似乎里面有金子。魏永芳说："我要打这些。"店员说："好的。六十。""六十？"确认一遍的话语都掉了体面的价儿。魏永芳也抿住自己嘴："三十行吗？"店员说："这是人力活，一个一个地打。"魏永芳嘟囔："这个人力真贵。"店员说："要不说知识改变命运呢。"

　　打好的字有一股凛冽的墨香。臭臭的，又是芳香的臭。魏永芳心里敞亮了，快活了。她骑着自行车在下坡路上奔驰。天阴下来了，云朵堆得挺高。

"让一——"最后的"让"字还没落地，她先落了地。有人拐到了她。"没事吧？"那人从三轮车上下来问她。她先摸摸兜，兜里稿纸还齐整地叠放着。她觉得脚很痛，判断是扭了。看到对方是一个黑黝黝脸的老大爷，她说："没事儿。"忍痛起来。"没事。"她又说。老大爷摆摆手走了，她才推着车子走，一步一瘸。这还不要紧。要紧的是车镫子也绞了下来。正发愁的时候，活该倒霉，天开始下雨。急火火挤到公交站边。肩膀都给打湿了。头发裹在脑门上，贴贴着。洒水车挡在公交车前面，慢慢挪。背后的公交嘀嘀嘀不耐烦地响。洒水车还是慢悠悠的。站台前人们都蜂拥起来。魏永芳高兴了："老张——哎——老张。"

洒水车在前面港湾出口停下来。魏永芳在一边锁了车，艰难地爬上去："老张，顺道吗？我脚崴了，车坏了，下雨了。"几件事连缀起来，都像一个谎话。不爱说话的老张点点头。魏永芳安静地坐在车里，像坐在一只巨大的船舱里。雨下得大了些，噼噼啪啪往车窗上打。老张一丝不苟地往前开，手里握着变速杆，像握着什么权杖，堵得后面一群车一片嘀嘀嘀。但老张纹丝不动，魏永芳看着地面，然后惊讶地喊老张："我们还在喷水哪！"

"对呀。"老张说，身子板一动不动。

"可，不是下雨了吗？"

"是呀。"老张说。

"那还洒水干吗呀？"

"今天没有洒完。"

魏永芳笑了，笑得快活。她把乐乐的作文稿纸放进自己的护理手套里，又塞进内兜："可把后面堵着啦。"

"是呀。"

魏永芳看着后面，车头一个个挨着，似乎虎视眈眈。她又看看手表："能不能快一点呀老张，我着急回家送闺女。"

　　　　　　　　　　　　　冷静期 |

"不能呀。"老张说。

"为什么啊？"

"今天没有洒完。"

好吧。洒水车晃晃荡荡地驶过玉兰大街。在某种说不上煎熬或者愉快的时刻，魏永芳看到了自己归属的胡同。"我下了。"她摸着自己的内兜。老张点点头。"好呀，"他看着她慢慢挪下去，老张问，"抽空打一把？"魏永芳点点头："好。"

她到了家。脚已经肿大成了俩那么壮。很痛，虚凉凉的。老杨没在家。波波和壮壮光着身子在客厅一只水盆里跳来跳去。外面是大水洼。家里是小水洼。婆婆举着毛巾："他们已经走了，下雨了。说早点回学校。"

魏永芳忍着疼，又出门了。听说握着虎口能止疼，她都快掐破皮了。但这回她得感谢老张的洒水车。感谢老张古板的一丝不苟，感谢洒水车的永恒。它还堵着一个道儿呢。车流里的嘀嘀声此起彼伏。有些沉不住气的，已经逆行超速拐弯了。魏永芳几步就撵上它："老张！"老张停下来，拉开车，笑笑："一会儿打一把？"魏永芳说："先送我去下个路口行吗？我去坐公交车，去乐乐的学校，我必须得去。"

一拐过弯来，突然间，洒水车惊醒似的猛然加速。巨大的身量，闪转腾挪，魏永芳看看老张："不洒水了？"

"今天洒完水了，"他说，"送你过去。"

其实在路上也只是一会儿的事，既然速度提起来了。魏永芳安心了，人安心了就容易昏昏沉沉陷入回忆。思绪从车冒出去——想起了赵姨的地排车，那时候她还没在医院上班，她在家里轧扣子，一使劲就撕开了羊水。刚到城里，谁也不认识，急得不知怎么办，蹩着脚上了大路，边走边打听道儿。赵姨见状，放下两箱垃圾，把她扶上装垃圾的地排车，一路推到医院——也就是她后来工作的地盘儿。也就几分钟，波波和壮壮就前后拱出来了。所以她说："你们呀——波波和壮壮，是从垃圾里面捡回来的，这是真的。"

雨停了。老张掏出一个喇叭。装上车里备的扬声器，喊："初二（3）班的杨乐，请你到校门口一趟。初二（3）班的杨乐，请你到校门口一趟。"乐乐出来时，还有好事儿的同学也跟在后面歪着脑袋凑凑热闹。乐乐先看到了老张叔的洒水车。又看到了洒水车旁边浑身湿漉漉的魏永芳，她还看到了魏永芳湿漉漉里面露出红色的破了一个洞的背心，于是自己低下头，到跟前才说："干吗呀？我爸刚走。"魏永芳从兜里拿出来，又从手套里掏出来，再齐齐整整地舒展好了，双手端着，像端着一盆什么珍贵物件似的。乐乐拿过去看，头在稿纸上面，一动不动。然后她把稿纸小心翼翼沿着原来的折痕折好。魏永芳湿漉漉的，稿纸干索索的，乐乐抱了抱魏永芳，闻了闻她身上的味儿。"我感觉，"她笑嘻嘻地，"我一定能拿奖！"

魏永芳也这么觉得。她还为女儿的拥抱红了脸。洒水车老张说："坏了，我得回去加水了。"说着，他头也不回地开上车，走了。他刚走，学校晚自习的铃声响起来。乐乐说："妈，我挣了钱，给你买漂亮衣服。"魏永芳说："得了吧，你先考上大学再许愿这许愿那的。"

乐乐回去了。魏永芳哀愁地看着自己的脚。已经肿成了两个半那么大。她想也许能追上老张的洒水车。得了，她笑起来，肯定追不上了——

今天洒完水啦。

本文发表于《青岛文学》2022年第1期

从没起来的二层楼

　　除了害虫和 84 消毒水不够，西伯利亚和厄尔尼诺是魏永芳的大敌：冬天冷得像一场噩梦，夏天热得如噩梦惊醒。

　　极端天气对魏永芳的影响主要还在房子上。房子在小区拐道最里头。与上下左右的邻居都不挨着。乐观了想，是一栋独门独院，深究起来，就是小区的配套平房。既不保温又不纳凉。窗户呼呼漏风，热气却挡不住。平房由四十多平方米的室内，外加三十平方米左右的院子拼凑。外面大雨，屋里小雨，老杨用铁皮和塑料棚把院子顶遮上，勉强给院子盖了帽，也好意思叫客厅。客厅一张小床睡着婆婆。夏天的热晒在铁皮和塑料棚上，变成一摊热水，要化在上面；冬天的风无孔不入地添进脚来，跟全家六口挤着。魏永芳每月初一、十五在装满生米的碗里插上香，双手合十拜菩萨，跟菩萨念叨的就是要攒够钱把房子拾掇拾掇。这么说吧，先得把水泥地面铺上瓷砖，弄个马桶、推拉门、敞亮的窗户，让客厅也好意思称得上叫客厅。

　　"攒"是个消遣活儿，也是个意志活儿。日子不能攒，但精力能攒，话儿能攒，钱也能攒。魏永芳在攒钱身上获得了某种克制的快活。她把钱一五一十藏在床头活动的那块砖后。专拿出一些小小的零钱，比如一角二角，故意藏在一些地方。波波和壮壮寻摸出来，哇一声，说："妈妈，我们发现钱了，可以吃肉啦。"

于是，钱的发现日就是肉的进肚儿日。那天早上她还是这么想的，想着攒到墙后的砖都放不下了，拿出来就是一个卫生间。再攒一攒，客厅的帽子就来了。

还没等她攒够，攒完。有一天，在每个月能休息的不固定的日子里，由扫玉兰大街的赵姨发起，洒水车老张和卖豆腐的秋红在小花园门口非要跟魏永芳凑一局。凑一局，凑就凑吧。赵姨是扫街鄙视链的佼佼人物，谁都知道玉兰大街是城中大道，所以她出手阔气，拿得出五毛的赌注。老张不爱说话，但以打牌"稳准狠"著称，魏永芳最喜好跟他打对桌。秋红坐着时，长到膝盖的头发盘在腰上，手指头拿牌也很好看，要不说，流过她手的豆腐都很香甜呢。这一天，魏永芳运气好得很，好得像关公劈刀大破魏。到临黑天儿，手里慢慢一把票子了。脸上笑得漾出褶子来，一层一层的。赵姨也笑着，笑着笑着，突然说："永芳，我这里有点款子暂时没用处的。你手气这么好，拿着给我长长手气儿。"说完也似乎理由离谱，脸红了，皮肤黑的人脸红，就显得硬。赵姨现在就像一尊泥塑的活佛。秋红的手从盘绕着发丝的腰带里翻，翻出来一只布兜，说："魏姐，我就这些了，你先用着吧。呐，这个信封里的是薛三的，薛三今天不放假。"老张不说话，只是把包成方块的黑塑料袋放到魏永芳手里。

"这是干什么呀！"魏永芳站起来了。

"哎呀，你家房子都破成什么样儿了。过了7月乐乐就上高中了。学习还得在茶几上，怎么就这么窝憋，看不下去啦。"赵姨声音敞亮亮的。

魏永芳愣愣地坐着，抓着钱，站起来就走了。

六千，五千，四千三，三千五。这么多票子，魏永芳凑在鼻子上闻，真香，是臭香臭香的。前味是汗，中调是油味，后劲接近于墨味。调和出世界上最卑微也最岸然的味儿。晚上的时候，魏永芳拉着波波、壮壮到他们三家去，送去了借条。魏永芳庄重地递了条子。对方也就随手一接。回来路上，她看见书店里卖《哈利·波特》，厚厚的一本，十块钱，想起乐乐有阵跟春雨借书，天天巴巴渴望着。今儿大方一点了，平生第一回给乐乐买了本课外书。

乐乐拿到书，先是跺脚，两只胳膊像系安全带似的搂紧了，像小时候搂着唯一的一个不倒翁娃娃。把脸、嘴、鼻子都顶着书皮，抬起头来，眼里凝着泪，说的是："妈妈，我会有这么大的运气吗？是我想要的书，是妈妈花钱买给我的。"魏永芳抿抿嘴："十块钱呢。"乐乐擦擦眼泪说："幸好是盗版的。"魏永芳说："这么贵还盗版。"乐乐说："问世间钱为何物，只教生死相许。"魏永芳说："瞎说。是'情'。"乐乐笑，波波、壮壮却哭了："妈！钱呢，我们夹在表缝里的五毛没了。"老杨从茶壶后面探过头来："奶奶拿去买豆腐了。"魏永芳看看老杨，搓搓两个儿子的头，也盘腿坐在沙发上，把从砖后攒的钱一并拿出来。"数数。"她笑眯眯地。

"抢银行啦？"老杨也笑。笑完便洗干净了手，一张一张排放起来。点完了该愁了。上哪儿去找装修队呢。魏永芳从沙发底下掏出一个铁皮盒，里面花花朵朵的。仔细看，全是塞进门缝的小广告。他们用了一晚上阅读、甄别、打电话。找到一个要价最低的装修队，就这么决定了。

往哪里搬呢？老杨先表了态，他能去集市摊子后面的窝棚里凑合。他也真去了。婆婆白天带着波波、壮壮在花园里消磨，晚上坐公交到闺女家跟闺女躺一床上蹭几晚。好了，全家就剩下魏永芳和三个孩子。挤挤，一张床就够了。装修队一行六人来来回回转了两圈，乒里乒啷，几锤子就把外墙敲没了，露出嶙峋的混砖。天光漏了下来。同胡同的邻居，帮他们消化了大部分家具。

剩下一张一米五的大床，魏永芳便留在胡同口。胡同口上面有一大段遮挡板。白天床立着。等夜里十点，乐乐下了晚自习，两个人便把床横起来贴着地，挂起蚊帐。再呼喝一声，在路灯底下逮蛾子的波波、壮壮就钻进被窝。四个人分两头睡。天上星星点点泼洒着。夏日晚风在堂子里穿过去，又缩回来，倒也省了风扇钱。

　　装修队的工头挺年轻，下巴冒青茬，脸瘦刮刮的，爱穿皮夹克，屁股底下夹着大摩托座。眼里有光，说话特别掷地有声，把"放心吧，我都考虑到了"当成万金油。他白天就在工地上，有一天，他左转了右转，给魏永芳出主意说，该起个二层呀。魏永芳倒是没想过二层，是没敢妄想。但把这主意跟赵姨秋红老张和薛三透露过后，都支持，都说那样就太好了，本来嘛，独门独院的，前后不挨着，起个二层矮一点，不碍事的。他们又凑了一点钱儿，加上魏永芳这些年来攒的，差不多，紧紧手，五六年的裤腰带再勒一勒，是有可能的。四方块块样儿的地基里蔓延出一道道黑色的钢结构。左一根右一根，直挺挺地耸立着。工人们的光膀子汗油油的，从一边晃到另一边。

　　白天，魏永芳干活里头就带着一种满满登登的温馨。怀揣着个惊天秘密似的，眼睛溜溜看着医院的外墙、天花板、卫生间、砖面，学着那些花花样样。学了也是白学，回来都用不上。年轻的工头坐在自己摩托车座上："这边！""那样！""过来！"指挥着。急了眼，就自个儿上去扛着麻袋子往里钻，也不怕蹭得一身夹克灰。

　　乐乐没处学习，就在路灯底下架个木工板子看书。小蚊虫往灯里飞，一会儿，书里夹了一片。工头小伙子往后面站着瞧："这么爱学习？"乐乐抬眼看他，拿橡皮擦算错的数。工头小伙子转脸对魏永芳说："晚自习我送乐乐吧。不就是三中？"乐乐真就坐在摩托后座上，不知道把手往哪儿搁放，扶着摩托车座。工头说："坐紧了。"首先是风，暖烘烘齐耳削过来。摩托跟地面摩擦和震颤，都变成了一颠一颠的晃，晃得人满头满脑的夏的芬芳。他又说："抓紧了。"拿过乐乐的手放到自己硬邦邦的腰上。

二层楼墙面起来的那天，魏永芳高兴得惶恐了。二层楼现在是一座堡垒样儿。原来的客厅边上起了一层台阶上去。上面的红砖扎扎实实地围着。比周围的五层小楼还敞亮、气派、招摇。魏永芳终于明白了乐乐抱着十块钱的书的那种痛彻心扉的担忧：这种好事怎么能到自己身上呢。自己受的苦还不够多，怎么能担得起这样的好事呢？想着想着，从喜悦里生出一层悲哀。她望着二层楼，这堡垒是她的，全是她们家的。砖头都漾着一种宁静的亲切。垒起来的都是密不透风的命的重生。

她兴冲冲地看了又看，把午饭的时间都拿出来了。最后不舍地骑车回去上班。上班也上得有干劲，有兴头了，看着护士长也和气，病人们都春风得意色，病情都像是好转了。垃圾少了，都快不飘臭而飘香了。岂有此理得好像世界全翻了个儿。怎么能呢？是的，怎么能呢？所以当她下午看到社区的人都围在二层楼前面，她甚至有一种"终于等来了""踏实了"的安定。她没听清他们说的条文，什么规定，又是什么制度。然后是什么举报。是什么邻里纠纷。统统都从她耳朵里荡过去。然后她就看着他们爬上爬下，锤头榔头铲子，乒里乓啷，二层楼扬起一层层厚厚的灰儿，啪啪往下扔着新鲜的红砖，一根根瘦缺缺的钢条。工头刚送乐乐回来，两腿夹住了摩托车座。矮矮地看着，魏永芳抓着他的皮夹克，胳膊上文身蠢蠢欲动。工头低下头："姨，没法儿啊。我都考虑到了。技术层面一点儿问题没有。"

魏永芳说："怎么办呢？"

工头蹲下来，抽着烟："放心，我都考虑到了。都不容易，那些砖能用的我们拉到别处用，打个对价算了。"魏永芳愣愣呆望着。一直到二层楼凭空消失。身上也攒起了一层尘末。她无动于衷地弯着腰，摸着那些灰末。那是她应起而没起的二层楼。哄哄决决干活的，又哄哄哄地走。这时候薛三和老赵赶来了。开始跟干活的人对骂，骂完了又卷楼上，卷楼上的缺德。魏永芳拉住赵姨的手，说："算了，违规建筑呢。"赵姨说："这些红了眼的兔子，怎么刚盖的时候不说呢。第一块砖垒的时候不说，见都垒完了再使坏，都起来了才说。故意让人把钱往火里扔啊。"

魏永芳说："起来了不也才发现挡了人家的光嘛！"

"挡啥啊，就是你能起他们不能起才不行。不患寡而患不均，德行儿！"薛三说。

魏永芳息事宁人地笑笑。

下午便起了大风，从胡同堂间横穿。夜里就下了雨。工头去接乐乐，雨还是没停。床架起来了。风把雨推进来，噜噜鞭在人身上。魏永芳喊波波壮壮。两个孩子在雨里蹦跳，青蛙一样。楼道最近处的一楼东户打开窗："小魏，进来吧！"然后是二楼的住户。开了开窗："下雨了，快上来吧。"魏永芳拧着头，统统当听不见。一楼西户的人披着雨衣出来了。左右要拉她。是呢，之前一直都是礼貌来礼貌去，偶尔也"打一把"凑局的，团结友善平等和谐……但就是不共戴天了一个盖楼一个不盖楼的恨。魏永芳说："我不冷，我不嫌淋。"把邻居说个没脸地回去了。

雨下得更起势了。斜打着捶过来。乌黑的天空沉下来，低吟吟不怀好意似的。摩托车的灯照亮了一道道明晃晃的雨线，穿着荧绿色雨衣的乐乐跳下来。她挥手向外摆摆，摩托车唰唰地照亮地面，兀愣愣地擦过去。魏永芳垂着头，弓着身子，搂着波波和壮壮。乐乐掀了雨衣，看见纷纷扰扰的雨都像根根银针似的往魏永芳背上扎。她把被子抱过来，用两条被子把魏永芳包起来，像

　　　　　　　　　　　　　　　　　冷静期 |

包一个极大的粽子。最后把雨衣盖在外层。魏永芳问她："去哪儿？"乐乐说："去看雨。坐一天坐累了。"雨水溜溜往下冲，像是千万个蹿到土地里的逃兵，在有些地方，雨水跟风纠缠不清，就变成了没有阵脚的散兵，往人身上蹭。就是在这时候，魏永芳喊了那句至理名言："杨乐！你得学习，就当坐监牢你也得坐下来。"

乐乐踢飞了一块石头，回嘴喊："你还跟他们打牌不？"

魏永芳扭着头，看着墙面。墙上贴着斑驳的小广告，她嘟嚷嚷地说："就不该上城里来。不上城里来就不用这样。家里的房子可大了，一到晚上，灯火通明……"

"像皇宫一样！"波波和壮壮说。他们没睡，跟魏永芳眨眼睛。

乐乐抱着胳膊，看着雨滴滴答答撞向地面。夜里，她困了，挪回了那张床，梦见自己在一片汪洋上漂着。梦里，她抱住了一条硬邦邦的大鱼，大鱼带她穿梭在风里雨里，她从来没从穷和困窘中逃脱开，享受到些微的属于战胜大海的自由。她缩进被窝里。被窝里有两个小点的脑袋和一双脚。她搂住他们，梦里她搂住一根粗糙的树干，树干上挂着两个圆圆的鸟蛋。

早上的时候，邻居都看到楼道里的床不见了。下了一夜的雨清清爽爽地把城市的内坯翻过来。空气里有股酝酿已久的青草气味，是隔壁的花园把泥土都砸了出来。他们在找魏永芳。不露痕迹，却转转悠悠。心里着急，又声色不动。卖豆腐的秋红在他们楼道里喊："豆腐呀，水嫩嫩的豆腐。"薛三拿着八叉的扫帚清理着道上的积水。老张的洒水车缓慢挪动，一堵堵一道儿。赵姨从公交车站遇着魏永芳婆婆，于是一路跟来。她们也前转了后转，发现：魏永芳跟三个孩子正蒙被子呼呼睡在架起来的钢梁里面。上边一块床板子担着横七竖八的砖块。呼噜声轻悠悠地回荡。赵姨喊："永芳——"魏永芳接着坐起来，光溜溜的波波和壮壮就给掀翻到地上，哇哇大哭，魏永芳说："进来吧，这是我们的家。"

薛三抓着扫帚在外面站着:"工人呢?"

她说:"工人们没来,他们不来了。"随后,她看了乐乐一眼,搂紧了她,说:"家没了,但家里人还齐整着。"

薛三说:"我在老家倒是刚盖完了房,我可以给你们弄完这半拉子工程。"乐乐从被窝里跑出来,抱住薛三的腰,哭得什么似的。

盖房的钱,他们一直到来年的来年的来年的冬天才还上。

本文发表于《青岛文学》2022 年第 1 期

惜樽空

　　一厂街的日子如泡入酒海。密密匝匝的酒糟味儿塞满了。那味儿出手快，快得像传说中烧锅炉老马掏枪的速度，围追拦堵着走来的人：不许动！挺起鼻子，吸，对，使劲吸！那味儿一到醉江山酒厂的石雕前，就复杂了、难缠了，仿佛浓郁了，又仿佛清澈了。

　　"神枪手"老马端着尿，哆嗦着往下水道灌。

　　"干什么呢老马！"薛青拿脚刹住自行车。

　　"神枪手"打个寒噤，后脖颈缩起一层肉，黑夹白的花脑袋像弹簧头玩偶，一颠一颠："咳，是你呀。"

　　"你倒想盼谁？"

　　老马就笑，一笑头也摆，像余震未消，眼睛寻摸醉江山酒厂东边。再东边一点，是小米酒家。薛青顺着看去："别想些有的没的，放着爷们在这不管，到底给我开个门。"

　　"你今儿不不上班吗？"

　　"话都不利索，你呀，快不行了。"

　　"有劲吗？我不行，干你什么事？"老马也就跟他说话有劲。

　　薛青推车子往里进。老马拉开门，颤巍巍地往屋里走。

　　薛青喊："尿盆哎，爷们你又忘了是吧！"

　　厂房里，薛青总是最先来，骑车兜转一圈，探寻着酒味儿。

早上那味儿最好闻，一层一层发酵着，高粱、大米、酒曲、瓦罐，摆脱了颗粒和器皿的形状，变成一丝一缕，在空气里拧麻花互相闹着，从空气里眉来眼去。薛青先拧开随身带的酒壶，灌上。发酵九十多天。度数五十三。辣味适中。他把昨个发酵成不同天数的酒挨个倒七八个陶瓷杯里，有一个缺了口。没关系，他倒得仔细，连打转在边沿的一滴也举起来，舔嘴里。闭眼睛，他享受地、慢腾腾地先闻后舔，用舌头一点点探进去，舌尖触到杯底。液体就顺着舌头生根了，发芽了。

舌头和胃成就了他。舌头长，味觉灵敏，小时嘴里咬破皮，眼泪哗地下来，不是为着疼，是为着血从舌头中间铺洒，腥、洌和稠的铁锈味引起悸动；吃东西，每一口千百个细胞踊跃参与，舌尖搅荡，被齿牙磨碎的食物融合掺杂，像炸裂在嘴里。在辣味麻痹了舌尖柔软的触觉时，他提杯，一饮而尽。

清洌够劲儿，这就是酒。

最后一杯，摸到豁口，无论怎样推杯换盏，他总得神神秘秘将这只留待最后。这是一种仪式。属于他和酒的密谋。把舌头下进酒里：你这水一样儿媚的娘子，你这椒似辣的娘子，你这让人渴又解人渴的娘子，你就下了我肚儿吧，就遂了我的意吧，就灌了我醉吧。终于睁开眼，桌子腿边摸出泛黄的本子。歪扭的字又多了一行：

左到右：立夏刮南风；清明前后；冬酿，雪化第一场……

这时候听见厂房机器开工的震颤，他跷着腿听声儿。该到露面时，才不慌不忙、不紧不慢地收了家伙什。一步稳似一步地走去。喇叭喊：开会了！三车间开会了！工人们换上了蓝褂子，匆忙往三车间跑。

他不可能慌张，只有没底气的人才飘。他一听喇叭就明白，准是职工小宏喝死那事儿。都说是喝死的，礼拜天躺酒海里，嘴里泛着白沫，就像上岸久了的螃蟹散发着腥臭。腥臭混在酒香里头，腐烂给掩埋了，隔了两天才发现。都传着是喝一厂的酒喝死的。早前就是个酒晕子，来酒厂每天揩点拿点再贩点，以贩养喝。厂长管不了，薛青不愿管。得，就这么死了。

薛青走进三车间。车间旁就是老窖池，槽子香捉人鼻子。他是最后一个到的也不要紧。你看吧，车间的工人们让开了，在窖池边等着。方一水的声音传来："我再说一遍。咱们这是勾调，勾调，大伙儿明白吗？不是'三精一水'。"小宏家人屏障似的站那儿。方一水叹口气："困难我们知道，但这不是酒的事儿，赔了钱，不就说不清了吗？"方一水给他们围堵着，推搡的、吵嚷的、哭得鼻涕眼泪一把一把的，哄哄泱泱。工人们交头接耳，声音嗡嗡吞吞，像烧着一锅待沸不沸的锅炉水。

老马在真正的锅炉旁扇着破蒲扇。周道他们抱着膀子凑热闹。方一水的嗓子听出来哑了，劲儿泄了，倒像跑了味儿的勾兑酒。薛青走去，人群让出道来，好像薛青是礁石，流水绕过了他，哭号的先放下嗓子、吆喝的把话儿停摆、推搡的就往后撤撤，等着听他说话。他向方一水伸手要喇叭，方一水赶忙送了上去。喇叭擦出一声刺啦的响动，众人声音就闷下来了，沉甸甸地落地上了，变成了炯炯的目光，一道道聚在薛青脸上、身上。薛青也不虚张声势，也不用拿腔作势，他知道他只需要慢条斯理地运上声音："爷们儿，咱厂小宏不是喝死的，别瞎往一处靠。小宏我见了，心脏毛病。怎么，还不兴卖酒的人死了？没天理是怎的？"那些扬起的头低下去。整个窖里混着他浑厚的声音，荡荡地回响："爷们儿，到底他跟过咱老厂长，方厂长念旧，心里有恩情，都在呢。不会人走茶凉。按老规矩办。"

他什么也不用再说了，财务来人领着小宏家人去领抚恤金。

"爷们儿，该拌料拌料，该摊晾摊晾，该起窖起窖。散了。"

惜樽空

薛青说。

不一会儿，厂里发散起酒糟的锋利香味，不提防的，闻上半日，能醉了。方一水过来，轻叹道："就说我不该接这厂长的活儿。"

方一水是继承了他老爹的衣钵。懂酒，主要是爱喝酒，懂酒就知道薛青的好，爱喝酒就服薛青的软。他服薛青也不是别的，就为薛青在酒上那点让人拿捏不住的厉害。谁也说不清他怎么做到的，酒在他的调配下，就顺滑、柔媚，滋味就老道。原料总是那些原料，程序还是那些程序，但过了他的手，就是跟旁人不同。所以厂里总说，方一水守不住醉江山，薛青才是醉江山的大掌柜。

薛青说："到底你不接谁接？你老子留下来的。"

方一水说："快了。我这就快不管这摊事儿了。老爹从外面给我弄了一个新厂。早晚的，一厂还来个新厂长，我说，最好找个能治住你的。可把你能的！"

薛青笑笑，鼻翼上的黑痣一抖一抖的，说："得，想人走茶凉。"

方一水说："你呀，浪妹事儿已经让你一马了，少得意。"

老马在锅炉前徘徊，一会儿看看天，一会儿盯着地，为眼睛找不到一个安放处难为情。他浑身晃动，耳朵半聋了，刺耳的嗡鸣针扎样钻进来，但最过分的是手，年轻时他把它用尽了——要当个神枪手，手就得受累——他起得早，给手腕吊砖块、吊秤砣，砰砰砰，就看压力下能否瞄得准。可凡用得多的东西，早早就撂了挑子。

锅炉开了。他查看管子里游走的水蒸气。进气大了度数拉低，进气不够蒸馏时间拖长。蒸汽自由翻滚，也像取笑他。想当

　　　　　　　　　　　　　冷静期　|

年，只需轻瞄，准星就勾住了，空气阻力和光线的影响计算出来，心跳落在胸腔儿，力道抽拔，那股力气就酿到手指上，游刃有余地击发而出，啪，后坐力带来的麻热电流经过他，头往后一颤，甚至不用确认，他知道，那枚子弹一定会精准对上靶心。

太阳光微微投进来，他好像透过觇孔看到准星的阴影，假装微微闭眼，用胶带在准星上圆孔处缠住遮光，虚影儿就不会出来了。

"老马！"方厂长叫他，"看着炉子！"

他睁开了眼。没有蓝天和靶子，没有为练手法吊在腕上的砖块。他冲着老方的背影吐了口痰。然后方厂长回过神来——吓他一跳。方厂长说："老马，不是我说你，你再这样走神，会给辞退。现在都是效率时代对不对？大家都不是搞慈善的……"

微风把老马扯来拽去。他说："方厂长，您还记得不？我刚来那会儿？"他想带厂长回忆回忆，那时他多荣光，是方一水双手握住他的手，告诉他"欢迎他"，又告诉他"厂里需要他"。需要他什么呢？需要他的毅力，他的作风，他的"神枪手"韧劲和精神，需要他继续竭尽全力地出工出力。他是真的竭尽全力。一墙的荣誉呢！

但老方不听那一套，老方说："赶紧坐回去吧，我记得什么啊我记得，你得记得，锅炉前就是你的专座。看好了它你就还有口饭吃！"

得了，为了这副身体，你还不得不卖命，还得贱卖、折旧卖。有时候老马会想，世道怎么就这样了，他身子变成这样，不是为着称上"神枪手"的名号吗？怎么就葬送在了这上面。他不是为了打枪而狂热练习的吗？怎么练到最后——称号有了，但称号只是个称号，他反而就残废了？怎么一世英名到了末了，要变成一个连尿盆子都端洒了、人人嫌弃的糟老头了呢？

你看，岁月侵蚀他的时候，首先收回了他的神枪手，然后收走了他精准的、敏锐的动能和神经。他的肢体变得麻木，后来知道麻木还是好的，最可怕的是抖如筛糠。其他时候，他还能隐藏，只要他不说话，只要他不动手，他还能保持住一点残余的威风，但可怕的是中午排队打饭，每到那时，他就掩藏不住了，他的手连托盘也握不紧。勺子和筷子就轻松地顺着他歪斜的角度掉下来。他打不了汤，只能哆嗦着拿两个馒头。总觉得所有人都在唏嘘着等待看他这一刻的出糗，他成了一个什么了呀。他捧着自己的碗，费尽心力地努力扳住。薛青站在他身后，薛青说："老马，你这打了掉，掉了打的，光浪费粮食，你上桌吧，我给你打。"老马抬头看着他，动了动嘴，想说什么。薛青一胳膊肘把他往旁边擂去："爷们儿，别站这儿瞄准了。快去找位子吧，给我占个。"薛青语气里没有怜悯，只是陈述了事实。有时候陈述事实比怜悯来得体谅。所以他原谅了他，又感激了他，在厂里，他心里就跟他最铁。而且他觉得，之所以薛青还能瞧得上他，是因为他曾经的壮举：十年前救过踩曲女工米糯妹。

　　同样是十年前，米糯妹嫁了人，嫁了一个有钱人。她跟着那人吃香喝辣，游山玩水，真个就把命运颠了个个儿。有好一段时间，老马见着薛青就叹气：醉江山再也招不到那样一个踩曲女工了。她是用她满腹的青春，用她黄金一样的璀璨的精气神来做曲啊，到底谁还能这样，把妩媚、迷醉、美好统统踩进了酒里，怪不得人们都说一厂那时候酒香咧，香得隔三条街都能闻得到。老马摇摇头，望了望小米酒家。

　　"炉子哎！"薛青喊，他放下手里舀的鲜嫩酒花，过来替他关炉子。一边关一边骂："爷们儿，你到底不顶用了。回家养孙子去吧。"

　　"你倒是说得怪轻松。我连个婆娘都没有。"他摸着自己的领子，自从身体不行之后，他总是穿得非常齐整、利落，以确保除了身体寒酸，其他都不寒酸。

薛青笑："让我给你说说媒，东边拐子有个亲姐，说给你不？"

"唉，谁还缺个需要伺候的寒酸老头呢。"老马坐下来，"刚才方一水刚走，说厂里又要换江山了。你啥时能出头让我好好活活？"

"怎么？这厂换谁，还不是咱们生产车间说了算？他只要用我，就得听我的。听我的，我就说，'老马不能换，锅炉认人呢'。"

趁着过年，米荷把小米酒家的牌匾踩着三角梯擦了个干净。"米荷"是出事后的名。出事前，她叫米糯妹。让薛青着迷的不是米荷而是米糯妹。

米糯妹年轻的时候是醉江山一厂的踩曲女工。踩曲不动人，米糯妹在曲坯上抖动着全身，以至于晶莹的汗水从脖子里一条条淌出来，顺着身体的峰峦滑下去的样子极其动人。用水润好的小麦就乖乖臣服在她脚底，从松软到坚硬。她扶着手里的棍棒，来不及擦干脸上的汗，频频往下掉，后背洇湿了，嘴唇让焦热丰润着，鼻梁上抹了星光似的亮。那时候方一水还刚接老厂长的班，而薛青也只是个最普通的小工。从窖到车间的路程，薛青走得格外慢，就为着能从窗户里望她一望。只要见她在曲坯上颠簸或者弯腰把曲坯拾起来，他就满足了。她的腰下得那么低，似乎要抵达地面，似乎要俯躺在成片的湿小麦里，似乎她的熟香与小麦的焦香搅和了、拌匀了、弥漫了。他的眼就装满了，就络绎不绝了，余下的都是绵长的回味。

对于薛青来说，她是可望而不可即的圣洁之物。厂里喜欢她的人多，多得像窖里的酒缸酒海，一个个挡着薛青跟米糯妹说话的空间。上班，她就是那套虾灰色套装，光着腿脚，不白，比白还勾人，是一种健康又壮实的小麦色。下了班，她换上连襟裙子，温温柔柔地走出去。每个厂都曾经有过这么一个女人，她可以称得上尤物。每一群男人中间都渴望有这样一个女人来搅荡一下，像淤泥里钻进来一条溜滑的水蛇，他们可以为她从身体里渗出欲望。欲望过于拔高，一旦升腾到了精神，就过分纯粹了。所以一厂的男人们都让着她，爱慕着她，也崇拜着她，可什么物事一旦抬得太高，掉下来就跌得够重。人也是这样。米糯妹在厂里做了三五年后，也是薛青的技术从稚嫩到成熟的三五年。他总算跟着师傅学会了酿酒的细枝末节，最擅长摘花和调酒。别的工人用嗅、触、听来分辨，他呢，他把自己的嘴和舌头当武器，那舌头不只是活的，还是灵巧的、善辨的、狡猾的，什么汤汤水水到了他嘴里，就不只是汤汤水水，而是活的生灵，分解成了千万个细胞，又聚拢了，拢成一味颠鸾倒凤的神仙药。他微闭上眼，就能叫出它的"出身""年龄""种类""品质"。

可是等他技术成熟了，觉得能跟米糯妹说上点话儿时，米糯妹就出了事儿。工人们清晨到了厂里，走过曲坯房时，在侧头看的瞬间见到了米糯妹。米糯妹壮实的两腿在酒海深处，身子底下还是麦堆。她躺在润润的小麦堆里，像是睡死了似的。

第一个闯进来的人要么是英雄要么是流氓。到底没人说清是摸了还是没摸，但不管摸没摸，总算把了她的脉，把自己的衣服给她裹了，背着她就往县医院撵。

"麦上有血没？"后来男人们总这样问那人。尤其是周道他们。

"麦子又潮又湿，啥也瞧不着。"

又有问："昏迷还是醒着的时候？"

"那我咋知道。"

"你来一遍就知道了。"有人喝道。一些笑声从齿缝里挤挤挨挨冒出来。

周道往前捅一锤："滑溜不？香不？"

"溜滑。"对方答道。

周道他们就起哄。起着起着，方一水带着薛青就来了。薛青脸煞白，老方脸黑着。老方说："谁也不能说出去！"

周道他们说："这个是了。家里来问怎么办？"

"她没家人，就一个姐。给她姐姐钱总可以了事。怕就怕你们乱嚼。"

"那不成，"薛青站一旁，"谁他妈干的，我们得查出来。"

老方望了望摆设样儿的门口保卫。保卫身子往后缩，颤颤抖抖地说："我真没瞧着，二半夜，我去睡了，怕早班的来得太早，就把杆子提了。也不知道谁进来谁没进来。"

"休工，彻查！"有人说。

"闹你娘的屁。你查啊！"老方恨恨地，"还是得听米糯妹的意见。等她醒了，厂里纠察组问过再说。都回去上工！家里都有婆娘闺女的，别在外面乱说瞎说。"

"肯定是外人啊，"周道说，"要不谁半夜过来加班啊，再说也可能是约会哪，要不那破鞋怎么知道等在这儿不走了？"

因为男人的过错，米糯妹已经从圣女变成了破鞋。

现在，米荷踩着擦完了她的"小米酒家"牌匾。她哼唱着"脸上擦的桃花粉，口点的胭脂杏花红。什么花姐？什么花郎？什么花的帐子？什么花的床？什么花的枕头床上放？什么花的褥子铺满床……"手便要摇曳出来，身子就要定一定神儿。末了，她苦脸笑笑，何必呢，还当自己是那梨花一枝春带雨的年华吗？算了算了。从梯子上下来，她收了家什儿，把空酒盒挨个搬到外面，方便面矿泉水的箱子也挨个排齐整了。她就坐在柜台上，下巴趴在玻璃柜面，头发软绵绵地搭着。

惜樽空

"老板娘，来一壶。"

"好。"她声音软软的，浑身都无骨似的。撇开蓝碎花帘子，把缸里的酒用细长的铁舀子舀进漏斗，白汤汤顺着漏斗往下掉。客人说："给满。"

米荷就说："快漾了，就怕装不下呢。"客人说："真是一厂的？"

米荷说："前几日有闲人闹呢，非要说不是，最后还不是薛班长给证明了。"

客人便说："薛班说了那就是了。"

送客走了。她闲不住，趁日头还高，在屋里择菜，等到快晌午光景，她知道，一天的好时候到了。就像酒曲发酵到了一定的程度，是天时和地利交汇的时刻。她把另一扇门也开了。来打酒的人多了，挨个排着队。她有条不紊地端坐在帘子后面，从小小的店面一直到街上，连缀成了一条粗粗的人线。她打得越是不紧不慢，人们等得越焦急。酒香就从她手里萦萦绕绕地漫溯。先开始是腥辣，然后变得清洌，最后却又体贴。这就是酒的好。不喝酒不知道酒有多好，它那么热浪又那么爽利，顺着口腔滑到了心里，喝着还凉，到心里酒热了，一种快活的微醺就上来了，脑袋就空了，把人照顾得妥帖又安分。

米荷在酒缸前坐着，到了第四十六桶，她笑笑，把竹舀子绳挂到墙上，黑色围兜儿也撤下来，搁在一旁，对着还排着队的人说："没了，今儿打完了。"

来的人也并不恼，都平静中略带遗憾地拎着家伙什各回各家，他们都知道这是小米酒家的传统。老板娘的酒纯正、实惠，真就是醉江山的平价酒，跟那些摆到超市里、名饮店里的酒一样，但老板娘只管每天按数卖。就那么两大缸，多了没有。打着的人，眉眼都弯着；打不着的人，只说赶明儿再早些来。都说一厂的酒是供全省，昂贵就昂贵在它的面上，而真正一厂街的人，喝的都是小米酒家的醉江山，喝的是醉江山的里子。打酒的人走过的地方，路上都湿漉漉的，来来回回都是酒香。有人说，那是滚滚红尘的味道。

这天午头往西一偏，米荷拧了拧腰，懒懒地闩了门。门帘后面是三间屋。正冲着柜台的自然是打酒房，穿过打酒房就进了一个小院，晾晒着粮食。过了晾满粮食的小院，就来到了两间居家室。也就是说，小米酒家不仅是酒家，还是米荷的家。米荷先进了其中一间。里面陈设简陋，连椅子也没有。水泥地板当中是浸过水的小麦。一个长方形的几何钢板卡进小麦堆里，米荷换了一身衣服，光了脚，又拿水冲洗干净，就踩了上去。一会儿，她就把一块中间高两头低的曲坯做好了。继而将它晾晒到后排架子上。直到一溜架子都排满了，香味幽幽地沁润着。她才停下来，擦着后背和额头的汗，出来再进一个屋。那屋里开着风扇，有股混合了药和麦的味儿像墙砖似的垒过来。屋里一张大床，床上躺着她的丈夫老胡。老胡见她进来，就说："完事了？"

米荷说："你都瞧见我进来了。"

"哼，来了好，快给我下点药，让我死了算了。"老胡翻过身去，脸靠着墙道。

"我听你的啊！"米荷说着，从旁边水盆里把毛巾蘸湿了，开始给老胡擦身子。老胡龇牙咧嘴，吱呀怪叫，主要内容是骂米荷，骂得难听，米荷擦着擦着脸就白了。把毛巾往他身上一扔："祖宗爷，你自己伺候自己吧！"

那老胡像是甘愿这样似的，不再叫。躺那儿一动不动。最后说："把酒给我。"

米荷就从隔壁屋里拎来一壶。"张嘴。"她怪笑，老胡不情愿地把嘴张开了。米荷就垂下瓶口，缓缓地拉出一根长线，老胡的脖子就慢慢慢慢地提起来，靠着那条线越来越近，最后线断了。米荷说："就这些了。你忍忍吧，这就成酒晕子了。"

"让我醉死吧。这么多死的，还轮不到我呢。"老胡说。

米荷说："哎，这是老天爷念着我的罪还没遭完呢。"又问，"吃饭吗你？"

老胡擦着嘴边的酒："不吃。"

她借着旁边烧水的柴炉子，端上铁锅，下了一碗面。青菜炝锅的，屋里喷香，把潮湿的墙皮和毛孔都填满了。坐在老胡的炕沿上哧溜哧溜吃，看着老胡笑。老胡嘴干着，干得裂皮："饿死我算了。"米荷不慌不忙起来，把剩下的面条都慢慢挑进他嘴里，喂他吃了。又给他盖好了被子。老胡两眼巡睃着她："你又走？"米荷整整自己的衣服，对着屋里唯一的一张旧穿衣镜拧来拧去："我不走在这儿讨你嫌？"

出了门，往西走，有一个挂着"红火"招牌的舞厅。米荷就上那儿去，一般会跳半个小时的舞，折腾一身汗，才拖着身子再回小米酒家。然后继续踩曲，继续手工酿酒，继续勾兑，直到黎明从东边拉开一张眼皮，这就是她的一天了。这可以说是她出事以来，最最普通的一天。

原先不是这样。她曾经有过一些好的日子。那时候她年轻，她有个跟过去相关的名儿叫米糯妹，凡见着她的，不管老少，都得叫她个"妹"。有一天她整晚上给她相依为命的姐姐帮忙蒸馒头做饼弄到很晚——她姐是做面食的，有学校取消了前一天的米饭，改成从她家订。第二天困得踩曲时就差点直挺挺地睡着。她喝了点酒，又劳累过了，钻到酒海里睡着了。不知夜里多黑了，晕乎乎的，热燥燥的，好像有只手，毛毛地就上来了。还蒙蒙的，给人背到医院。睁开眼，病床前是烧锅炉的老马。她不明白大家为什么把这个说话都哆嗦的爷们儿叫做"神枪手"，她往一

　　　　　　　　　　　　　　　　冷静期　|

些意味深长处浮想联翩了，身子就打了个激灵。突然就恼羞成怒了。把床跟前小饭桌上的米粥悉数往地上掼。

方一水就站在门外，听见里面的声音就进来了。身子弓着，满脸赔笑。他后面，站着面无表情的薛青。米荷不看厂长就看定他，她知道这个厂里生产车间说了算。生产车间里酿酒师说了算，酿酒师里就薛青说了算。有些酒拿到外头去，都论哪是一厂的哪是三厂的哪是酒精兑的，别人说不上来，就薛青能一锤定音。她看着他，想从他嘴里打捞个实话：到底怎么了？

可薛青不说话。老方倒叨叨叨："我说糯妹啊，你看你青春年华的，到了嫁好人的时候了，闹出这个来多不好。多影响啊。"

米糯妹说："可是我在酒厂里……"

老方又说："当然了，我们也不是没有干系，我们已经给你姐说过了，会给你一些补偿。到底要不要深挖下去，也要看你的意思。但是你是知道……"

"补偿？什么意思，补偿？"米糯妹的细长眼睛从左到右微波一荡，"我知道了——你们别逼我，下回儿保不准我掉进窖里。明儿你们酿出来血红的酒……"

"糯妹呀，你多少为厂里想想！你只是一个人，可厂里多少员工，前一阵闹假酒，咱们到处求爷告奶，不得不流失了好些骨干，那是多少家庭……"

薛青按住了老方的肩膀，眼睛却对着米糯妹："我娶你，我，我不嫌。"突然薛青就这么说了话。

屋里只有四个人。烧锅炉的老马头因为抬得太猛，脖子发出咔嗒一声。老方不知道该说什么，于是退到后面。薛青脸猩红，额头上脖颈儿里肉筋暴突着，他的声音听上去那么不确定："马上就要跟三厂比酒了，这时候无论如何不能出事儿。"

很多年后，薛青已经不记得自己那时说的话了，但他记得自己烧起来的脸，手后来垂下去，攥成两个实心拳头，他都不知道该往前放还是往后放。他依稀记得米糯妹躺在床上，盈盈一把的样子。

米糯妹说："我没有什么事！怎么？我出什么事儿了？"

"没有人动你。"方一水说，"你放心，我们给你处理。"

"我会娶你。只要你别说。"薛青说。

米糯妹听后，把身子往后一靠："我不明白发生什么了。但是我明白你们肯定在让我吃亏。呸，"她往地上啐一口，"谁嫁给你呀，我要嫁给有钱人！"

老方问："她姐呢？"

老马说："拿钱走了呀。"

米糯妹突然头扑到枕头上开始哭。老方咬了咬牙。

烧锅炉的老马站起来："你们出去吧。我先发现的她，我在这儿看着她吧。"

这时候声音嗡嗡嘤嘤从枕头底下压出来："你也滚出去！"

老方向床头再次标准鞠躬。老马把西服下摆捋平，讪讪地，拉着薛青往外走，边抖着手说："唉，不领情。"他们沿着绿色的围墙，一路无话到了厂门口。老方一声长叹："他娘的谁做的孽啊！"

那一年，外面人纷纷都传说新厂长管理不善，醉江山快守不住江山了，尤其到了镇里三年一度的赛酒会上，一厂酒没拼过三厂，哪怕把酒坛摔了，让芳香四下流溢也没用。醉江山的正宗红牌子就摘给了三厂。

那一年，米糯妹辞了职，大家都传说她喝酒醉得不省人事给人糟践了。

薛青照例把这周的酒给米荷运去。他是趁凌晨时候走的。手电筒照得一厂一片蒙蒙的黑，酒香就浸满了黑夜，幽魂一样无孔不入地徘徊。他走前又喝了十六杯，把四轮次不同窖的酒挨个尝了。尝了还不止，还反复互相勾调着，直到香气混合，直到味道与味道互相填补。别人不知道，其实他是不怎么能喝酒的。娘胎里没带着酒量来，为了一厂能给他一个容身所，他豁了出去，为了活得像那么回事，干上厂里一顶一的"酒头脑"，他把舌头当妓，让那些黄汤汤滚过他，撩动了他，用尽了他。喝了吐吐了喝，把酒从肠里胃里腔里打几个循环往复，总算把酒量提起来了。最后，他终于穿着只有"酒头脑"才能穿的红襟黑褂的汉装，打厂里车间各道工序上走一走，听候人家叫他声："头脑""班长""薛大"，他才浑身舒坦了。十六杯酒下肚，有时候，他依旧得去旁边玉兰花树底下吐去，有一株玉兰就让他长年累月地折腾烧死了。他想起来还颇有些得意，又在得意中品咂出一些辛酸。

到了米荷家里，他不敲门，从房子水槽根里摸出两块小石头，胳膊往天上掷，天井里就扑通一声。一会儿，米荷来开门了。左右看看人："进来吧。"

薛青把酒在天井里放停当，从推车上搬下来大桶："今儿的老酒少点，过了这阵就好了。"

"你给得越来越少了。"

"这就不错了，你以为我好干？"

"谁叫你们该负的责没负呢！"

"瞎说，"薛青拿搭在肩上的毛巾擦擦汗，倚着推车，看着月光荡在天井里。看着荡着月光的天井里站着的米荷："怎么不负责，想负负不上，你要嫁瘫子。"

米荷就叹气，扭过头说："瘫子也不是一开始就瘫啊。想过好日子就这么难，命啊。"

"你跟我不就行了。"薛青说，"反正我没了老婆，你又活寡妇不是？"

"再碎嘴，我就踢你。"

薛青就靠近了她，试图像解构酒那样解构她。但是不成，她不乐意呢，推开了薛青："上回的事儿我谢你。不行就是不行。"

上回的事指的是有人告她卖假酒，至少是假一厂酒。

——那天，屋里照常堆满了哄哄泱泱的人，但不是来打酒的，是来"揭露"她的，说她昧良心，卖兑的酒，假充拿到了醉江山的内部销售。人群就码在那儿，都黑压压看着，等她被逮出个现形，好上去踩踏她、贬损她——瞧她平时那游刃有余，大咧咧挣牛钱的样儿，瞧她那风风火火，不甘于做个活寡妇的样儿，瞧她那手里撑着一只笝子，眼皮不抬的骄傲样儿。空气里蠢蠢欲动着一股骚动。米荷站在那里，双手垂着，似乎也无力抵挡似的。这时候人群让开了，有人进来，是薛青。

薛青站在屋子中央，环视一圈："拿酒来。"

人们一哄而上，又忙中有序地把摆着的酒罐子、酒坛子，连同帘子后面的酒桶里打出酒来，盛到碗里。薛青站定了，挨个先闻，鼻翼一张一翕，豆大的痣像趴在鼻梁边上的虫子不停蠕动。舔，舌头一勾一勾，像怕烫似的下了去，又提上来。最后仰着头，一饮而尽。这时候，人声都息了，屋里静得听得见他喉咙过酒的声音。

"酒头脑，怎样？"有人沉不住气了。

"薛班，尝出来了不？"

薛青不动声色，眼睛门帘似的闭上。似乎在回味，鼻翼微翕，终于，眼睛肿泡一样瞪出来，好像那些酒已经在身体里走了一遭了。他从人群看向了酒坛酒罐，最后看向了一言不发、缩坐在柜台里的米荷身上。他从头看到她脚，又把视线钓鱼竿那样投到外面去，说："一厂的。"这三个字定了酒的来路。定了酒的身价。定了米荷与薛青的渊源。

半年前，米荷刚回到镇上，她萧萧条条，手拿着一个布袋，推着一个瘫子，有人认出那是有钱人老胡，可又有人指正说，有钱人老胡老是老，但硬朗得很哪，有人回忆起她嫁给有钱人老胡时，出动了本地第一辆加长婚车。那婚车就像个白色蠕动的千足虫，在环山路上攀爬、招摇，破了米糯妹遭人动手的谣，打造了本地灰姑娘的奋斗梦。有人说，那天见到满地洒满了银灿灿的钱。有人说，她头上戴着的都是金子，那金子坠得她耳朵一颤一颤的。她上了车，风风光光去了。留下的，都是可望而不可即的品评和呼叹。谁能想到，一个没爹没妈没上过学给人糟蹋过的穷女孩，能翻身跃上了龙门，那不是咸鱼翻身，是咸鱼剁碎了还翻身弥合呢！

"上回我瞧见有人打这儿出来，"薛青紧盯着她，把她盯得心里发毛，"他行我不行？"

"对，他行你不行。"

"什么理儿？"薛青说。

"天理也比不过我的理儿。"

"哼，"薛青说，"早晚，你就会跟了我。早早晚晚。"

米荷就笑，眉眼里漾荡着月光的褶皱："那你就等吧。"

这娘们不吃硬的，别说不吃硬的，软的也不吃。上回帮了她，是昧着心说话。他觉得自己有底气收回点什么，于是他当天晚上就想来，按住了，隔了三天才来，来了就坐在帘子里头，看着米荷把糯米蒸熟，她精黄的手在白糯糯的米里掏摸，灯影儿底下，两绺头发羞答答地落下去，又落下去，落得人心痒痒的，恨不得给她捋到耳后去。恨不得就那样把嘴贴在那轻盈的发丝上，闻一闻，到底是香的不是。可是米荷抬起头来，也不说谢谢，拿

惜樽空

眼睛上下看他，米荷说："你还不走？"

薛青道："我就不走了。"

米荷把额前的头发捋回去："你不回去就去给我配配酒。我怎么也搞不清楚香醅怎么做。"

"酒醅，高粱粉，大曲，回百分之三十酒尾，黄水。怎么还记不住。不过我说，你这点小铺，还想真拿这当营生？"

"就想偷点技术。你看我带着一个活累赘，好歹能多捞点是点。"

"这样，你今天跟我，我就教你一招，明儿跟我，我再教你另一招，保管把你教得心服口服。"

"呸，薛大班，你倒是会落井下石。"

薛青就急急过去亲她。她又呸他，这一下，啐在他嘴边，只见薛青舌尖往那儿一勾，米荷的吐沫就勾了进去。米荷脸一红，突然就站起来了："出去，出去！"她眼睛瞪起来了，一点儿也不骚啊浪啊，倒是蛮端庄的。

薛青说："得，也不知道你给他守个什么用！"

日子就像酿酒一样搅和着天时地利。几年后，新厂长袁源到了。

袁源是外聘来的高学历人才，学销售管理的，戴着圆圆的眼镜，在听人说话时把眼睛眯起来，瞳孔聚焦了，又像是上下笔直的一道。厂里说这人就像野兽一样，是狡猾的，机敏的，不然你看羊都是横瞳呢，只有豺狼虎豹才竖瞳才眯眼。

新旧厂长交接，手续很快就完成了，这时候就是互相见面、认识车间的这些技术大拿。薛青是大拿中的大拿，已毋庸置疑了许多年。他对于换厂长心里有点准备，换谁都不会动着生产车间的"酒头脑"不是？

　　　　　　　　　　　　　　冷静期 |

袁源来的头两个月话说得少，拿着笔四下里走，说那是"调研"。两个人经常碰到。一开始，薛青还是那样不慌不忙、不紧不慢，各车间转转。到了窖里，袁源就拿手上去摸，摸着酒坛上厚厚的苔，摸摸豆大的酒花，摸摸甑锅。薛青就有点瞧不上他，认为这是遇见了一个时来运转、高等学府造就的百无一用的书生。

出酒了，酒醅用竹篓抬出至甑锅边进行蒸馏。

袁源问："什么标准？"

薛青把三个指头窝进去，留下大拇指小拇指翘在外面："六个字，稳、细、准、匀、薄、平。"

又看蒸汽，袁源问："这怎么看？"

薛青慢悠悠地说："两小一大，中酒流酒，大气追尾。"

又看接酒，袁源不说话了。

薛青自言自语说："怎么说呢，这全凭经验哪。掐头去尾，看花子摘酒。怎么摘就看火候了。豆子大是酒头，这时酒暴躁，像匹狼；原酒温和，花儿匀实，像个姑娘；酒尾软梢子就碎，黏缠，像娶的老婆娘。"

周围就一阵哄笑。袁源从眼镜后面无表情。

见他柔顺似的，厂里人也就恢复到方厂长管理的时候，酿酒的日子是悠闲的，和软的，卖酒的日子是溜溜达达，打枪换地的。也没几天，突然袁源召集厂里人。队伍起先很散漫。袁源抱着胳膊，周道他们站在队伍里头，听袁源清了清嗓子——很奇怪，他个子不高，看着斯文，声音却很浑厚，有力量，似乎从众人间穿梭而过：

"……得打破'酒香不怕巷子深'的传统，怎么打破？我认为三点：一要'引进来'，怎么引入？引入什么？对，引入生产设备和管理人员，我们不是家族小作坊，我们是现代化企业。裙带关系要不得，老旧传统得打破。二要'走出去'，怎么走？走去哪儿？今日不同往时，现在是什么时代？是销售时代，是买主时代。要主动把醉江山一厂推向市场，让人喝着还爱喝，甚至主动帮你宣传。三要'讲品牌'，要有营销策略。难道我们就在家门口做一辈子？难道大家都甘心就这么上班下班像个普通工人一样儿的一辈子？"

"那要不呢？"有人插话。

"……我们跟那旁边工厂什么区别？不！我们要把一厂良心做酒的精神和醉江山的名号打出去，眼光放长远一点，我们不是跟三厂竞争，我们也不是为了混口饭吃，我们要什么？我们要让世界人民都喝到醉江山的好酒。"

"还世界人民？"周道凑在薛青的耳朵边重复，"得，有毛病。混个日子就行了，还世界人民。"

薛青呸了一口："屁！"

"'古来圣贤皆寂寞，惟有饮者留其名。'醉江山是属于所有爱酒人的，是雁过留名的酒……"

周道说："屁啊屁。"

后面的薛青没有再听，因为随着他的话音而落，一群穿着跟他同样汉褂的技术人员一个个从厂外面进来，他们到位了。

短时间，袁源拉到了贷款，停了分红，接二连三的新设备络绎运来了。活底槽、新抓斗、起吊活动甑、风冷水冷都上了。一厂里那些挺立的铁青色车间厂房，都像是加足了机械马达，哄洪洪动起来。从一早就能听到厂里设备翻腾的躁动。

它不安分，可比它不安分的还属薛青。薛青头疼，继而是牙龈出了血，血腥味糊了一嘴。他依旧早来，骑着自行车巡逻一阵。现在倒好，自行车都与这现代化的怪兽不相配了。老马哆嗦嗦站在门口，门杆子又忘了放下来，给后进的工人们一顿吼。老马也不说话，也不回嘴，依旧站风里头拧着头望。还是薛青骑了一圈回到他这儿，把车子用一只脚停摆了："瞅什么呢！还能瞅出来个娘们吗？"

"我瞅车间快给这小袁吃了，"老马颤巍巍地挠头。薛青这才发现老马的头花白得更甚了，像是刚给谁刮完了泥子，落了满一层，他问："你怕的啥呀？"

"我怕老方的产业给他造了。"薛青往地上吐吐沫，又拿脚碾了。

老马说："我说呀，你就给他闹呀。罢工呀。你是'酒头脑'啊。你一声吆喝，厂里谁不得心里头震震？"

"得，现在重新分配工人。生产车间他妈的比不上销售车间。我摘个花，他且让我停下，一行人颠跑着去化验。一堆看不懂的数据。这玩意儿能量产？我不信。生产车间都不听他的，还是咱家的。"

"唉，过去好，"老马说，"我手腕吊着五块砖头，照样十发！现在，唉！"

"老马，起杆啊！"后面人喊。

老马心里也屈，原先方一水在时，好歹岁月是接续的，从他风光的时候续到他的落魄，这种接续就有它的仁慈。可现在谁知道他？他原先无处为家，媳妇早跟人跑了，在传达室里屋睡睡，还能落个加班贴补。现在袁源来了，说要一切"制度化"。制度化就冰冷化了，人情味就淡了，定死做什么就是什么。看门成了烧锅炉之外的另一样儿本分。他诉诉苦还好，激起了薛青更深的苦闷。

傍晚，薛青去小米酒家坐着。来打酒的人少了。米荷手里擒着苍蝇拍，不时打出一阵微风："比老方还不如，西瓜小米一把抓，我能有什么赚头。"

薛青用舌头勾着她酿的酒，一点一点，像交欢的蜻蜓尾似的，香味就河水一样流淌到了他的嘴里，他放下酒坛："到底还没给你关门，不错了。"

"跟老马一样的讨厌！"

"老马有什么讨厌？当年还……"后面他想说"当年还救了你"，但好歹话语截到了嘴根。转而说："你家那个呢？爬起来没有？"

"早爬起来了，马上就能起飞了，"米荷把苍蝇拍啪地打在薛青眼前，"这就飞到你头上，给你臭一脸。"

薛青知道她平时要给老胡擦屎把尿，而此刻真正细瞧了她的脸，才发现细细的皱纹已经落满了，心里一惊，才意识到米荷已经不是米糯妹了。

米荷说："你怎么没事还喝呀，不是都喝吐了嘛。要不是亲眼得见你吐成那样，我是想不到你不能喝酒的。你呀，倒是越喝越多了，这是干啥呀？"

"得，谁叫我遇见你呢。你愿意踩曲，我就愿意酿酒呢。"

"说这个有劲吗？"米荷说。

薛青笑笑。收了笑脸，然后头往后探一探，见后院没人声，前门帘子也放着，就把手一挑，蛇一样滑进米荷的衣服里面。从她的背，顺着就探到她的肚子。米荷慌忙打他的手。"哎呀，干什么？"薛青愣愣地看着她说："我好歹给你这么多，你怎么就给我这么少呢。"

米荷脸红了，小麦色的皮肤里发红。她想说什么，想推又想就似的，突然后面院里就传来声音："人呢？死哪儿去了！"

是瞬间的事情，米荷脸上的红退去，她低着头也不看薛青："你快点走吧。"

薛青偏不，就用手把她捞来，左右亲了她的头发，最重要的是，他用舌头轻轻探到她分开的头发——露出像一条笔直的路一般的头皮。他的舌头轻轻点触那里，他尝出来了：米糯妹是苦涩中带着一种酒香的味道。

米荷推他："叫我呢。"

薛青说："知道。叫你怎么了？你不图钱吗？我也有啊。"

米荷说："薛青你最好别让我瞧不起你。"

薛青说："我最好是让你瞧不起我，我让你知道点瞧不起的代价。"他说着，就把她推到了麦垛里。

似乎遥远的呼唤声渐渐就像风一样止息了。只有米荷压抑的挣扎。她长长的健壮的手和脚都在抵抗，薛青却不慌不忙，把嘴和舌头往她身上探去。麦垛里的香味掺杂了人的汗味和大量聚集的荷尔蒙味，浓烈得想让人从香味里坠落下去。薛青马上要成功了，已经瞧见了她紧实的腿和起伏的肚子。但米荷不知道从哪里抽出来一把气力，突然就把头狠狠地撞在薛青的头上。然后抱着就逮住了薛青的舌头，像急了的鳖那样，一下就咬住了。死死的，紧紧的，疼就丝丝麻麻地蹿上来了。然后她放开了嘴，带着血沫子，无声地哭了，眼泪啪啪啪往下掉。薛青抽出一只手来，响亮又厚实的巴掌就落在她脸上。

"婊子！"薛青的头嗡嗡嘤嘤，嘴里腥辣着。他掀掉她，让她留在麦垛里，他站起来。"立他妈什么牌坊？你那点事儿厂里哪个男人不都嚼烂了？你——"想收回已经来不及，那些话就搭着滑梯从薛青泛着血水的嘴里出溜，"你不是给一个男人玩，厂里所有男人都他妈跟那天那男人一样，脑子里头，"他指指自己的脑子，"过了万儿八千遍了！"

现在，几乎所有人都在跑外销。首先，袁源让他们去搞市场调查，挨家挨户把老顾客和经销商数量摸清，又到大超市里考察和推销。他们先把一厂的货放下，什么时候卖了什么时候来收钱。那群工人们刚跑完市场，又去三厂和文酒厂调研，买回来一堆产品分析，销售时好扬己贬人。

销售车间的周道成了厂里主力。再加上几个新来的整天摆弄数据的技术人员，把薛青搞得很烦。他本是看不上袁源的，但又不能不服气袁源竟真的为醉江山的酒打开了销路，现在，在很大的范围内，醉江山的酒就认一厂的，袁源厉害还厉害在，他把三厂的两个酿酒师也挖了来。薛青倒不是怕跟他们比，他们跟他比什么？他们没得比，生产车间都还听薛青的。技术人员进驻也进得不顺，可是薛青心里总躁得慌。喊号子时，他就比旁时嗓门亮，亮是因为心里虚。他们还每月开会，说这是"调度"。一开会，最苦的是老马，老马坐不住，身上呼呼下着汗，厂里都传着袁源要把"家族遗传"下来的员工、员工二代裁了，换上技术人员、大学生。老马更坐不住了，一会儿，背就把褂子溻透了。散会后，薛青拿脚踢在老马的凳子上，老马颤巍巍地站起来。薛青说："你这是怎么了？身子又薄了？"

老马眼里黯淡，无神似的，抖着嘴说："老薛，跟我喝酒去行吗？"

薛青心里也堵："还没喝够啊。上班喝，下班喝，都喝出工伤了。"

老马的头发花白花白的，他晃着脑袋，西服领带包裹着的身板越来越瘦削了。他眼睛里显露出一点寒碜，他说："还是不一样。下班喝是真的喝。"

他们也不知怎么的，就走出了一厂街，路过了三厂，心满意足地看到三厂凋零的两棵大柿子树，一左一右垛在门口。荒草遮住了醉江山的"山"字。老马就盯着看，薛青也盯着看——直看到三厂的保安从门卫室把眼睛追过来。

总算，他们走进了一家小饭店。桌面油乎乎的，那些在城

　　　　　　　　　　　　　　冷静期　|

市里打零工的人在这里草草糊弄着一日三餐。老马认为自己跟他们虽同在底层，但底层也有自己的层次，比如他多少是有个固定单位，他曾是"好好的"在这个单位，哪怕现在已经"坏坏的"。所以他努力把自己的架子撑起来，让双腿踏进去时，抖得不要过于剧烈。坐下时，能够保持脑袋轻微晃动，仿佛只是一种有张有弛的点头。他是做给旁人看的——旁边另有两个穿着工地服、灰扑扑的民工。这一刻，他在坐下前，俯视了一下他们。要做到这点并不容易，他需要好好控制角度和力度，不然一会儿菜端上来了，他刚才那副稍稍像样的模样会给从手里掉下去的馒头、嘴角下去的粥给打搅破坏。

坐下后，老马要了花生米和土豆丝，薛青点了两份饺子。两个人默契地要了三瓶小作坊的米酒。薛青把舌头探进酒盅，闭上眼睛，让那些粗粝的辣味一层层扑上来，然后他又尝了一杯老板端过来的茶水。老马紧撑着两只胳膊，狠狠夹住手上的杯子，缓缓递到嘴边。那两个民工在菜端过来时，望了他们一望。这一望里，就像相马卒相遇，彼此都了解了彼此的位置。

薛青倒没注意这些，薛青在意的是舌头给这些汤汤水水刺激的，喝茶喝汤都没有味儿，好像吞水似的。酒的味道在他嘴里也淡了，他惶恐地意识到，他似乎过度运用了他的舌头，把它伤了，它开始不听他的了。

"老薛，"老马拉住他的手，"我亲眼瞧着你又比以前更能喝，那门口另一株玉兰也快给你吐死了，我说，你这么狂喝浪饮是不行的，你要喝废了自己啊。"

"不这么喝，我能怎样？"薛青一动不动地盯着手里的杯子，"那些机器斗得过我吗？我还不信了。"

但他嘴上这样说着，却一直看着老马的手，怀疑自己的舌头有一天也有这样处境。要真到那时——他打量着老马荒凉的白头发和嘴边无知无觉的涎水，他的手握住筷子，像小丑踩着高跷一样笨拙又无力地千百次去撷一颗花生米，——可不要像老马一样苟活着，他死了算了。他想好了，他要壮烈地死，要把这些酒陪葬了自己。他不要穷途末路，他要戛然而止。

但老马心里挺痛快。他很久没有这样无所畏惧地袒露着自己的脆弱和乏力。他心里琢磨，薛青是厂里大拿，这样的人愿意跟自己交好，到底是容得下人的，自然也就容得下人的穷途末路。薛大拿有这个资本。他老马在别人面前逞强，在薛青面前不用，因为他终归是比他强的。

两个人无滋无味地吃完。老马又喝了两杯，真就高兴了。提议走走。这就上了护城河边，浆水河苍苍的，垂柳终于长出了绿。老马高兴，拿了腔调，唱了起来。一字一顿的，声音拖得长，似乎接到河岸对面去。薛青叹口气，耳朵听着，心里进不去，主要是为了厂里的事儿发愁。厂里的事儿按说也不是自己的事儿。这就是事儿的关键。怎么一厂越来越好，可跟自己居然越来越联系不那么密切了？他的味觉在下降，但销量往上走呢。有时他故意不露面了，可厂子这天也没亏啊。他恨不得像方一水在时那样，老方就害怕他手一甩就走呢，摘酒拿花可都是看他的眼色啊。出窖凭的是他的话儿一落地啊。现在呢？那些"技术人员"就用个管管把麦、把泥土、把酒装了，放进一只莫名其妙的机器，出来一堆虚张声势的数字，然后时机就定了、味道就定了，最懊丧的是，他们也许拿捏得还不够准，不像薛青那么老道，那么游刃有余，那么练就。可他们做出来的味道，分明不差。

他心里暗骂，这个袁源。

然后老马哆嗦着说："这个小米啊。"

薛青说："老马，我带你去个地方玩玩。"薛青带他去了街边游乐场的十元一次的小靶场。无数的粉色气球密密匝匝地围成一个巨大的圆。他让老马站在那里，他给他交了钱，把枪给了他。"这是神枪手。"他对女老板介绍说。

老马把手架到了枪托上，瞄上了塑料的准星，眼睛就像子弹一样发出去。脑袋里有模糊的虹光。站在枪前面，他觉得自己好像回去了——回到了神枪教头的时候，回到了身子不抖、耳朵不聋的时候，回到了受人尊重着的日子。他的手热了，热了就扣了扳机，明明就看着子弹弧线一样往前一颗颗扎过去，可就擦着边沿欻欻转了弯。那些粉色嘲讽似的随着风儿晃动。

"哈哈，"薛青空洞的笑声就响在风里，"还他妈神枪教头，老马啊老马，到底是不是吹牛？！"

老马咽了咽吐沫，小声嘀咕，听起来像是说"一墙奖章"。老马不甘心，又交了十块钱，又打。他晃动在粉色里，那些粉色像别人的脸，摇摇晃晃在笑他："神枪手，吹牛×，老天爷，给你缴。"他恼起来了，把枪托子突然就拔出来，狠狠摁在膝盖上双手使劲，想把它掰断。但他双手虚软无力。售卖的女人不愿意了，嘴里吼着："干什么呀，是你家东西吗！不中用就是不中用了，拿我们东西撒气干什么！弄坏了给我赔！"那女人肥嘟嘟的身子撞过来，把老马撞得一踉跄，接着就栽倒在地上。那柄看了他笑话的枪就躺在他身边。

"得，"薛青一边掏钱一边说，"大姐，嘴里行行好，体谅体谅吧，他人都这样了。你好意思计较吗。"

"他这样——那是我把他弄坏的吗？"女老板说。

说出这话，薛青就笑得嘎嘎的，鼻梁边的痣一抖一抖的。而老马心里酸酸的，是啊，怨谁呢。

米荷坐在门口发呆。生意越来越难干，老胡的褥疮发作了，天天在床上哎哟哎哟地乱叫。他苟延残喘，但苟延残喘又显露了某种强大的生命力量。比如他的下体一直支棱着。不屈不挠地向着天花板。米荷一边给他擦身子时就啐他："不要脸啊老胡。你倒是光轻松了，就给了我几年的好日子。你也真好意思。下去，快下去。"

身子不爽的人脾气就难得安逸。老胡气鼓鼓地喊："我背痒！"米荷笑笑，慢慢使劲把他侧边身子立起来。老胡又说："赶紧让我死了吧。你这让我活受罪。"米荷说："咱俩谁受罪还不一定呢。要死我也得气死了才行。"

老胡直挺挺地叹气："糯妹啊糯妹，我知道你图钱跟了我。给那车撞过去时，我就想，完蛋了，这女人一定要跑的。结果你没跑啊你。"

"是啊，悔死了。当时跑了多好。"米荷手没停，药膏涂手上，给老胡背抹匀了。

老胡的眼皮抬抬，别过头去："富贵日子就那么少呢。人的命啊。"见米荷只是面无表情，就试着挺了一挺身子："那些来的男的，你瞧着哪个比我好？比我富贵的？"

米荷真做思考状，眼睛往上翻着："富不富贵瞧不出来，倒是都小气。"

"薛青呢？"

米荷的手就停了。停了后意识到自己顿在那里，又搓动起来："薛青是个愣子。"

身子擦完了。今天的这道工序就了了。该进入日子的下一道工序。下一道是什么？是继续酿酒跟勾调吧？她坐在里屋，为自己学艺不精而懊丧。年轻时，仗着漂亮，光顾着靠这靠那，比方说，以为靠着老方就能在一厂干一辈子；以为嫁了老胡就能富裕一辈子；以为恋上薛青就能年轻一辈子。都不行的。一辈子靠别人都扑了空，原来飞蛾扑火的样子那么烟燎火气，被灼痛的样子

　　　　　　　　　　　　　　　　　　　冷静期　|

那么难看并且痛苦。她坐那里，一点点品着老酒兑着不同含量的食用酒精，泪就纷纷下来，连酒也是这样，都是粮食做的，凭什么老酒就贵，食用酒精就贱呢，就出身不同、积累的年岁不同罢了嘛，老酒向上数点——它也厚重呢。现在，她只能从捷径的死胡同里退回来，一步一步退到原点去。又重新开始往上艰难地迈步。哭完了，她也把酒尝完了。酒就这点好，是苦涩的、辛辣的，比生活还苦还辛，但是吃了苦头不就能品出那点甜了吗？她把酒坛子封好，用红纸歪扭着写了"小米酒家"的字，贴在罐子上，搬到了最高处。正在想着走一步算一步呢，门口探进来了人。

是薛青，苦苦地望着她。一双技艺精湛的大手徒劳无功地摸着自己的裤缝。她扭头看见他，又扭过脸去。她从梯子上攀下来。薛青似乎有什么要说，但最终没开口，她心里却原谅了他，可是也没开口，他们就静止在那里。

突然，门口一阵慌乱。一群人不知从哪里纷纷冒出来。人群又让开，周道大踏步走进来。周道看了看薛青，露出一种知己知彼的笑容，接着仔仔细细盯紧了米荷："米荷，今儿我是受厂长所托，特来打假的。你涉嫌侵权，你卖的根本不是一厂的酒。"

米荷站定了，声音笃笃的："不，我卖的是一厂的酒。"

周道一身崭新的皮衣皮裤，胳膊里夹着一只皮包，声音皮质似的又油又凉："一厂的货我们都有数，你哪儿来的？"

米荷压着声音说："是老厂长答应给我的。"

薛青不自觉就站过去了。拦住周道，声音更低，似乎耳语："老周，不管是醉江山还是一厂，从来都没有赶尽杀绝的习惯。酒是百姓的酒，不是我的，也不是你的。"

"老薛你别管，你的事儿另算——米荷，我给你听个响。"周道清晰的嗓音提起来，在整个昏暗的屋子里回荡，他从怀里掏东西。一只随身听，按了钮，录音磁带就咯吱咯吱地转，一个声音听起来丝丝泱泱的，薛青听出来了，米荷也听出来了——是老马的醉话："哎呀，那时候都那么说，似乎传着就成了真。可我知道不是的，为啥呢？因为我是第一个看到的呀。好着呢，就是给搅麦的工具划伤了。她穿得好好的，哪里就出什么事了？但是让老方，方一水以为出了事。她拿了钱、拿了那么多钱。"

是的。十几年前的一个清晨，当她从酒海里醒过来时，只是浑身阴冷冷的，有人背起了她，那个身体哆嗦着似的，摇摇晃晃地带着她穿过了黑暗的巷道。她迷迷糊糊，头在剧烈地炸，她以为自己要死了。记得来看她的人很多，都是冲着热闹来的。所以她一时恍惚，搞不清楚自己到底是在哪里受的伤，受的到底什么伤？后来她总算明白过来，她的姐姐已经赶到了医院，给她放下了一碗温热的鸡汤，握了握她的手，拿着"抚恤金"就走了。她好起来后，去找姐姐，想着要回钱来，把钱扔到方一水面前，以自证清白，可是姐姐就那么跪下来了。姐姐说需要这点钱给她孩子买房。姐姐就那么央求了她，像她从来没有央求过她那样，米荷多恨自己软弱。她哭了又哭，只好去找老马，希望他能替她说点什么。结果老马只是瞪着眼，还以为她要怎样报答他。她说了半天，老马说："这下，这下你就只能跟我了吧。"

米荷哭说："你别以为放出这样的风，我就嫁不到我想嫁的。你别做梦！"

可真正做梦的还是她。她接受不了薛青的怜悯，她发狠要嫁个风光的，灿烂的，让他们都看看。看来，这就是报应了。米荷想，所以呢，那时候她想要"清白"，现在，她早就污烂了，所以想要的是"温饱"。可是看来人想要什么，什么就给推远了。她陡然笑了，一开始是轻轻的，后来越笑越大声，最后笑得浑身抽搐。人们都你看我，我看你，像目睹了她的发疯。有人说："她还是那个浪娘儿们，你听这声音！"

薛青望向米荷，但见她的嘴紧紧抿着。

周道油腻腻的声音响在那里："你已经拿到了钱，方一水凭什么再给你供货？要我说，你卖的是假酒吧！"米荷突然就明白了。原来她总是攀不到上流是有原因的，她是有勇无谋的。这才是，有勇有谋。她在对他产生恨意的同时又打心里佩服着他，他是真正游刃有余地活在所有的世纪。她低头摘下胸口上的麦麸，淡淡说道："薛班说过，我卖的是一厂的酒，真真的。我卖的就是一厂的醉江山。"

众人哗然。

周道的眼睛从明亮的黑色小方块镜片后面闪着光，他白色的牙齿露出了一点，笑了："那谁给你的酒？"

薛青心里一紧。

而米荷嘴唇抖动着，她抬起头来，直直望着周道的眼睛，半晌无语，低头盯着脚下的地板，说："我偷的。"

"贱娘儿们！"听众里起了哄，热热腾腾闹着，为听着米荷的声音而兴奋。那是几十双眼睛和无数摁不住的快活。

周道说："一厂都有值班，有门卫，有锁。你怎么偷？就靠你这弱柳扶风的身子？"

薛青咬紧了牙，薛青上前去想拉拉她，她却甩开手："滚开滚开，你们都是一路货色，"她走到周道身边，与他面对面，"我明白了，永远都是小人最得意。周道你就是一个小人，你们是墙上草，了不起啊了不起！不过你说对了，就靠我这弱柳扶风的身子——对，是老马帮的我！"

一行人就像苍蝇扑着了血，嗡嗡嘤嘤地赶到一厂。一厂的老马正在杆子前打盹。这废人连打盹都不时抖一下抖一下。周道喊："神枪手！喂！神枪手！打枪了！啪！啪！"

老马猛地惊醒来，紧把杆子抬起来，颓丧着脸，一脚拖一脚地走过来。不解地望着人群，望着人群里头站着的米荷。

周道问："老马，你在帮这个女人偷酒？"

老马的眼瞪大了。从周道摆渡到薛青脸上。薛青脸上铁青着，他没有话好说。

米荷喘着粗气瘫坐在椅子上。院里突然传来瘫子老胡的声音："你还不抓紧跑。"

米荷开了院门，站在那里听着。瘫子老胡又喊："他们一会儿就知道了，就来找你了。"

米荷说："快闭嘴吧。你倒是什么也不瞎！"

而一厂门口，薛青拽住了周道，又冲着众人喊："看什么看！回家去！"那一堆人，兴兴奋奋的，嬉皮的，笑脸的，看热闹的，像大浪扑过来，都打着卷荡漾着。

薛青说："我去找袁源！"

但袁源不用找。小轿车停在厂门口，袁源自己来了。薛青拉住袁源，他压住声音："你，为什么要这样对她？"袁源眼镜后面的眼神看不清，薛青吐了一口痰，又道："到底怎样，这事儿才算完？米荷、老马——老马跟我一样，没别的去处，他对一厂别的不说，至少是忠心耿耿的。"

袁源说："其实你想留住他们，倒也容易。"

薛青说："什么法？"

袁源说："现在，生产车间总是不听话。"

薛青脸白了："生产车间是老传统，他们可以有他们的任性。"

袁源说："我不想要一班任性的工人。我想要一班挣钱的工人。"

薛青说："没有他们就没有醉江山。"

袁源说："醉江山不是哪一个个人的。我也不想这个厂离了谁就不行。"

薛青脚板搓着地:"你不就是想挣钱吗?那我弄个新口味,然后咱相抵了,能不再追究了,成吗?"

"看来你不明白我的话儿,"袁源的头终于从他手里的黑皮记录本上提起来,他把记录本啪地合上了,"好,那这样,一月为期,你要是给醉江山研发了新口味,自然我既往不咎。不行的话,你就撤出生产车间。"

空气里混合了夏日柳絮的酒香,绵柔的,缱绻的。酒把人浸泡得都有些发疯。而最发疯的是,薛青说:"一言为定!"

周道夹溜着道跟着袁源,边问:"可薛班——薛青他能离开生产车间吗?他万一真调出新口味呢?那群工人就听他的,再闹,可怎么办?大换血?可都有股份呢。"袁源又笑了,笑得嘴里的气儿跑到了眼镜上,一片模糊。

"他连咸淡也尝不出了,就剩一个空架子——他能调出什么好货!到底那些工人都还以为他是神话,就让他们看看,人就不是神,是人就有破绽,就有没用的时候。岁月吞了你的时候,"袁源看着醉江山,"是连骨头都不会吐的。"

那段时间,所有一厂的人都说薛青老了,老得很快。他不是老了,他是醉了。他自己待在酒窖外面的桌子旁,做着把酒混合的工作。他沉着地把不同的基酒打底,让它们相互妥协,陈酒跟新酒自然渗透,分摘好的双龙底酒头和渣子底酒头混合不同的稳花和酒尾,酸酯醇醛都到位了,浓稠了,似乎滚烫又温和,燥辣给醇厚淹没了,糟香又爽净——但这只是醉江山的寻常味道。他又继续调,黄水加入,微量的其他果酒混进去,味道的变化从舌尖抵达了舌根。还是不满意,离创造出一种新的、能打响他名号的、让他力挽狂澜地证明自己的酒——差得像冬夏的距离呢。他

惜樽空

从泥窖里掏出一抔土，就是它了，它是他的独门妙计。他用它曾经做足了酒厂大拿。他精心地伺候它、烧制它、爱惜它、污浊它。就为它在这里静静发酵。他把它撒进去了。摇晃后，静止良久，再用极细的漏网剥离了。这时，按道理，酒里会出现那种又清鲜又厚实的香味。是泥土让原来的酒香更有附着力，从口腔里滑润润地流淌生发。但是他的舌头更迟钝了，米荷咬过的地方还带着深深的沟壑，是她给他的决绝的印章，那印章似乎把他封印了。不，他不能这样，他要报复，报复就是用更辛辣的酒来唤醒舌头、刺痛这个混虫，他尝了一杯又一杯，不对，他已经不是尝了，他在灌自己。也不是灌自己，是在烂醉。他尝不出来，谁能想到呢？舌头背叛了他，最糟糕最恶毒最彻底的背叛——它让他倚重的本事化为乌有。他端着酒杯，只觉得浑身也冒起汗来，因为，他只是在凭记忆记得这样的味道，他不再需要去吐了，因为那味道裹挟了他，终于把他吞噬了。他总算知道，是它成就了他，也即将是它，要毁了他。

　　他越喝越癫狂，已经感觉到一团灼热的火球烧在胸中，这时候，味道已经退去了。剩下的只是酒勾起来的痛苦和甜蜜。对，这才是酒了，是它作祟，把人推向醉生梦死。以为人间还有一个类似于天堂的极乐世界。他好像看到了米糯妹壮实的麦色小腿在微微湿润的麦子上有力地跳动，脚面上铺满了金黄色的邪念，是他的，也是他们的。这让她更美了，那些线条晃动着，比如说汗水沿着米糯妹的脖子流淌的路线，比如说她用力时高仰起的头和扎得紧紧的把头皮都揪起来的辫子；他又好像看到了她哭，她捂着脸上他扇过的巴掌印，眼里全是难以言尽的怨恨……

　　"神枪手"老马最后一次见到"酒头脑"薛青是在一个昏黄的傍晚，当时沙尘暴来得急。他眯着眼睛还是觉得天旋地转。身子抖得比往时更盛。说话的时候，下嘴唇也似乎要掉下来。每天，当他站在门杆子旁时，他总觉得自己是一个木桩。没有人会认识一根为他们开门的木桩；而当他坐在锅炉旁，他又觉得自己是那把湿柴火。凭空想要再烧出些余温热一热，哪知他根本点不着，又有谁会在意一根湿柴火呢？他的一辈子就是这样了。袁源曾问他："老马，挣了钱，你想干什么呢？"他竟然答不出来。不仅答不出来，他还浑身颤抖，一颗巨大的涎水从嘴角刮下来，落到袁源晶亮的黑皮鞋上。袁源用裤脚蹭干净了，低声说："我知道不是你帮的米荷。"抬头，露出他标准的少年老成的微笑。

但是老马不在乎了。有一天——要定义一天很容易的——那是米荷抱住他的那天，是薛青远离他的那天，也是袁源说他功过相抵的一天。白天，看热闹的人群散了，晚上就下了雨，就像是为米荷准备的。米荷站在雨里，没打伞，像她年轻时踩曲踩得浑身湿透的时候。他惶恐地看看周围，开了门让她进来。想了想，还是从枕头底下翻出一身洗过的旧衣裳给她披了。米荷不披。

"听说，"她的嘴唇也颤抖了，似乎那些话语烫着她的嘴了，"他们要撵你走。"

"没那事，老薛在呢。"

米荷站在那儿，盯着门口桌子上的烂桃。"咱们两清了，我没想到你还有个男人样。"

老马咳了两声，似乎想说什么，这时米荷已经开了门，他心里有些失落，又有些解脱，米荷却突然一笑，回过身去抱了抱他："以后，也得有个男人样。"

老马闻到了一阵湿润的麦穗香，他趴在米荷的肩头，闻到了一阵清幽的酒香，那是属于他们过去的时光的，他狠狠地闻，他只愿回到过去。

第二天下班时，杆子一起一落。周道刚从外面跑销售回来，进门便拍拍老马，油乎乎的嘴靠上来，凑在他耳边："'大跟班''神枪手'，你怎么还没走？"老马嗫嚅地想说话，又不知道说什么，头也摆，身子也摆。周道却把他推一边，手伸上前去，招呼着副厂长，喊道："今儿都搞定了，我算明白一个概念，就是'知识改变命运'，文化也改变酒运啊，一上广告，跟文化牵扯上了，那咱就真是皇帝的女儿了。"

老马已经收拾好自己的东西了。他回望了一眼他住过的地方，因为米荷的到来，他觉得那里始终散发着芳香。他眼皮不抬也知道周道说的是最近袁源的营销新策，收音机里他都听见了——他们把醉江山的品牌跟省台的酒文化节目捆绑，请了几个名嘴一期一节酒文化课，甭管是嘉宾还是现场观众，桌子前都摆着醉江山的特色酒，大大小小不同样式不同口感的瓶子亭亭玉立。

然后西装革履的副厂长——原先的销售车间主任——跟周道热闹闹地说完话，畅想完"做大做强"的醉江山未来。走过来一脚踢了老马的板凳说："老马，你收拾完东西了？"见老马不说话，又说，"还不瞧瞧薛青去？惨啊，喝大了，说是嘴烂了，尝不出来了。"

老马见到薛青时，他果然瘫在阴冷昏暗的窖里面，那儿正存放着不停呼吸着的成百上千的酒坛子。一个个比人阔、比人粗，散发着浓稠得像一堵堵墙样儿的芬芳，浸泡着空气。薛青就站在那里，一堆人围着他。这个场景曾经常见，常见于那时他发表一锤定音的讲话，有关酒的，无关酒的，但现在不是。薛青也摇摇晃晃，他说："想当年，爷们从来没怕的，想当年爷们都是干出来的……"老马听到"想当年"三个字心里就泛起了一阵热，他突然意识到，这也是薛青的末路了，为他难过但忍又不住泛起一股同病相怜的欣慰来。

袁源说:"老薛,你输了。今儿不同往时,'一个人不能独打天下'。你明白了吗?"

"爷们,我告诉你,爷们——这酒在我老薛嘴里乖乖听话时你他妈嘴边还没长毛呢!"

有人看热闹,有人拉偏架。反正这句话出去,一贯沉着冷静、有着一股少年老成气的袁源也没摁住,抄起身边一只空酒瓶就要跟薛青撕扯。薛青突然蹲下抱住自己的头,他说的是:"袁源你有种,你把别人的活路都堵了。你把三厂挤了,你把米荷排了。现在又到我了。我告诉你,我生在一厂,我长在一厂,我比你能干下去。我比你能干下去。爷们当年……"

是老马拉走了薛青。老马抱住了薛青,两个人拧着、别扭着。老马身子的摇晃跟上了薛青的频率,所以两个人都互相成了对方的稻草。两根拧在一块的稻草从一厂里出来,共同晃悠着,穿过了千万年呼吸着、目睹着人间的酒窖,穿过了青石板上生出来的丛丛酒苔,穿过了酒糟凛冽的香,老马把薛青拉到了米荷家。

"小米酒家"的招牌拆了,上面露出一块方正的空缺。米荷抱着胳膊正失神望着。老马吆喝一声:"来了。"米荷转脸才看见他们。屋里原先放酒坛的地方空了,像一个个的窟窿。地板上存着一点儿酒香,涓涓地从隙缝里冒出来。老马就把薛青撂在了地板上。

米荷说:"你怎么还没走?"

老马点头像是啄米,又说:"我这后半辈子就做对了两件事,也是让我后悔的两件事,一件是把你背到医院,一件是把薛青背到你这儿。"

米荷正给薛青解开外褂,薛青浑热浑热的身子散发着酒的臭气,一副睡死过去的样子。她低声说:"人一辈子,有两件英雄事迹，值了。"

老马突然扭过脸去，举着袖子摩挲着脸。然后用尽量不摇晃的身子挪出门去。

而只剩下他俩了。米荷看着薛青，上去就是一巴掌，这就是还给他了。一巴掌下去，薛青醒了。他迷瞪瞪的，双眼泛红，在地板上坐起来："喝死算了。"米荷咬紧了下巴看着他，手还搭在他的额头上。薛青叹气说："又有什么办法呢？活着呢。"

"当年，"米荷扳过他的头，望紧了他，"当年你多勇猛你还记得吗？你说话，别人不敢说个'不'字。当年你踹一下脚，一厂街能抖三抖。当年你早早地骑车来，在各车间里转转，你车轱辘压过水泥地那块铁补丁。咯噔咯噔，打雷似的。我心里就扑通扑通，我想，这个人就轧过我心里呢。"米荷的眼睛里闪着一些晶莹，"到底你是喜欢我的不是？可当年你就信了，你要那样一个万人糟践的我，可是你何曾信过我呢？为了那点钱，我是怎样丢人，你怎么去体会我的难呢？"

薛青不说话了，酒没醒，但是意识突然醒了，这些年来，心里的燥和热都莽撞而无知地蹿着，没有方向地蹿啊。米荷站起身子来，把木板放下来，闩了前门，又侧耳听了听屋后的动静，于是把通向院落的门也关了。随着两道门落下来的那两声"咔嗒"，薛青意识到，这个散发着巨大酒香味儿的密闭空间就是他们唯一可能有的岁月的"窖藏"。

米荷把自己脱了，麦色的身子就靠了上来，体贴又细腻地搂住了薛青，搂住他的腰，他的肩膀，他的胳膊，她跨坐在他身上，就像当年她踩曲那样动人和骄傲。那是他多少年来缠磨的，是他一直梦寐的，到了这儿，他却心里慌，米荷在叹气，一边叹气一边摸着他的脸："你当年多意气风发，我忘不了。你怎么就这样了。你让我心疼。你怎么就这样了。"

一股恼恨慢慢慢慢地溯上来，他低沉着声音说："你起来米荷！"

　　米荷就那么看着他，定定地说："干吗？"

　　"你不是米糯妹，你是米荷。你别可怜我。你可怜我就是在他妈的践踏我。"他倒自己从地上翻起来了，把米荷掀到地上。米荷柔柔软软地贴在冰凉的水泥地上，嘴角抖着，乌愣愣笑起来。一边笑一边掉眼泪，也不擦，薛青上去就亲了她，又紧紧把她搋在地上抱住了。他把舌头伸出来，落在她的脸上、眼睑上，想尝到米糯妹的味儿。没有用的，他的舌头再也尝不到米糯妹的味道了。他又一次推开了她。

　　"我没用了，"薛青说，"我没用了，米荷。"

　　"我不信，你不就是舌头没味儿了吗？你不跟老马一个毛病吗？以为自己有个长处，就拼命地发挥到极致，最后怎样？都上交了。都上交了。本事还回去了。有什么可怕的？没了本事，不等于说，就没了活法。"

　　"为什么我就不行了，那怎么袁源行？怎么老方行，怎么周道就行？"他问。

　　"人和人是不一样的，还用我教你吗？袁源和老方有他们上一辈人积攒的东西。难道这一辈子就抹平了，跟你一样吗？周道，他太懂了——他懂得怎么怎么混，而你我，还有老马，我们就会吃自己的本事。我们只能靠自己。我们有可能能爬上去，但我们，最有可能的，是跌下去。"

　　"我们就跌下去了吗？"薛青问。

　　"除了往上爬和往下跌，我们还可以挺起身子走路。挺起身子，薛青，挺起身子走路，没关系的。就算你不会往上去，但你至少不会掉下去。"

　　"米荷，你别说了，我不信的。我不信我就不行了。我不信。"拿起衣服，他跟跄着穿到身上。开了门，走出了永远不再存在的"小米酒家"。

他跌跌撞撞地跑回醉江山厂里，门口杆子起着。没有人拦他。那些林立的机器设备在目睹了人间的悲喜后，开始进入一种昏暗的沉睡。他心里有股子恼，有股子热，有股子气，有股子荒凉，他想恨，又不知道该恨谁。他在玉兰树下拿头撞着粗粗的树桩子。后来他又跑进了他常待的地方，把那几个平生用来调酒的坛子罐子都砸了。这还不行，心里还是骚动着，好像自己是一瓶被命运剧烈晃动过的汽水，现在泡沫已经颠覆了他，把他搅得难受——他跑进了陈酿的酒海里。

"你们！"他喊，"你们就这样看着，你们说句公道话呀！难道我要这样了吗？难道我就要一直这样了吗？"

坛子没有长嘴，所以没有回答他。只把那些问句从黑洞洞里还给了他。他眼里摇摇晃晃，牙紧咬着。突然就发了狠，向着里面冲过去。他冲过去，开始拼命地用拳头砸起了比他还粗还阔还大的酒坛。只听得咣当咣当的响，只听见他呼哧呼哧的喘，只觉得手心里全是温热，终于，他砸不动了，他知道鸡蛋是撞不过石头的，但没关系，他今天非要让它也感受到他的苦，多少次，他都在感受它的苦。现在轮到它们了不是吗？他一个个掀开让厚厚酒苔结住的封口，得了，让酒味都凛冽，让酒味都泛滥，让酒味彻底归功于泥土。它们是粮食里来的，也就是土里来的，在人间做客，现在，回去吧！都他妈回去吧！

——他掀到不知道第几个，头昏脑涨，即便如此，也在酒味里闻出来一股儿浑浊。他把它推倒，却很难，他伸出头去看，酒醒了——是老马。老马赤裸裸地泡在陈酒里面，白得透明，右手往上伸出来，小拇指、无名指和中指窝在手心里，只有另外两根指头自顾自地伸出来。伸成一个"八"字。

　　　　　　　　　　　　　　　　　　　　　　　冷静期　|

啪。那是一记打向无声命运的枪。

"爷们！"薛青心里大喊，可他嘴动了动，突然就哑了。

不久后，当薛青坐在锅炉前，手里拿着他的酒葫芦，车间里的人从他身边走过去。他们并没有看到他似的，而薛青一边啜饮一边嘴里念念叨叨，偶尔走近的人能听到，他像那个著名的祥林嫂那样，念叨着"爷们，当年可是这里的大拿""爷们早就瞧不惯他们了""爷们说一他们不敢说二"。

有时候周道也逗他，周道升成了生产车间的副经理，夹腋下的包里兜着好几台明晃晃的手机，耳朵似乎永远都贴在那上面。边走边喊："爷们！醉江山的理念是啥？"

薛青也会跟着大家伙儿说："做大做强。"

然后他们已经不常见到袁源了。据说他包下了浆水河对岸的另一块地，在那里设了醉江山的旗下酒类。金堂江山、江山美人、玉江山，各有不同的受众，发展得都令人出乎意料。每当这时，薛青还在嘴里念叨："嗬，什么机械化，比不上爷们的稳准狠——扣花子要狠，摘花子要准，端花子要稳。"但是，没有人听他说话。

有一天，他在起落杆前发呆——老马走后，是他接了锅炉和看门的活儿。远远地，一辆轿车停下来。有个人走过来。头发一看就是染黑了，那么油光锃亮，但是脸上都是岁月的斑点，是个比他老的熟人。他认出他来，第一眼就认出来了。是方一水。

他想叫他"方一水"。他想像从前那样叫他，在他面前昂首挺胸。但方一水看了看他，他从他空空的眼神里知道，他竟没能认出他来。

他开了杆子。方一水就站在了醉江山门口。方一水拿下了自己的帽子，头也不转地问他："老马呢？"

"死了。"他说。

"薛——薛班!"方一水听出他来了。似乎岁月回涌,他喊道:"薛大拿!你怎么在这儿呢!"

薛青不想用"说来话长"来搪塞,他只是说:"你来做什么,现在不管是谁来都要登记的。"

"我是老方啊,方一水!"

"你就是袁一水,你也得登记!"他面无表情。

"我只是看看,"方一水说,"老薛,可你怎么,你怎么这样了?"

"你得登记,"他看着他,"不登记,你就得滚蛋——"他说。

米荷不记得自己是什么时候变老的。也许人变老总是一瞬间的事情,就像青春是一瞬间的事情,爱情是一瞬间的事情一样。她把老胡推出来,老胡的精神越来越矍铄,似乎他这样的人值得返老还童。他坐在轮椅里,在太阳底下打瞌睡,头脑因为没有支撑而一会儿颤歪一下。膝头盖着一块布,仔细看了,竟然是原先小米酒家的青花门帘。

现在,抬头望,能看见原先挂着"小米酒家"牌匾的地方用一块青花布料挡住了,青花布料上歪扭地绣着六个字:"一厂街包扣店"。

米荷在屋里忙忙活活,小小的门面里堆满了花花的碎布料。多是布料厂剩下的,她讨了来。不做活儿时,她就骑着自行车到各家服装店里推销她的扣子。她的手因为成年累月的操劳变得很粗糙,她黑了又瘦了。有时候端详着镜子里的自己,竟然觉得跟镜子边上别着的过去小照上的人不是同一个。

偶尔的清晨,当她骑上车经过一厂街,她会向里面望一望。如果时间很凑巧,她会看到一个人在酒厂里游游逛逛,嘴里叨念着什么。极少的时候，他们会互相接上视线。那男人竟慌乱地把眼睛挪开了。身子佝偻着，贴着墙，一手拎着自己的夜尿。转个弯就消失不见了，而她会在自行车上回味，先是苦涩，后又哈哈大笑，笑着笑着又擦了眼泪。

"我们要挺起身子走下去。"她喊，她抬起屁股，借着那股劲儿，拼命往前骑去。

老马——马为赫的坟上长满了荒凉的青草，总有开了瓶口的酒摆在那里，瓶子空了又满，空了又满。又听得有人在唱：红花姐，绿花郎。干枝梅的帐子、象牙花的床，鸳鸯花的枕头床上放，木槿花的褥子铺满床……

那些青草，枯荣了又生发。那些酒，干竭了又流淌。河水倒流，而日头西升。所有的岁月晃动在宇宙烧口里，像一泉老酒……米荷还在一厂里踩着曲块，身子上下抖动着，把空气搅得又热又燥。薛青把玩着手里的豁口杯子，闭着眼让那些醇香漫过自己。老马收起枪，眼瞄着靶子，呼喝一声，向前跑去。他们同时听到了头顶上巨大的轰隆轰隆声，抬起头来，笑笑，又接着生活下去……

本文发表于《清明》2023 年第 1 期

陀　螺

　　"你为什么不说话？"

　　"我有什么好说的？"

　　"怎么又生气？"

　　"难道你不知道原因？"

　　五公里的路上，她是不可能哄好他了。要是八十五公里，兴许可以。倒不是说，他的脾气跟道路长短有关，但握紧方向盘，久盯同一视野，疲倦和松弛会不期而遇，像一种特殊药物，会降低防备阈值。但偏偏不是八十五公里，是五公里。道路不够长，风景不够单一，他看起来高度紧张，侧脸肌肉紧绷，瘦削有力。他一定充分防御。她是哄不好他了。这种事情不是第一次出现，也不会永远结束。她母亲告诉她，结婚就是一场赌博，下注太大，一局定胜负。但她并不相信她的话，瞧瞧她嫁的什么人——困在糟糕的婚姻里四十多年，就像一只蜘蛛困在它寒碜的网里。

　　但她最好做好准备：今晚他会赌气不吃晚饭，含怨睡觉，高高掀过被单，翻身，绝缘地背对她，黑暗里静得连风吹窗帘都可听清。

　　他们因为送孩子迟到吵架。她穿好衣服，袖摆露出产后留守的蝴蝶肉，于是换一身。而他在客厅不耐烦地来回踱步。她换好了，发现旎旎没穿短裤就穿了鞋。她慌忙给她换，旎旎又踢腾，

　　　　　　　　　　　　　　　　　　　　冷静期 |

他又埋怨，天气又热。她急出一身汗，好歹给旋旋穿好。她想再换一身清爽上衣时，他干脆怒发冲冠，砰一声关了门，先下楼为净了。旋旋大哭，她也很想坐地上，干脆不下去。但钟表走到了七点五十。八点十分是孩子吃早饭的点儿，没必要为一场琐碎吵架而耽误孩子的早饭。她抱起旋旋，下了四楼。他坐在车里的样子像一个伏击敌人的狙击手。他没给她开门，她敲了窗户，他看了她一眼。她又敲，他才开。他就是这样。她是婚后才清楚见识了他的脾气。当时她已怀旋旋。就像她妈说的，她已下注太大。

结果在路上，他过于自信地绕了路，本来十分钟的路程被拉抻为二十分钟。堵在车流中时，她看着窗外。"你看，我们平了。"她说。

"你什么意思？"

"我的意思是你干吗选择这条路，你难道不知道这里高峰期会堵车吗？"

"要是你早点换好破衣服，这条路就不会堵。"

"要是你选择原先的路，早到了。"

算了。他们夹在车跟车的空隙里。热汗让她的衣服湿润伏贴。原先她不容易出汗，产后，打开了毛孔。她旋开空调。他关掉。她又旋开。旋旋不安地在安全座椅上拧来拧去。他又关掉。车动了。窗外吹过一阵暖风。然后他们总算穿过了清晨的喧杂，穿过了庸碌的日常，驶到了幼儿园，像一对标准的恩爱夫妻那样跟孩子挥手告别、微笑转身。

送完孩子，他们原计划去她父母家，主要商量房子拆迁问题。他们市中心本来的房子又老（房龄）又小（面积），四十多平方米。她正是从四十多平方米中成长起来的，如遇拆迁，他们也许会获得一比二的房子。但对于过分狭窄逼仄之地，两倍也不意味着宽敞。便利的优势却取消了。他们准备跟父母商量这个事

陀　螺　　　　　　　　　　　　　　　　　　　　　　233

儿，如何让懦弱了一辈子的母亲强硬起来。

但现在，还处于吵架的气氛中。那气氛像两个不安的巴掌，扇过两人的脸。她不可能知道，结婚在诠释"朝夕相处"的快乐时，同样赋予了"无可逃遁"的恐惧。他在路边停下，是一家他们常去的连锁肉店。他什么也没说，她知道，他是让她去买肉。因为他从不空手去岳父母家。不空手不代表慷慨，有时是因为生疏。

琳琅的肉食都像是动物的一部分留在这里了。她要了一点这个一点那个，注意不要花费超标。他心里一直有一条花钱的上限，他不用做脚注，但她能感觉到。结果付钱时遇到麻烦，她忘记带会员卡，优惠用不了。店员的头抬起来，后面还有两个男人排队。她的不安又变成一股热汗顺着脖子淌下。

"用我的吧？"最后面排队的男人说。

"但这优惠一天只能用一次。"店员的声音很刻板。原谅她吧，她只是个卖熟食的。她刚刚被点起来的喜悦又一瞬间熄灭。但那人微笑，把手里的东西放回冰柜。"其实我可以明天买。"他说。低头把卡号报给她。

"哎呀，可那样不麻烦吗？太感谢你了。"男人长得不错，干干净净，三十五岁左右，也就是说，跟她差不多大。他的卡装在一张黑色卡套中。身穿运动服，全身清爽，睫毛很长。贴近她时，声音里有一种绵绵的松软。他出门了。

她收好袋子回车上，他拿过去看了一眼标签，放到后座。这时候，她看见那男人也坐进了一辆白车，开走了。她视线一直盯着。

假如她刚才要来他的电话号码，会怎样？

她会说："我太感谢你了，你的号码是多少？我可以回家把我的优惠卡给你。"他点点头："好呀。"然后他们会交换电话。

晚上，在她丈夫背过的身后，她给他发短信："不好意思，这才想起来。我的卡号是……"黑暗中屏幕亮起来，结婚后她还没有过这种期待，像含辛茹苦钻木等待火苗升腾起来的那一刻。他说："你拿去用就是了，反正我一个人住，也用不了。"为什么他要告诉她他一个人住呢？这是不是种暗示——这几乎已经是明示了。但是大家都知道已婚女人像什么——久旱逢甘霖的寂寞难挨。但是她也不会再给他发什么，她不能把自己透露得太多。

另一个日子，丈夫出差。她一个人买肉准备打发去娘家待几天"懒日子"。没有丈夫，日子清爽得像回到单身。他们又一次打照面，她进门，他正好准备结账。她说："等等，这次一定要我来。"他又露出温和的笑容，那笑容像是开水沸腾后刚刚好凉爽下来——好等你一饮而尽："那好吧。"他们出门后，互相看对方的塑料袋里装了什么。他买的牛肉，她买的打折的带鱼。他说他特别会炸带鱼，秘诀是酒和藤椒。她不相信他能比女人更会做饭，但是他那种快活的神情让她想笑。

他的公寓非常精巧。三楼，一窗之隔能看到市井热闹。他做饭，她打打下手。"剩下这些酒怎么办呀？"他摇晃着他的秘诀。他们一人倒了一杯。傍晚的微风吹着沙黄的窗帘，像撒哈拉沙漠在响。"你怎么不结婚呢？"她问他，这个问题并不过分，而且暧昧得恰到好处。

"我一直遇不到合适的。"这也是标准回答。标准，但并不诚实。这个世界上并没有合适不合适一说，最后，所有人都找到"合适"了。有时候，"凑合"也会擦出"合适"来。他说："我生了一场病，相恋十年的初恋弃我而去。"表情痛楚，眉目间看到那道竖线。这样不好，相恋十年会形成一层隔膜，将其他女人都杜绝于外。他说："我一直在国外，又不想找个外国女人结婚，今年刚回来，没想到这里这么早就结婚。我都成了怪物了。朋友们给我介绍的不是离过婚的就是完全不懂事的女孩。我想说，到底成熟女人去哪儿了？"

完美。她看了看表，傍晚七点是一个非常好的时间，天空自动降临到大地，达到混沌，这种混沌是预示着什么又催生着什么，把原来的边界都抹掉了，重新出发。这时候电话响了，丈夫的声音低沉地传过来。天空恰如其分地下起了雨。那层混沌又千丝万缕连起来。她不得不告别了。

母亲絮叨着居委会的通知。父亲抢着说话。母亲呵斥他，像呵斥一个五岁的小孩。父亲委屈地坐在他们对面。

"要强硬一点，跟前面几个相同情况的邻居统一起来。"她说。

"可是咱们凭什么强硬？"母亲说。

她丈夫无动于衷地玩着手机。她捅了捅他，他咳嗽一声，清了嗓："拆不拆又不是咱们说了算。该拆就拆。"

母亲的嘴发抖，她注意到了。她想她恐怕是想早点离开这个蜗居，越早越好。但是旎旎上学的确是个问题，他们又没有钱。自从她辞了面包店的工作，"钱"提升到了家庭成员的地位。她专职在家里做小面包。做生意是这么回事：你看着别人做觉得"简单"这个词就能诠释了；到自己，不是"时运不济"就是"点背不能"。她瞧见手上沾着一块泛黄的面糊，把它擦到椅子上。

母亲说："可是换了房子能大一点。也方便帮你们看老二。"

她皱了皱眉："没有老二的事儿，我们没有这个计划。"

"为什么？"母亲说。

"没有为什么。"她说。她向丈夫寻求同盟。他低着头，看着被镜子包围的四面墙壁。她能看到他眉间竖起的那道线。原先，她会在吵架时见到它，现在它已经成了固定节目，笑的时候也竖起线，尽管他笑的时候屈指可数。

"冉为民，你们不要老二吗？"母亲把问题转移给了他，似乎明白这个家里谁说了算。她一直有这个本事。对家务事一针见血。

她突然意识到这是他们第一次共同面对这件事情。

"这不是在商量嘛。"

她看了他一眼。他的眼神里充满了倦怠，一到岳父母家里，他就会准时上演这个表情。她预见到回程的吵架。幸好他们现在有车。结婚当晚，他们没有车时，拎包去银行存钱。路上又吵架，那是头回吵架，内容早已忘干净，但记得愤怒的余痕。她掏出一沓钱，哗——撒到午夜的长街。钱迎着风、打着旋轻轻飘起来，那么没重量。她站在路中间，等着什么人不长眼把她撞死——但在那之前，最好他能醒悟一点，哄好她，那样他就不会"人财两空"。他也是那么做的。于是新婚夜，就是在两个人蹲在大街上捡钱开始，她一直用大腿内侧压着自己的红色敬酒服。要不然裙子就跑到屁股上了——此后，他们一直过着妄想能"捡到钱"的生活。她也从那后，再也穿不上那条紧绷的旗袍，或者根本没有场合能穿。那天他们损失了二百块。他们一直把那二百块当作一种鞭策：吵架破财。但是不吵架，怎么把日子和缓地过下去呢？有车的好就好在再怎么吵，车窗外就是车窗外，车窗里就是车窗里。损失变少了。次数也相应增多。没办法，事情都是两面的。后来，随着要孩子的不顺遂，他们的争吵就更多了。再后来为了调养身体，她从面包店辞职。有一天，她衣着清凉穿着洗旧的围裙。他从后面抱住她，那是他们婚后达到的另一次顶峰。算是分水岭，这次浪漫导致了一次实际的附属物：旋旋。从有了她开始，他们之间又变得清汤寡水。

"我有一把伞，送你？"语言陷阱，她会想，是送她伞，还是送她回家？"其实我观察你很久了。"出了门，他说。

"我哪有什么值得观察的。"她看着自己被雨沾湿的皮鞋。

"像不像它们在开交响乐？"

"什么？"她问。"就是云啊，雨啊，乒乒乓乓，砰砰咣咣哗哗……"她抬起头来，"我在学校的时候学过打鼓。"为什么要提到打鼓？"打鼓？就是那种架子鼓？""是呀，我打得很好，我节奏感还是不错的，后来没那个心情了。"

老天爷，进行不下去了。现代人都怎么调情？她往回走，但他跟着她。她确认了这一点。她抬高了声音。"对不起，"她转身看着他，"你好，我想说，我们并不认识。要是你很丑或者你并没有帮过我，我可能会骂你变态，然后如果你跟着我，我会报警。但是你真的一表人才。我又老又丑又穷还早早昏头昏脑结了婚。你这样跟着我，到底图什么？"他竟然继续在笑。这样下去，她可能会把他想成一个傻瓜。她抬高嗓音："我说的是真的——我一点儿也不好看，因为羊水过少，我做的剖腹产手术，我的肚子上一片片的瓜皮，还有一道疤。我可能永远都不会穿泳衣了，你在笑什么？"

"你不丑，你的疤也不会丑的。它什么样儿？别介意，在国外我学过一点西医。"

她快速向四周打量，掀起短褂。

"恢复得很不错。真的，像一张地图，你看，那一道道瓜皮——那些道路，"他说，"条条通向你的心，你那么善良的好心。"他声音低沉下来："你原来是不是在面包店干过？"他突然问。对了，这就对了，这就说明了为什么他能从芸芸众生里挑出她来。"我原来买过你的蛋糕，前年出差时，倒霉得要命，我手机钱包都给人偷了，准备走回单位宿舍。那天好像是端午吧，一路张灯结彩，我饿得要命，而那个蛋糕店飘来的香味太浓了。"她会惊讶地仔细打量着他。他继续说："我太狼狈了，把兜里的五块钱给你，说看着给我个面包就行，后来我看清，就五块钱，什么都买不起。而你呢，体贴地劝我买那些临期面包，你说那些其实很好吃，而且优惠。你说你自己就买这个。""那是我吃过最好吃的面包。"他说。好了，加以诠释，缘分这个东西的玄妙，上一瞬间你被生活压折了腰，筋疲力尽地单纯为了"活着"而苟且，下一秒你以为你历尽千辛所以有权利偷食人间禁果。这男人就在上个瞬间和下一秒中间出现，连零点一秒也没错过。她就是这时转过脸来迎上他的目光，她感觉到他伸手握住了她，脑袋里响起一阵巨响，掺杂着说话声、气喘声、锅碗瓢盆奏鸣曲——简单地概括吧——中年已婚女性悬崖勒马的声音，但，也许是鞭策？

晚上，他脱下鞋打鞋油。旎旎拿着姥爷赶集买的二手的塑料小陀螺。他放下鞋油，把玩具抢过来："跟你说了，有细菌。"他看了她一眼，她正和面，有个女人要了四十八个小兔子面包，给她的孩子庆生聚会用。她用胳膊肘擦掉了眼角的面粉，但只是糊上了更多。见他走过来，她说："那女人竟然要四十八个小面包，四十八个！"

可他说的是："说了别拿她姥爷买的玩具。说了几遍了，你就是不听。"

"他已经买了。"

"他就是这样，日子越过越差，因为他宁买烂杏一筐，不买好桃一个。"他说。

她放下面团，搓着手指缝："然后呢，我就该伤了他的心，然后这个世界上就没一个人关心我对吧？"

"我看你是找碴。"

"我说不过你。论辩论，你是第一。但我们这日子也就过成这样了。"

"你有什么不满意？"他的脚微微跷起来，显得比他本身一米七的个头高一点。但还是比她矮一点。"我们买了车，买了房。

有你住有你穿的，要不呢——你还在四十多平方米里窝憋！"

"你真伟大。你知道吗？贷款买车买房，好像谁不会跟银行苦哈哈求情似的！"

他一下把攥紧的陀螺朝她脸上扔去，陀螺擦着她的脸，撞墙上，又碰到不知哪里了。旎旎哭起来。尽管她的哭声一直都很像是"哈哈哈"。她小时泪腺不发达，要分清是大哭还是大笑还得费点力气，但现在他们都很清楚，他们在孩子面前吵架太多。但是还没有办法。她说："你发完脾气了吗？"烤箱响了，她把一盘面包放进去，回来揉面。他还站在那里："不要二胎是什么意思？"

"我以为你知道，就我们这个条件，养一个就够困难了。旎旎的生日你就只能给她买个气球，而且我生意刚起色。"

"生意？"他说，"你把这个叫生意。这种兔子玩意儿？一周卖不出去几个？"

"四十八个。我今天晚上要做四十八个。"

他说："你就是做四百八十个也发不起家，你就是做四千八百个、四万八千个……"

她发狠揉面，控制不住掉了泪，啪嗒啪嗒往面里跑。她擦干眼泪继续揉，假装揉的是他的脸，他的五脏六腑。

她告诉他，她丈夫如何羞辱她。他们坐起身来，喝啤酒。啤酒是从冰箱拿出来的，清冽爽口。她赤裸的身体一半摊在床单上一半立起来。胸部没有因哺乳而下垂或者乳头粗大，所以她露出来。他抚摸着她的瓜皮纹路，枕着她厚实的大腿。

"要不你离开他？"他说。她承认她千百次要离开他。千百次。在她发疯了控诉他而他一言不发时，她甚至念头里有掐死他这一项，就为了不想见他们离婚后，他再跟别的女人在一起。

他把手机放进她手心："打电话给他，告诉他。告诉他他是

　　　　　　　　　　　　　　　　　　　　　　　冷静期 |

个傻×，他错过了全世界最好的女人。你就这么说。"

她摇摇头。目光越过窗户，看见房顶堆满了慢慢坠落的雪花。"我们也不是都不好的，"床头挨着两排光洁的暖气片，无声地发出温暖，她两胳膊交叉抱住胸，"那时候我在面包店。我妈就希望我找个条件好的。她总说'条件好的条件好的'。好像条件好的能看上我似的。她给我介绍相亲的男孩离我们家不到五条街，是两层小楼的房主儿子。我妈带我走过去，'看，要是嫁给他，你就改变命运了'。真的，你别笑，她就是这么说的。那男孩刚转业回来，上一个女朋友把他甩了什么的，反正他挺低落。我知道他是个好人，这点毋庸置疑。但就是不来电。你知道那是怎么回事。反正提不起兴趣。别笑，当然你理解的那个意思也没有不对——打电话很快就不知道说什么，而且我宁愿一个人待着。对了，他约我出门，我都不洗头发。但遇到冉为民，对了，他叫冉为民。我们就从晚上八点聊到隔夜一点。一见面我就要洗头发，把头发洗得又飘逸又香。你问我们怎么遇见的？是在同事婚礼上，他加了我的人人网，我们一打起电话就没完。然后我妈推开我的门，吼我，意思是要遵守妇道。但我只是在相亲，突然我就明白了，我不能跟那个男孩见面了，就算我不能跟冉为民在一起，我也不会选择他。你看爱情它是这样，它一开始就是一种原始冲动。没有冲动，就没有爱情。对不起，我是不是说多了？你怎么不说话了？"

"你还要我说什么？"他冷淡地说。屋里的暖气似乎停了。她觉得冷。她穿上衣服。他看着她。她裹上大衣还嫌冷。双手放在暖气片上，她摸到了细细碎碎积攒了一个冬天的灰尘。窗外下着的雪在黑暗中更汹涌了。这是学生时代老师教的办法——气氛烘托。她想，也许外面并不比屋里冷。

她送那四十八个小兔子面包过去。第二天接到电话。

陀　螺   241

"你好，谢谢你呵。"对方说，"面包小朋友都分享了。个别有点咸。"

也许是眼泪的味道。她应该把这个面包重新命名："伤心的兔子"。

对方又说："对了，我家宝贝吃到了那个礼物。"

"什么礼物？"

"啊？那个陀螺，难道不是幸运抽签吗？小时候妈妈在水饺里包一枚硬币，谁吃到谁好运，我以为是这个。"

她盯着桌子上摊开的面粉："对。是幸运签。"

"吃到会有什么？"女人咯咯笑。

"会有，"她顿了顿，"一张连锁店优惠码。你们家离那儿挺近。"

"好吧，"对方声音沉下去，但很快又浮上来，"其实那也不错。毕竟是个幸运签。"

"对，而且那家的带鱼很新鲜。你什么时候方便，我给你送过去？"

接孩子放学的路上，他停在路口，她下去送券码。

她出来时，恰好遇见——正是跟她共享过券码的男人。但他并没空着手，反而挎着一个貌美娇小的女孩。她盯着他，眼里险些磨出火光，直盯着他们转过弯。她紧走两步，攒在他们身后，她听到他在笑，而女孩仰起脸来，天哪，脸上的光辉和快活满得溢出来。

她浑身颤抖，垂着的手攥不成拳头。她掏出手机，作狠要删除这一切，删除了他，删除了他的号码，删除他的短信，删除——她划了一会儿手机，抬起头来。

8月份响亮的太阳照在她身上——多么幸运。她伸出手，攥着的是那女人交还的陀螺。这是一支幸运签。

她回到车上。旎旎接来了，扭动着身子。他看着她："你高兴什么？"

"我乐意高兴。"她说。

他也笑笑："我也乐意你高兴。你高兴多好。"

车开动了，一直开下去，开到冬天下雪的日子。

本文头题发表于《大观东京文学》2022 年第 7 期，

被"ONE·一个"转载

大雾迷城

一

车驶上环山路不到五分钟，徐方开始骂爹。大雾迷城，能见度仅几米，除了前车屁股，其他都是一堵灰白色的墙。这个天气下，所有车都像是在一锅浓汤里煮炖，仿佛被老树淌下来的松脂缠住了，定格成了琥珀。

这哪里是往前开，这是一步一挪。前面车往前递一点，徐方握着方向盘往前开一步，这是跳交际舞，跳华尔兹呢。徐方又骂，骂了大雾骂气象局，骂了气象局骂北边邻城。今天手机预报还说，天气晴朗。山城，雾气走不出去，小风一刮，气流全喜滋滋地冲过山谷搞跨域旅游。在一个辨不清前方信号灯的十字路口，徐方又亦步亦趋地停下了。像是试探着打招呼似的，前面喇叭响了，身后随即几辆车响应。前后响声星星点点地连缀起了，奏起一首刺耳的交响曲。

前方堵车了。

整个六车道趴满各式各样的车。喇叭声山一样连绵起伏，他们沉落在灰色海洋里。他们在海底下心焦、缺氧、窒息。

副驾驶的贾莎听够了徐方一整个早上的吐槽，半眯着眼睛养精蓄锐。九点，她有个重要会议。得了，她想，每回都说是"重要会议"，哪回的内容都不值一提，无非是柜台几个小伙子着装不规范。上面穿得利整：西装领结白衬衣，下面呢？牛仔裤运动鞋。起身为群众复印身份证，露馅露得很难看；要不然就是办理ETC的任务。上周她已把有车的亲人们都给安排上了，微信圈已淹没为工作重灾区，业务内容一条比一条催命。下一周，她不敢想，实在不行就把徐方的同事们都拉来完成任务，徐方的亲戚都在老家，真是一个都没指望。什么年代了，还用着板砖手机、老年机，微信没有、支付宝没有，当然了，车也是没几辆，有车的几位，眼睛能长到天上去……

徐方耐不住了，他才刹住车，从储物箱掏了一个泛黄的3M口罩戴上，开门，迈进浓得化不开的雾里，往前蹚，看看到底是哪个孙子坡起熄火。

大多数车主都安安静静待在密封得像铁罐子似的车里。如此一看，路上又成了一排摆满罐头的货架。车主们躲在驾驶室里发泄愤怒，不住按喇叭，间或震得徐方耳朵鸣响不停。听说巨大的分贝容易致聋，他就把嘴张开，又想到这不是为了不致聋而直接吸毒的饮鸩止渴吗？于是闭上嘴，并用冻得像大理石的手堵住耳朵。走了十几米，才眹见十字路口中间的三辆车：宝马、奥迪和斯柯达正无限亲近地凑在一起，商量事儿似的。车前后左右都被无数其他车逼仄着。喇叭不停不歇地响，像在质问：咋了咋了？

几个人站在车旁。打电话的，抱孩子哭的，骂爹的，戴着口罩墨镜腆肚子的，一共四人正无效沟通着。被堵在后面的车主，探出头来冲着四位喊，先把车开走，堵着路像什么话！

骂爹的偷出一嘴空，立刻回：你他妈看明白责任咋划分了！我开走了，他妈你给我赔啊！

探头的那位，眼看半个身子要凑出来，被副驾驶上一个戴口罩的女人扯了回去。隔着车玻璃，二人演内讧哑剧。

骂爹的那位叫赵治，奥迪 A4 就是他的。情绪暴躁，宿醉，半夜摸进家门，却敲不开卧室门。媳妇在屋里吊着嗓子骂他，改不了喝酒的毛病你就别进来！媳妇说的话是圣旨，但是将在外军令毕竟有所不受。酒场上他不喝，他的生意就得走低。所以，他不怪媳妇，他的"不怪"中夹杂着对女性"头发长见识短"的一种宽容。

　　懂个屁！这是他的口头禅。但当着媳妇面，他噤若寒蝉，毕竟挣钱的是他，管钱的都是媳妇。想来经济命脉掐在她手里，一惹恼了给你断炊断粮，你就是秋后的蚂蚱——蹦跶不了几天。他是典型的耙耳朵。

　　昨晚他在客厅沙发上凑合半宿，夜里掉到地上，就地又睡半宿，凉了半边身子。早上起来，他埋怨。媳妇说，活该，我给你生孩子，一有点风吹，我比带翅膀的虫子知道得都早，我浑身疼！也该你感受感受。

　　今早一出门，大雾。这哪是大雾，这简直是穿越厚厚的乌云层。他正往前开着，头昏欲炸，雾灯竭尽全力地没有效果。他怀疑是昨天代驾那小孩把他车碰了。他早就说，嘴上没毛，办事不牢。但刘董已经把他像个棉花袋子似的塞进车了。代驾一路倒平稳，最后倒车进库时，他明显感到后轮胎嗡嗡空转，进了车库又是一震。他家车库比外面高二十厘米，就亏了这二十厘米，利奇马登陆时，就他家车库没被淹。但要直挺挺地从水泥糊的坡度上精准倒入，技术上得稳准狠才行。劲小了进不去，劲大了伤车。他怀疑那代驾不仅把他前杠撑了，还把雾灯撞了。

　　个龟孙子！腮帮子疼，绿灯亮了，他猛踩油门。这时，从他左边蹿出来一辆斯柯达。像条银色的鱼，尾巴一摆，向着他的车道挤来，他忙往右猛打。这下好，身子上下一颤，沉进了一头软绵绵的黑洞——他跟后面的车撞了。他是夹在车中间的人，就像他的生活。

后面撞他的，是辆宝马。车主郑致富不想出头，缩在驾驶室里，戴上口罩，又把墨镜戴上了。他老婆不知道他今天还在童安市，老婆以为他出远差了呢，昨晚他在宾馆和小老婆过的夜。

作为一家公司的主要官僚，职务不小——比如他是副总经理。但你可以叫他郑总经理。小老婆二十岁，做实习生时就跟定他了。至今不知是因为钱和权的缘故，还是因经钱和权浸染而特有魅力的缘故，总散发着吸引年轻姑娘们的味道——当人有钱有权了，人、钱、身份三者沆瀣一气，你就无法把人和身外之物割裂了。得，只有穷小子才说"去标签化"，才说一个人只代表除去身外之物的纯粹个人呢。不不不，有身份的都是那个身份。

小老婆现在才二十五岁，还芳华着。女人的生命就是完成一场精美绝伦的抛物线，一直干瘪，然后迎来二十岁至三十岁的璀璨绽放，然后一直萎谢下去。男人最好就等在抛物线那里，干瘪和凋谢的时候都不要参与，太寒碜。

上周五，郑致富跟家里糟妻说，要出远门，周六、周日还有周一。糟妻陈玫打点好行李，抱怨说，怎么你们公司老派元老出差，知不知道尊老呢。

他回头瞪她一眼，啥老？哪儿老了？

陈玫打了下嘴。口误，她笑说，我豆腐渣了，你还一枝花呢。我知道，公司没你不行，转不动。可咱家没你也不成啊，你瞧咱妈，进口药吃半年了不见好，这糖尿病就怕并发症。

郑致富沉默地盯着镜子里地中海似的头顶，仔细把前面的头发捋到后边空地上。多亏你照顾着，我再往卡里充点钱，你看不行换个大夫开处方，实在不行，下周吧，我下周带她去北京，我瞅着咱医疗技术不行，大城市还是有大城市的好。

我也去。陈玫抱着胳膊从镜子一侧打量他。

你去干啥？我好容易有个假。他抓紧出门，把陈玫的脸关在屋里。

跟糟糠之妻度假像办公。跟小老婆，办公也像度假。

今早，他携小老婆游玩回来了。小老婆在车后座搂着一堆购物纸袋。真烦，小老婆说，这么大的雾，车也开不快，我还得上瑜伽课呢，这都晚点了。

她隔着真皮驾驶座左右胳膊伸长，搂住郑致富，郑哥，她把小铲子似的尖下巴扎进他西服肩，你老送我，还不如给我买辆车呢。郑致富开车时瞅着小老婆在后面又是描眉又是画眼，从新款包里掏出红包点数。小老婆跟他撒娇那会儿，他正出神，前面凭空转弯了一辆奥迪车，哐当一声砸过来，才回过神儿来。

二

大雾没有丝毫流逝痕迹，日头倒着急先发了，红得像双黄蛋摊饼，没羞没臊地躺天上。日头不似月亮，有阴晴圆缺，日头总是又圆又大，不能寄托相思，唯有告之世人早起，要开启一天的希望，被误解为"勤奋"和"温暖"。反正——张章恨自己没有"勤奋"早起，太阳都撅得这样高了，他竟还在路上。

他就是打电话的那位斯柯达车主。

他急得跺脚，妻子刘笛在车里抱着孩子一头急汗。两岁孩子小棉袄正发烧呢。咳嗽三天，阿奇和奥司他韦交叉吃了，病情依旧。脸憋得又红又热，一咳嗽浑身就像风箱子似的颤抖，发出的声音越来越大，越来越空，竟像是山洞里的回声。刘笛前晚就说去医院，婆婆拦着的。婆婆的意思，小孩子生病是常事，你们年轻人总要大惊小怪。婆婆磕了一个生鸡蛋灌进小棉袄嘴里，小棉袄昏沉沉睡了。半夜咳嗽没有，两个人不知道，因为婆婆正好心搂着呢，今早上，婆婆咣咣咣敲门。

原先俩人屋门不锁。有一次，正进行恩爱前准备工作。婆婆径直推门而入，怀里揽着叠好的衣服。时值酷寒，幸有被窝掩护，且还没各就各位。但张章瞬间不举了。刘笛此后回屋就锁门。张章说，锁它干啥，防贼似的。刘笛声音压着，我怕你不行了！张章把熟睡的孩子抱到小床上，嘻，多大点事儿，能因为这个还不成了。刘笛又道，多害臊，你还光着呢，万一夏天呢？张章勾着食指擦她鼻梁，做息战准备：我小时候，她还给我洗过澡，你咋不追根溯源从那时候划清界限？刘笛恨道，快拿了你的臭手，你不害臊我害臊。

今早上，婆婆惯常扭门而入，发现锁不动声色地冲她耀武扬威。她砰砰砰敲门：快看看孩子！

孩子没事，但是婆婆说得吓人：昨晚你们像睡死了，我打不开门，要是打开，我就把你扭着提溜出来，孩子都高烧了听不见！言下之意，孩子烧起来都是锁的错，表面怪儿子，实则句句打在刘笛脸上。

早饭没吃，两人急急慌慌往楼下跑。路上，刘笛请了假。张章不敢请，赌部门老大今天不找他，在雾气中闪躲腾挪，猛踩油门。雾太大了，绿灯最后闪烁的几下，他瞥见右前方一个空位，猛地冲出去并道。

前面赵治也正加油门呢，急得往右边打方向，三车就这么猝不及防地撞上了。

张章一直在打电话，给保险公司打了又给他妈报备，给他妈打完，给老板道歉。给老板道完歉，跟朋友打听事故责任。刘笛在车里憋不住，把口罩罩孩子脸上，下车出来，说话又冲又急，说着说着脸上还挂上了泪。郑致富一摊手，我也是个受害者啊。

赵治不敢骂她，道，你们怎么开的车？着急也不能乱插队啊，再说你插队你也得打方向灯给个示意啊，本来就起了这么大的雾，这下好了！谁也走不了！

三

对向车道里，苏保祥脖子上颠着照相机，跑过来。

保祥年轻，才二十五岁，上班有三年了，晚报记者，主要跑各大小区，关注的都是些谁家暖气费不交导致一整栋楼不供暖，谁家装修把楼下墙皮砸掉了，谁家拒绝安电梯成为众矢之的等等这类风土人情。最近报道的则是得意之作：安装了摄像头的小区进了小偷，多户人家报警，想调摄像记录，才发现那是个塑料摆设。他把这种题材写成了集趣味性和知识性于一体的阴谋大局。带他的师傅说了，小苏，你小子有点意思。

师傅说过，职场新人刚入行都有个表现欲，想给领导同事留个好印象，干活都特别生猛。这时候你不要评价他，也别以为这就是常态。一般来说，男的就看两年后——该考的就考走了，该吊儿郎当的就郎当起来了；女的就看婚后——不少女孩就把小家庭搁事业前面了。凡事，你跟她谈工作，她跟你谈困难，你跟她讲原则，她跟你倒苦水。生了孩子的女性那就更像是掉进灰里的大豆腐，你吹不得打不得，只能算半个战斗力。师傅转了转手里的烟说，但你就行，你热情不减，反被这些鸡毛蒜皮烧得更旺了——他师傅把定论已经给他盖上了。苏保祥更来劲了，天天细脖子上坠着照相机。路见不平一阵咔嚓，办公室里妙笔生花。

他小时候最爱看武侠，影响极深，时刻装着"侠之大者，为国为民"之理念。后来上了学，就冲着法律学，觉得法律是最接近行侠仗义、侠肝义胆的，为的是一己之力改变世界，然而实习阶段，他在法院、检察院看到的，跟自己理想产生了非常大的罅隙。法律要求的持重、严格、谨慎，与侠气大相径庭，他有些失望。毕业时《童安晚报》来招考，打出的口号很震撼：揭露假恶丑，绘就真善美，铁肩担道义，无冕之王就等你！这些字眼铿锵有力，让他一步迈入新闻记者行业——倒也适得其所。但师傅交代了，一开始他不能写针砭时弊或者社会良知的文章，他先要打基本功，写民情民风和生活百态。什么时候能出师呢？

师傅把烟插进嘴里，别急，慢着来，慢着来。

出门时，雾气险些把他挡回去。他有过敏性鼻炎，对着空气就开始喷嚏连连。鼻涕像是潜行军顺着鼻管往下迈步，于是痒也发作于全身。他把脖子都挠红了，狠了狠心，还是开车上路了，直觉告诉他，灾害天气，正是民生素材孵化器。题目已起好：

《大雾迷城——童安市的眼睛，你还好吗？》

他存着侥幸，驶上环山路。毕竟身处寒假，估计家长们都蛰伏了吧。他一边开，一边用手摩挲着脖颈，安抚蓄势待发的一阵阵咳嗽。

在目睹了三车在十秒钟内就完成了悲壮相撞时，他车靠得最近，猛地一踩刹车，把一串咳嗽顶了回去。

下车照相时，就见打电话的那位终于放下电话，开始向对面车求救。他很快看懂了他的意思：孩子发烧了，烦请谁能送到医院。上班的点儿，四面的车都在车道上停得老老实实，更别说，交通事故还加剧了瘫痪——这就是自作孽。

旁边站着的那位说道，你孩子生病，我还生病呢！路怎么瘫痪的？还不是从你不遵守交通规则开始的？说着，那位也打起了电话，喂！你们什么公司！昨天派的代驾把我雾灯给撞坏了，你说怎么处理吧！我他妈因为这个出交通事故了！我在环山路千山路口！

保祥开始照相。一开始他收敛着，后来就弓着腿、大列步，照了车是怎么撞的，照了四面八方堵得像罐头盒首尾而接的境况，照了远处沉默的山，当然画面上只是一堆朦胧的雾，这更好了，起名就叫《你看得见山吗》。照着照着，感觉后脖颈一凛。

照什么呢！背后一个压低了的浑厚声音——如果声音按流量计算胖瘦，这个声音够粗，是"胖子"——谁叫你照的？删了！你听见没！

嗓子一阵剧痛，声音是被挤上来的：我是晚报记者……话还没说全，对方更暴烈了，把他像个小宠物似的扭转了身，面对面，冲着他小腹就是一脚。

哎，干什么呢。徐方上前拉架。他看了好一会儿热闹，把一个三车相撞的交通事故看得有点眉目了。把戴墨镜的人先抱住：你先放手兄弟，有话好说兄弟。他不是说了吗？晚报记者，取个镜头而已。这种雾天、三车相撞、全路面瘫痪也不是每天都能遇见的对吧？

你倒好说话，滚蛋！戴墨镜的推开他，他力气大，把徐方推得一踉跄。保祥捂着胸口风烛残年地咳，抬头一看，不错，声如其人，是个胖子。

戴墨镜的胖子还欲上前再踹。瘦小的徐方紧搂着，像筷子夹住了八爪鱼。墨镜转脸吐了一口吐沫，落在徐方身上。徐方松手去擦。墨镜一下就把相机从他脖子里拎出来，用与身形相反的灵活，迅速弹出存储卡，一掰两半。

你太不讲理了！保祥冲上前，又被临门一脚。

是我不讲理还是你不讲理？这是隐私，隐私，你懂吗？

　　　　　　　　　　　　　　冷静期 ｜

这是事故！保祥抱着自己的肚子，指着三车相撞的现场，事故涉及民生，怎么就隐私上了？

晚报记者？戴墨镜的往里推了推墨镜，又整理了遮住脸上半壁江山的口罩，不就是些寡廉鲜耻的社会苍蝇吗，盯着金钱名利，你就能有金钱名利了吗？

你知道吗？保祥站起来，对，我们是苍蝇，但我们盯的是——屎！

四

太阳出来后，大雾还在声嘶力竭地弥漫。

那边打架，这边赵治还在骂，他头疼得要炸开，简直要像宙斯一样，将从头脑中炸出一个雅典娜。末了，他自嘲地笑了，嗐，他可没那种能炸出智慧女神的脑子。那堵上他的斯柯达夫妇，尤其是那个女的，一副她孩子生病全天下都得原谅她给她让道的姿态。当然，他也很欣慰地看到，附近的车都在不耐烦地用嘀嘀声来回应。据说交警也接到通知了，但是雾太大，事故频发，挨号处理。瘫痪就瘫痪吧，大家都心照不宣地隔一段时间按一会儿喇叭。喇叭声是连缀着的，响起时，全天下都是哀嚎。喇叭声闭了，这个世界都像是沉寂的夜晚。

有人叫他。一辆电动车停下，一个小伙子把头盔和护膝拿下来。

傻×，赵治骂，骑个破电动你还装备上了。

代驾走到他身边说，大哥，真不是我撞的，昨天我想开大灯，都没亮。

去你妈的，肯定是你他妈给我撞坏的，我昨天好好地开到饭店，它自己蹦了？它他妈自行销毁的？

代驾咬紧了下巴，大哥我刚开始干这个，我很小心的，我昨天看了……

你他妈技术渣、眼神差、还他妈嘴硬。得赔偿我，你瞅我这个车给撞的，要不是这雾灯，我能看不清吗？我他妈能吗？他把胳膊抱起来，瞪大眼睛盯着小伙子。

对方不吱声了，大哥，我真……

傻×，你别给我嘴硬，赔偿！快！给我找拖车。不是我赖上你了，你瞅我啥车，赖你有必要吗？

代驾小伙子就差跪地上了，行，大哥我赔你。他抹了一把寒风中的鼻涕，把手从外面罩着的工装（上面写着"宇鹏代驾：我负责开车，您负责放心"）里掏来掏去。赵治以为他要掏钱，正摊开一张油乎乎的大手呢，对方怯生生地给他递上一根烟。

赵治把烟搁嘴里，代驾小伙子又像哆啦A梦似的掏出一盒酸奶，大哥你先把这喝了吧，我今早买的，你昨天喝得太多了，吐了一车——我把你车擦了，但是太黑了，有些地方可能没擦干净。酸奶醒酒的，你先喝了吧。

这简直是以德报怨了。

张章哀号，小棉袄从高烧中醒过来，开始竭尽所能地哭。刘笛也哭，又是埋怨他，又是埋怨天。然后追根溯源，从不应该嫁给他开始数落起来。张章没说话，这是刘笛生孩子后吵架的老套路，一定要从"我就不应该嫁给你"算起总账，这笔账算着算着就到了他妈（不是骂句）头上，吵架已有路径依赖了。

两人吵架，旁边有人打架。临近车里，有坐不住来看热闹的，也有来拉架的。刘笛还在控诉，大雾把她的脸衬得更丰沛了，又圆又大像一只烧饼。张章有点饿了，往常他妈都做好早饭，今早省略了。刘笛还在哭，仗着孩子的哭声，自己哭得更有

冷静期

来路去路了。喇叭声给她伴着奏，声音直直都冲着脑门过来。这声音——不管他愿不愿意，总之就扒开他鼻子，灌进他身体，他觉得自己空荡荡的，只剩一腔声音了。

别说了！突然他觉得自己聋了，不愿嫁我就离婚！

刘笛果然不说话了。世界安静了。他还没来得及感谢安静，刘笛"啊——"的一声号啕起来，也不管小棉袄吓没吓一跳。

离！她喊，雾把这句话截回来递给他。

五

出租车司机孙一伟刹车从后备厢掏出一瓶矿泉水灌嘴里。他干出租已经二十年了，最初开始干的时候，是跟三蹦子抢生意，那时候三蹦子五块钱，他们收六块起步。按说他们的装备四面不透风，遮风又避雨，这多花的一块怎么说都值。但对很多老百姓而言，一块钱更值得委屈，值得在冷风中冻一会儿。一会儿就到了，他们这样解释自己的寒酸。后来三蹦子取缔了，他迎来了几年好时候。可是，好时候总是那么少、那么短暂，很快，私家车保有量像跳了级，似乎人人都有车，人人都开车。他以为他的事业遭遇了瓶颈期，不，他想早了，他没想到——网约车大军洪水猛兽似的袭来，黑车、滴滴快车、顺风车群魔共舞，还有共享单车、共享电动车一起作祟。他的"钱程"是这么黯淡下来的。

三天前开始，他去市政府跟浩浩荡荡几百个同事——是的，他们干着同样的事，可以成为"同事"——大家都是拖家带口在挣本分钱，干出租车不容易，怎么管理费不降就罢了，随意贴罚也忍了，自行车来割地盘也算了——网约车抢生意就没人管？还借口说这是公平竞争哩！不，出租车不能也不可能搞自由竞争。那样的话，得多少人蜂拥进来啊。一块蛋糕本就巴掌大，都来割一块，最后搞慈善得了。

闹了三天罢工，城市非但没瘫痪，嘀，网约车干得更起劲了。出租车师傅有几个没沉住气，在网上转发"大家抱起团来给叛徒们些颜色看看"的信息，又带了弹弓把还在工作的"叛徒"车窗打破。公安骑着电驴子出动了，带头的老张大哥以涉嫌扰乱公共秩序给逮起来，之后大家就像沸水出锅遇凉水浇灌，突然就静了、垮了，无声无息地解散、隐匿，融入城市的各个角落。

那三天，像是乌云淡去似的，在所有参与者的记忆中凭空消失了。夹杂着寒心的耻辱像一把把小匕首，插进了他心头——这个他热爱的城市，每条街道、每个建筑，他日奔夜走瞧着它从荒芜跋涉到繁荣，他咒骂它但热爱着它。他载过无数生活在这里的人，同他们交谈。你不能说那只是交易，在每一次完成"搭乘"这个动作时，他把所有的领悟都放进去了，可以说，他把自己的人生都放进去了。然而，这个城市非但没有因为他的罢工而变得消极、停摆，反而不为所动。城市将他轻易抛弃，就像历史抛弃了史官。

早上，他穿好衣服。老婆问他，咋还出车呢，不是罢工要来个狠的嘛。他抽了根烟，烟雾从他嘴里袅袅而出，说道，不去了，挣钱养家。他看着窗外，雾气像个大怪物张牙舞爪地扑面而来。他明白自己，他已经不再把这当成一种人生，他以后只把它当作交易。

看清楚前面三车相撞的情形，他原本坐着发呆。车里放着交通音乐之声。往常，他特喜欢跟乘客侃大山，喜欢路见不平一声吼。今日的他，沉默着。后来他又看到有人打架，还有把腰躬成九十度像是在道歉的——但道歉的又不是肇事车主。当喇叭声成了一种背景，从日常声音中淡出去后，他听到了女人和孩子的哭声，像风穿过破扇面那样的咳嗽声。那些声音生生将大雾搅碎。

　　　　　　　　　　　　　　　　　　　冷静期 ｜

不行，得管管孩子，脚迈出去又收回来，嗬，管他的！唉，不行，我熟悉路，又把脚往外迈。切，熟悉路的又不是只有我。×，谁叫我闲的！我是闲的！他终于说服了自己。下了车，赶在小两口面前。

上车，他说，接着用一种类似京剧的唱腔说，待我给你杀出一条血路，想了想，纠正说，一条路！去医院的路！我是出租车司机。他又把这句话加上，把胸膛往前一挺，快上车。

刘笛的神情恍恍惚惚的。张章先反应过来，成吗师傅？他问，对面的车可是堵得严实，说完他垂下头小声补充说，当然，我造成的。

正喝牛奶的赵治凑上来，哟，你可算认错了，你咋嘴不硬了呢。不说是我没长眼吗？我说，这车可不能动，奥迪，识得吗？你那点车险赔得起吗？我保险公司在路上了……

刘笛抱着哭成一团的小棉袄朝他这走，少讹人……话没说完，张章把她挡在身后，一脚迈到出租车司机前面，我开车技术不行，责任算我的，把我孩子先送医院吧！

郑致富这会儿休战了。他肚子大，力气储备足，往旁边一站，就有强到令人丧胆的气势，我得抓紧走，保险公司什么时候来？

别管他们，孙一伟说，我能行，我干出租——他用手指比了个胜利的姿势——二十年了。刘笛抱着孩子钻进孙一伟后座上了，张章关上门。刘笛朝天翻白眼，给孩子治完病咱就去民政局。

那出租车往前一蹿，眼见着要撞上前车头，刹那间立刻猛拐，车发出刺耳的摩擦声。他转弯，把车开到反向道上。反向道也并不乐观，车辆都密密麻麻地蹲着呢，在缀成串的喇叭声中，大雪像把老天的羽毛被捅开了，一片片，一簇簇，从天而降。

六

孙一伟从桑塔纳钻出半个身子，大家给让个行，四十五度！网上视频见过没，微信群转群发的那个？四十五度让行！咱车上有发烧要紧急就医的孩子！大家听我的，左边往左打！右边往右！让半个屁股！谢谢！

四十五度让行！这边站出来一位刚考上公安的小同志，叫武元的。他也冲着大家喊，这句话像个咒语一样在车与车中间行走。雪花片片堆积。

环山路开始了另一种嘈杂，车辆在动，所有车几乎是慢吞吞地摩擦过路面，有些车主喊，不是我不想动，真没空了！

有技术的车主主动下车帮助技术生疏的车主。一阵汗流浃背、热气蒸腾。大雾在人气旺盛的地方显得单薄了。一阵车辆的嘀嘀嘟嘟声。一段仅够一辆车通行的路面，像女人分边梳的头皮般露了出来。

在艰难的移动中，孙一伟觉得自己又重新回到了这个城市，回到了那些曾经接纳过他的人们身边。他穷尽了自己所有闪转腾挪的技术，在狭小的道路中贴着其他车辆缓缓移动。雾气好像也在适可而止地散去。这个城市又重新回到大地上。然而，几十米后，一辆卡车严严实实堵着路。卡车司机伸出头摇晃，尽力了，真的动不了。周围几个有胆气的驾驶员纷纷上他车，调了半天，也垂头丧气下来。

哎呀，你们傻了呀，绕过去呀，先抱着孩子往前找找，找个好心的师傅转个弯，前面再走几十米就又是红绿灯了。有人突然尖声提议，那边掉个头能拐弯换路了。

这条建议听上去很奏效。孙一伟帮他们打头，跑到前面跟其他出租车游说，又有一辆出租车师傅愿意通过四十五度让出的路面倒着开车，把孩子送到另外的路口。

那个……刘笛口拙了，嘴里光吐着大圈白气。

我收你六块钱，孙一伟说，你到地方了，再给咱这位师傅结账。放心，他粗粗地笑，绝对不绕路，对了，小家伙怎么还哭啊。他搓搓粗糙的大手，犹豫着提出抱抱小棉袄。刘笛更犹豫，看着他油污的衣襟，但对方已经从刘笛手里抱出来，看着小棉袄哭花的脸，帮其绑了绑衣服——他一愣，我去，你家棉袄是个男孩哪！

七

那天大雾的清晨，在环山路与千山路路口三车相撞事故，全路面瘫痪，几百辆车在寒风中共同见证了冬日第一场雪的到来。这场事故中，雾霾是肇事者，大雪是助推手。直到下午，在交警、拖车和保险公司及热心市民的配合下，车辆已实现分流，拥堵状况缓解。

在警戒森严的口罩森林里，排了一上午的队，医生验了血、开了药。刘笛一阵忙活，给小家伙挂了吊瓶，直到下午三点钟，总算从医院大门里出来了。雾气散开了，漫天的大雪像是碎纸片似的从天空中给谁扔下来。小棉袄端坐在她怀里，扯着袖子，妈妈，你瞧，大雪！我要雪人，我要玩雪！

太冷了，你还没好。她叹了口气，气体把飘向她的雪都打湿了。张章倚着电动车，在外面等她。

车呢？她问。

拖走了呗。

事故呢？

处理了呗。

责任呢？

我六成，后面那车二成，最后那辆一成。

不够十呀？

对，他叼着烟笑，交警说，还有一成是怨这坏天气。

刘笛也笑，那赔偿呢？

三车保险包了，对了，得亏那个宝马车急急火火开走了，说由他们公司跟我们对接。我估计是个大老板。

那离婚呢？

今天交通瘫痪，咱们过去，估计民政局就下班了。

那，明天呢？

今天事今天办，明天管不着今天，办不了就继续过呗。别废话了，快上来坐吧，恋爱那会儿你的专用座驾，我从地下室刚捞出来的。把儿子夹中间搂紧了哈，我可是马力很大呢。

他们到家，小棉袄非要下楼看爸爸堆雪人，张章抱着出去了。刘笛进屋换了鞋和衣服，看见婆婆正在厨房做饭。热气把玻璃舔花了。婆婆从热气中拉开门迎出来。回来了？她问，孩子好点没？

查了，没事。刘笛说。她在餐桌上坐下来。

今天腊八，我做了一桌子菜。婆婆摩搓着两只像老树皮一样的手。她一趟一趟去厨房，端出八九个用盘子从上面扣着、外面焐上毛巾的盘子。还热呢，今天你们结婚纪念日呢。

刘笛想起来了，可不，腊八结的婚。当时张章用电动车驮着她去赶回老家的长途车，他还跟她说，别人结婚喝酒吃肉，希望你跟着我年年有今朝，岁岁能吃粥。

八

赵治发现酸奶对解酒很有帮助。第二天，他把奥迪车开到 4S 店。店员拍他肩膀，你早该来了，这几天大雾，我还想着你那雾灯控制模板出问题了，上回没给换，没来得及给你打电话呢。这事儿整的，你这车得来个大修理，得，给你九五折人工优惠补偿。

虚！太他妈虚！赵治说，比你他妈肾还虚，上回啥事没有，人工还给我九折。突突这么多废话才九五折。你说虚不虚！

汽修人员笑，行吧，九折就九折吧，反正都保险报销，你这大老板老抠唆我们这点血汗钱。

我这是大打工仔，快点。一边笑，赵治一边在心里恍悟，他冤枉那个代驾了，那小子头磕地了他也没饶他，连卷带骂投诉了他一通。这孙子，他心里骂，但是没有抒发的对象，他只是用咒骂来缓解压力。

回家媳妇说话了，太好了，把你惯得，都一身肉了还开车，你也好歹走走路，你那精子都是给这些肉耽误的！一个个游不快，病的病，亡的亡。媳妇唠叨起来就像是家里住了八百个和尚。

过了一段时间，他又喝了酒，在外面花坛里吐清醒了，他又打给了宇鹏代驾。号码好记，末位是五个九，他含糊了又含糊，终于问起代驾把人雾灯弄坏受投诉的事儿。这个事儿一直在他心里揣着。电话打出去，他可以把事儿先放下来。

对方说，辞退了，刚干就这样，以后肯定更不行。

那孙子——那小子不错的，给我个那小子的电话。

对方犹犹豫豫念了个号码。他晕乎乎地用手机记了。

喂，他拨了新号码，你这小子还记得我吗？他有气无力。

对方回答：啊？我马上到，是您点的外卖吗？

靠，他妈跑外卖了你？离不了你这腿。行，他感觉头痛欲裂，那我要个外卖吧。

您还没点餐吗？具体位置？您要什么？

他又窝着腰吐，转而换了姿势，坐在地上看着天。天没有下雪。其他人都走了，停车场只有澄明一片，月亮四平八稳地端坐在黑暗中。

呃，一盒酸奶吧，他说，找最近的铺子买。

《大雾迷城——纵身在迷雾，人间真情渡》见报了。师傅看着晚报样刊，敲打保祥的肩膀。不应该啊，他抽着烟，你人都在事故现场，咋写这么短？别的记者没赶过去，拍的都是些交通疏散后的照片。你不是在现场吗？你看你配的图——保祥补了一张现场照，这还是那天一个叫徐方的人发给他的。当时，宝马车早开走了。中间奥迪车后半部车门撞掉了，被抬上拖车。只有斯柯达还横亘在道路中间。浩浩荡荡的百辆车已经离去得差不多了。路口纷扬着大雪和残存的薄雾——照得多没技术啊，师傅点评道，文章嘛，没力度，不深刻，出了交通事故，大家齐心协力克服困难，呃，文章太平。师傅的声音里有一种幽幽的失望。

保祥潦草地嗯了一声，头上和胳膊的伤口麻酥酥发痛。脖子被勒的那一道就像是沾上了一只虫子，正用千百个小脚踩进他肉里。他早决定写城市建设和大雾影响，还要写人们是怎样在事故中互相指责、助纣为虐，还要写某个飞扬跋扈的混蛋——但是最后，他要写温暖，他要寄予光明。因为，人间，就是又热闹又疯狂又畅快。他也已见诸笔端——《大雾迷城 VS 人间正道》。但一封举报信躺在他们老大手里。老大打电话吵醒他，听说你偷拍别人？老大叹口气，那可是咱们当地缴税大户，你怎么惹着人家了？

保祥举着吊瓶，气道，我拍照他不肯，还把我揍了。

老大是个公正的人，他平心静气地说，遇上了这种事也是常态，我们总是要触及别人的秘密或者利益。我说你也别整天带着相机到处乱跑瞎撞，你这样不像记者，老大说到这儿，又叹了一口气，像狗仔。

一根针扎进来，保祥键盘上的手直打哆嗦。

他问师傅，我什么时候能用笔除暴安良啊？师傅把校对好的报样发回编辑部，吐出一口烟，看着窗外，雾散了呀保祥，你呀，少年心智，我们报纸运营也是要成本的，也是要招商的，这其中都有利益的博弈。最重要的是，我们不能只做自己的喉舌。

九

郑致富回到家时，陈玫正在阳台晾衣服。报纸像平日一样堆在餐桌上。他把给丈母娘买的药搁到一边。用一只手指翻了翻报。没照片，也没有任何与他相关的报道。晚上吃饭，新闻里也在播，不用担心——那群正儿八经的记者一哄而上赶到现场时，他的车早开走了。但他还是低着头用余光瞥着陈玫，他心虚。他是靠着老泰山的关系才成为了副总经理的。人至中年，他觉得一切都兜在囊中，他年轻时不曾得到的，如今都有了弥补，唯有一样：他娶了陈玫。陈玫是个丑人，惊世骇俗的那种丑。他只能从小老婆那里弥补着自己。但青春这东西，它同生死一样，在世人中绝对平等地分红。而他的青春就是守着丑，向上爬。他牺牲了青春到底对不对，此刻的地位和金钱都在回答他。

吃饭时，陈玫非要看夫妻调停类的节目，里面有个男人找了个小三。他脖子一紧，听见平日里温柔的陈玫说，这种男人真该死，五马分尸灭了他！要是我摊上啊，陈玫扬着手里的筷子，非要到他单位去搞臭了他不可。

人生就是平淡无奇与机缘巧合的结合体。好巧不巧，武元调入刑警队后，独自办理的第一个案件是危险驾驶案。有人过年期间酒驾被逮。一看照片，他惊住了，这是两个月前的那个出租车司机孙一伟。同事说，侦查主体有争议，现在杀人越货还办不过来，办理这个又琐碎又费劲，该转给交警队。

他对同事说，我不嫌麻烦。这样一个小案子，他却调取了喝酒期间同席人员的证人证言、酒水单和通话记录，又对交警的检测结论另行委托检验，最终推翻了交警队还不够精准的"呼气"检测结果，证实了孙一伟不构成酒驾，撤销立案，同时开辟了童安市危险驾驶罪调查新纪元。

他电话通知孙一伟，而对方永远都不会知道办案的刑警曾与自己照过面，前生几千次回眸才能换这么一个无罪证明。他永远不知道。

那次大雾，贾莎堵在环山路上，迟到了一场"批斗会"。那天晨会的内容果然是对窗口部门作风问题进行公开批评整顿，并下达办理 ETC 业务的指标。那个月，贾莎仅仅办理了十一个客户，接圣旨似的领了一个最寒碜的数字。自从她老爸退休后，她的待遇一天糟似一天。她还记得自己刚入职时，主管对着面试留下来的他们说，我们不是慈善家，我们需要你，是因为你有价值，你的价值表现在银行利润的提升上。

那时候她每天要从早上九点站到下午四点。不能低于五厘米的高跟鞋，不能多于三十分钟的午餐时间，不能少于三次的员工培训（"培训是员工的福利"，占用了周末时间搞培训的主管这样声称），节假日无限加班……有一回，一位大客户想要一样赠品杯子，主管要求她立刻马上买回来。她记得自己穿着高跟鞋跑了

　　　　　　　　　　　　　　冷静期 |

三个街道，换来主管和客户的一个点头。送他们出门时，她从玻璃门中看到自己的身影就像一只狗。丝袜破了，水泡和着血。

脱袜子时，破损的皮肤跟袜子已经粘连在一起，她一边揭一边哭，一边处理血泡，脚肿得无法入睡。第二天她还穿着惨绝人寰的高跟鞋。面对客户，她用麻木肿胀的脚顶着笑脸岿然。

就算这样，她也坚持了下来。后来——主管把她叫到办公室，表情夸张，你爸是银监会的？天哪，我的小贾，你隐藏得好深。快！快坐下喝茶！

不是她隐藏得深，她跟她爸关系不算好，毕竟她爸已经有了新的家庭——不过，管他呢——这之后，她便轻松了起来，她衣着开始随意、午餐时间拉长、培训可以请假，甚至只管拿钱就好，再后来，她爸退休了，她又出现在了前台。那天大雾天堵车后，她没参加上那个会议。所以，她不知道那个主管穷尽所能地苛责了一位新来的大学生，而那位大学生可是新来副行长的侄子。

一个月后，主管调离到支行做普通职员。那天她下了班，就把鞋踢掉了，高高兴兴进厨房做了徐方爱吃的大肠炖豆腐。徐方边吃边说，你咋这么高兴？

她说，当然高兴，我主管调离，我解放了。

徐方给她夹了一筷子豆腐放进碗里，说，这工作就跟升级打怪一样，肯定还会遇妖怪。

哎，新主管心慈手软，是个菩萨。

好。对了，你还办 ETC 不？

办呀，没见我上个月绩效触底了？我没完成任务。

我大舅单位的都要办——你不知道，他们单位特有意思，单位在最东边，宿舍在最西边。正常走，路上得堵一小时，哎，前阵不是新修高铁嘛，好家伙，正好单位在城东出口，宿舍在城西出口，来回才五块钱，顺畅不堵，油钱都省出来了。现在——他顿了顿，酝酿一个恰到好处的微笑——一百多口子跟你挨号要办理，都是我大舅介绍的。

嘀，贾莎笑了，我这是好事成双。真有菩萨保佑呢。

十

半年后，《童安晚报》头版重磅刊发了一篇文章，以题为《曾经大雾迷城　如今阴霾尽散》大力报道童安市××公司副总经理郑致富在被情妇曝出贪污受贿等丑行后，采取一切手段迫害情妇，并下跪推脱罪行。该晚报还在主要位置刊登了郑致富的下跪照片。一场声势浩大的舆论讨伐正蓄势待发。文章记者：苏保祥。

本文发表于《北京文学》2023 年第 12 期

手

一

包翠敢肯定，那个女人是别人的姘头。

为啥这样说？你瞧她那样儿。走路笔直，屁股从左边隆了，右边再耸起来，身子弯弯的，敢情这身子肯定也不是跟别人身子一般用法。眼睛也不正脸瞅人，眼神儿就跟前面有绳子扯着似的，直溜溜走。别人都在她眼白那块略过去。神气得像是她二姑中了五百万有她一份儿似的。

整个楼里就她不交钱。不光不交钱住，还得包她三顿饭呢。说起包她饭就让人气上加气。凭啥？她的嘴金贵？都是公家饭，凭啥就她白吃？就凭那身子吗？怪不得一摇三晃，扶柳儿似的。说起来，包翠最瞧得上用脑子吃饭的男人，最瞧不上用身体吃饭的女人，中间平视一群用手吃饭的男女。为啥？自己就是用手吃饭的。

去年7月份，包翠从老家来省城，辞掉服务员的工作后，就安营扎寨在这家宾馆。宾馆是一家大型国有企业下属的，不对外，来的都是公差。所以约等于她也在国企工作哩。从端盘子到端架子，她无缝对接。比起在饭店里接待那些破弃燎烂的民工、醉汉，她现在多是接触一些衣着鲜亮、有知识文化的人儿。也就围绕那几个房间打扫，她的日子可算是舒舒服服了。她盼着年底回老家，盼着手里牵着一堆年货。大巴车在村头定下来，她跟丈夫，风风光光，利利索索，衣锦还乡，到底跟村里不一样了。他们自然不知道她也是下苦力，但是下苦力也分地方对不对？在城里就有城里的尊荣，就有了城里的派头。他们想去城里下苦力，可还下不到呢，还得对着黄土地下力。在城里辛酸、憋屈一整年，就为了年底这次的荣光，越是辛酸，那荣光来得就越是到位，越是透彻，越是挽救。她亲亲孩子脸蛋，舒服地躺在天井里，分发分发东西，新衣裳上了婆婆身，新玩具到了孩子手，面子就长在她脸上。她是多么风光！她喜欢她的工作。

她喜欢她的工作。她喜欢打扫房间，除了医院，就属宾馆干净了。清一色的纯白，白的程度不同，新买来的是雅白，暖暖的，烘着太阳样儿；用旧的，拿84漂一漂，是纯白，冷冷的，像是从墙皮上流下来的。

每天早上八点，那女人准时离了房间，包翠准时守在外头，推着两层小车。在她房间里发现啥了？床中央是一片红褐色的印记，她记不清昨儿有没有男的在走廊里晃过。不不，不可能的，总不会是初夜血呗，肯定是姨妈来了。邋遢！

她把床单抽出来，对着窗外的阳光，瞅着那片褐色，形状像是一只褪了毛的老鼠，因了这个想象，她觉得手上鸡皮疙瘩爬出来了。老鼠也没啥，老家里常有的，她最初干餐厅服务员，跟刘芳芳一块住的时候，宿舍里也有老鼠。又不吃人也不喝人血，怕啥？她这样对刘芳芳说。

当时她也很讨厌刘芳芳，刘芳芳只要撅着屁股，扶着饭店的门框子就行，而她要跑上跑下，端菜倒水，洗碗擦桌，厨房里短了人手，还得帮忙颠勺。有一回，锅柄断了，那一盆滚烫的毛血旺落在她脚面上，红肉喷了她一身，她两天才下了床。刘芳芳永远不会接触这样的工种，她无非就是站在门口，左扭右晃，招徕客人。在她忙上忙下时，刘芳芳拿小细腰偎着大堂的雅座，手里捞着一只白色丝质手帕子佯装擦汗，跟客人讲些荤不荤素不素的话儿。

店经营不下去了，怎么都算好要裁去一个。厨师不能裁，买办不能裁，会计不能裁，就她和刘芳芳，她怎么也想着自己是身兼数职，裁了不划算，谁端盘子？谁颠勺？谁倒水？谁抹桌子洗菜？怎么都不会是她。

是她。

她不恨老板，她恨刘芳芳。不是刘芳芳，她还能跑上跑下，还能端菜倒水，还能洗碗擦桌，厨房短了人手还能查缺补漏，可是刘芳芳她会啥呀？她不就是会一个"笑"吗？谁不会呀！难道年轻就笑得好看，笑得福来运来，笑得神仙样儿？她也可以笑嘛，还笑得端庄，笑得大气，笑得坚贞不屈。

谁知道呢，也许她就毁在笑得坚贞不屈上。老天上面那管年龄的仙爷也不好好掐计掐计，女人青春纸似的那么薄！

二

她再翻翻，房间床前有几本书，什么《红楼梦》，什么《长恨歌》，什么《鲁迅杂文集》。她明白，这就是装点门面的。她翻开看了看，里面干干净净的，是呢。要是有看过的痕迹就怪了。

那女人，模样也像刘芳芳，有着几分姿色，感觉天底下的男人都要溜进眼底，半米之内的男人都得吸附过来才行。难道以为自己是块磁石吗？

晚上她当值。吃过饭就见到那女人来了。远远地，逆着光，只瞧见屁股挪过来又挪过去，好像这个器官还没找到一个合适

手

的安放位置。包翠可是知道在哪里安放，在棍子底下！要是她闺女，她非得打得她……想到将对方比作自己的闺女，继而仿佛是触碰到了自己年龄的那道界线，线后面是汹涌而出的沧桑和脆弱。她才比她大十岁哩，那女人还是女人，她已经成了"娘们"，不再具有女性的性别价值——就是说，她就算半夜走上街去，不用带什么防狼工具，都会很安全。这种安全，在短暂的年轻岁月里，是一种巴望。但到了现在，变成了一片荒漠。她干涸了。

她手里捞着抹布，女人笔直走过来，朝她点点头，从小皮包里掏出卡来刷门进去。她慢吞吞地擦着女人门前这片地。听到了女人说话声。真嗲，就像是拿夹发板把声音都烫弯了。电话那边肯定是个男的，那男的不知在说什么，女人嗯嗯回应着。长廊的地毯上有点油渍，她蹲下来假装在抠。又听见一点了。女人说：我不管，反正挺辛苦的，你得请请我。好嘞，好嘞。外面有双鞋——我挂了。房间门哗的一下开了。她慌不迭地站起，手里攥着抹布，想解释点什么又不想解释，反正擦地呢，这是她的工作。这一片的地毯都归她管，她爱擦哪儿就擦哪儿。但是女人见了她又笑了，转身回屋，没关门。她在犹豫要不要替女人把门带上，手伸出的刹那，正触到里面递出的一个苹果。尝尝，大娘。今儿新寄来的，新疆阿克苏的，脆甜。声音软得就像腻腻的棉花糖。我们有规定不能要。她脸红了，对方却趁机塞进她的职业服大口袋，跟一堆一次性肥皂、浴帽、针线盒在一起。

讨厌的女人，恨都让人恨得不起劲。

她最讨厌这个时刻。踏出公家的门，然后她就混进了这个城市，东拆西建，一刻都不消停。可这是省城啊，当年她背着行李千难万险来到的地方呀。她在这里成了家，有了儿女。可是出了公家门，她还是觉得自己在门外，在这个城市的外头。真可耻

　　　　　　　　　　　　　　　冷静期 ｜

啊，这个城市，看起来好像很包容、很宽广的样子，容纳她，也容纳那么多攀上爬下的打工仔，可是死活不肯给他们一个归属感。活一顿了，到底还是为他人做嫁衣裳。真是可怜，把那路修得那么宽的黑瘦爷们，你可是有钱买辆车呀。把个楼建得天样儿高，你可是能住上它一回。

她从路边瞅见一辆小黄车，马上就要骑上了，被路过的小伙子接着扫走了。过分啊，这已经是第三回她自己的"专车"给人骑了走，平时她都是藏在绿化带里，可还是有那眼尖不嫌麻烦也不怕挨人背后骂的。后来她想了一个法儿，也是跟附近工友学的：拿打火机烧毁了上面那乱七八糟的码子。用黑色签字笔把数字也涂了。好了。她终于有一辆专属于她的座驾了，总算在这个城市有了一样短暂归属于自己的东西了。

回到出租屋时，丈夫还没回。他们只租了一间屋，另外一间是对小夫妻，女孩娇嫩得跟个刚插下来的小禾苗似的，男孩又瘦又矮，回家总窝着身子往里屋去——让她想起她远在老家的儿子。老家的房子倒宽敞，只有婆婆带着孙孩住着。结婚时，丈夫说等老婆子走了，那房子就是他们的了，随便卖一卖，再从城里寻摸个蜗牛房。她一直盼着，倒不说盼着婆子死，只是盼着有个家。盼着有个家，其实就是盼着老婆子死。可是老婆子命比骨头硬，前后克死两任丈夫，天天村里晃荡，带着孙孩，一溜到早，一溜到晚。

丈夫卖盒装粥。早上三点就在厨房里伺候六只锅，为此没少跟房东吵架。六口锅煮上，丈夫就偎在炉前睡一会儿，闹钟十分钟一响，响了丈夫就搅一搅锅。一开始她是不知道盒装粥是卖不了一天的。有回她起兴去迎迎丈夫，就见集市上丈夫搁粥的三轮跟一个地瓜炉子用生了锈的铁链子拴一块了。她总觉得拴一块有点别扭，哪儿别扭说不上来。等她守这摊子守累了，正想走，恰好瞧见丈夫跟一比她年岁还大的女人从胡同口里冒出头来。那女人黑糙的皮肤，手盘在丈夫的胳膊肘上，她只奄眼瞧着那条黑粗的铁链，躲也不是，迎也不是。脸上倒先由白转红，好像没羞没臊的是自己。

　　她也闹过。丈夫说就睡了一晚。她问啥时候？怎么睡的？谁先有那个意思的？丈夫不耐烦了，把被子往头上一蒙，她扯下来，继续熬他。说呀，继续说呀。丈夫说，我没钱没样貌，人图我啥？不就是互相取个暖嘛。取暖！她上下唇不停地抖，眼泪花子像是门帘一样坠下来。压低了声音又扯拽丈夫，丈夫又把被子一蒙，往炕上一滚，面冲着墙睡觉了。她横生了一股气力，把正煮着粥的铁锅一胯端来，一股脑擂在丈夫大腿根上。也算丈夫有福，那天粥还没到沸腾。她请假在家照顾他。照顾他，顺便监视他，断了他的念想。反正她没再见过那个女人。再后来，丈夫还犯过一次事儿。外面嫖娼没给钱，姑娘带来人往家门口站着，后面一溜操着刀子棍子的帮手，还是她噙着泪把钱垫上。回去就骂男人怎么就管不住裤裆里那根搅屎棒。男人也给骂习惯了，把被子往头上一盖。连粥也不熬了，不起早了，不贪黑了，在家天天睡着觉。

　　窝囊吗？夜里她天天失眠，睡不着就问自己，怎么就把日子过成了这样。迷迷糊糊她还是给这个城市的黑暗杵进了睡眠中。白天她更盯着那些女的，妖娆的，青春的，鲜活的，甚至粗壮的，肥胖的，摇曳的，凡是女人都是践踏她的。女人，让她遭尽了殃。

三

　　早上那女人跟她说，屋里肥皂没了，让她添一块。她在她屋里转过，无非像所有女人那些布置：衣服、鞋子、粉儿、香水，说到底是笼络男人的那一套。她照例打开衣橱，亮闪闪的衣裳一件挨着一件，说悄悄话似的前倾后挤，薄薄的身子，一个个钩在横架上，又冷淡又傲娇。她把它们翻过来翻过去，缎子面像凉水似的流过她手心——天阶月色凉如水。心口窝无端地涌起这句诗，算是她唯一记得的，毕竟，她上到高中就辍了学。不是她愿意辍学，那时候都这样，也就支书的孩子能继续读。但她总好歹是读过书的，就好像患过感冒，身子烧起过，就知道怎么热了。在这一刻，这句诗就淌过她。她觉得一阵潮湿。想起自己也曾经穿过时兴的缎子面短褂站在面粉厂的人群里。人人都说她美得很，留着短发，利利索索地，又用铁梳子往火上烤，给额前烫几个卷。她是知道自己美的，是借了青春昙花一现的美，又知道自己美得还不够，够不上一步登天，她也没那个命。面粉厂干了半年，支书那上大学的儿子回来做了车间主任呢。人长得像濮存昕，站在哪儿都像是一柄长枪插地，血气方刚，你咋地都不会瞧不见他。在车间打水时，她就发现他眼神跟牵出一条线似的，一头拴在他自己眼里，一头拴在她身上。他们热恋了不到三个月，支书的闺女，也就是支书儿子他姐来找她谈话了。

也是天阶夜色。凉飕飕的风吹来荡去，那丫头比她矮，包翠叫她一声姐。包翠早想过，要是他姐不同意，她怎么也要表表决心，虽然出身不比她家，底子薄，但是她不会少干一分，她也总有持家的本事，她会好好孝顺老人，对他姐好。他姐也穿着缎子面短褂，开口了，却不是说这个，先说包翠的衣服上怎么有个洞。包翠低头一看，真的，扯过袖子来，后面真一个指甲大的洞，许是给家里姊妹点炉子时蹦火星烧的，她心里一阵疼。这时候他姐又清了嗓子，护城河上飘过一阵薄荷的清香，很久以后，包翠才知道，那是她吃的进口薄荷糖。他姐说，我弟弟是要

手

当干部的，爹和我早看好了，有个好姑娘，也是大学生。包翠的脸先垂下了，大学生一条就比过自己了，还说什么。她还想挣扎一下。他姐又拍拍她的肩膀，我听说了，你们家姊妹八个。就你一个人出来工作了。我跟我弟就俩，都是工人，你觉得你嫁给我弟，不是害他是啥？你要是中意他，那你就不该拖累他，你要是拖累他，那你还不够中意他。

不是害他是啥？那就是害他吧。中意他就是拖累，拖累就是不中意。一时间，她恨自己没有好好学学中文。

天阶夜色凉如水哪。

她正发呆，门嘀的一声开了。她赶忙去收拾桌子上狼狈的果皮。女人伸着懒腰，看了她一眼，打扫呢，大娘。女人浅浅叫了一声，然后旁若无人地走到床边，脱下外套和高跟鞋，一面坐下来发呆。包翠蹲着擦小冰柜上的手掌印，听见女人打电话，又是嗲嗲的，在说话的间歇，换好了衣服。在手脚勤快地擦着卫生间的镜子时，看到红色的吊带在女人瘦削的肩膀头上挂着，女人白白的腿叠在一起，上头跷着一只绿色的拖鞋。一边肩膀耸在耳旁，夹着手机，腾出一只手往身上涂抹一种芳香的润体膏。满屋子灌满香气。她听到女人撒娇，绵绵长长的，欲说还休的，声音里透着慵懒，是漂亮女人才有的慵懒，是泡在金水里的女人才有的慵懒。然后包翠听见女人说，我去就是了。在包翠把毛巾地巾都换个新，从厕所出来时，女人已经穿戴齐整，头发更像是一泓波浪，连身的裙子又勾勒又有空隙，给人遐想，还给人余味，口红、眼影、睫毛膏——包翠一边擦着桌子，一边睐着这些颜料上了脸。然后那张美丽的脸凝望着镜子，凝望到深深叹气，从架子上取过包来，说：那垃圾也倒了吧。我插开关的卡不要拔。谢谢。

　　　　　　　　　　　　　　　　冷静期　|

等女人走后，她才敢喘气。她听出电话那头的声音是一个男人，一个老男人，她耳朵尖着呢。妍头，坐实了。但是坐实了又没了神秘感，为什么女人要给猜透呢。

四

是谁呢？她借着擦桌子，看女人随手落到床头的书。这只是顺道看，不是偷窥，谁也没损失什么，这就只是窥。她翻开了书扉页：给小童。你就像杏花一样开在我身体缝里。老徐。

像杏花一样？开在身体？缝里？很暧昧了。很让人联想了。字像是一把草，黑黢黢地从白花花的书页里长出来，蜷蜷曲曲，撇捺都打着弯，又让她想起男人女人下体的卷毛。她呸了自己一嘴，翠啊翠，你想啥呢？男人女人不就是那些事吗。老徐——这卷曲着的名字就顺畅地滚进来，然后她突然浑身像遇着冷水，打个激灵，老徐？老徐不就是他们上面部门的领导，二三把手的样子，分管宾馆的？走路挺着贼大一个肚子，手一甩一甩的，好像把鼻涕往地上掼的那个。有个齿轮轰隆隆地在包翠的脑袋里运转，咔咔对上了，严丝合缝。对嘛，他分管宾馆，自然想怎么安排就怎么安排，自然要给小蜜安排上了。

中午吃饭时，包翠在食堂，开始察言观色。她发现女人走在前面，隔着三个人就是徐经理。女人排队到她跟前，就那一刻，她掌握着她的伙食，她有了一种权力的感觉，她要她吃多少她就得吃多少，她要给她盛肉她才能吃上肉。她把勺子往锅里一铲，几颗肉丸子从勺边缘晃晃，滚落下去。她从容不迫地按住她待要拿走的餐盘，又把几颗丸子捞进她盘里。对，这是苹果的报偿。她也是能报偿她的。不欠她什么。

经理挨到了，他们打着一样的菜，嗬，那是自然了，狗男女

手   275

们总是能尿到一壶，吃到一起嘛。他们打完饭，分开来坐，一个东头，一个西边。互相只是点点头，那是咧，越是冷漠就越是暗潮汹涌，都不想给人瞧破。包翠注意着他们，就像特务刺探着军情。一会儿，也不用她刺探了，经理把她叫过去。开始向她叨叨着最近几次的卫生大检查。是了，她是服务员里年龄最大的，他当然很是感谢她的付出，又希望她能理解单位的苦处，现在人多事少，可能面临裁员，让她有个准备，从这个月开始找找下家。经理这是为她着想哩，缓冲期她还能领着工钱。她跟经理吵了几嘴，凭啥总是她一个人干好几个人的活，她活了该了，到哪儿都是下苦力的命。比方说，服务员有这么些个，偏偏每回搞大检查就要抽调她，干得累死累活，工钱和原先一样拿。为啥每回跑腿就要她来，因为她年龄大了，不再好看了吗？她才不过四十，那些小丫头一个个十几岁。该她们跑的呀。现在，到了要辞退的时候，每回都先找上她。

谁管她。她躲在宿舍里伤心地哭，像个窝窝一样哭得呜呜。隔壁两个小丫头，一个在啃苹果，啃一口，吐口皮；一个在跟男朋友电话卿卿我我。伴着这些声音，她的委屈更像是一腔春水流淌过去，漫过她头顶。要是她能够回到年轻的时候多好，要是她能像那个女人那样生活多好！都是人，都是女人，命就那么不一样。想到女人，她眼里的泪突然就停了，她抬起眼来——老徐——她要是掌握了他们的事儿，她就能继续干下去。干下去，才有年底的荣光，为了荣光，她还能辛酸一阵子，憋屈一辈子。

那天晚上，她的耳朵就是为了那女人而绷直着，聆听着。女人夜里十二点才回来，身子拖着，像一只酒瓶子晃晃荡荡，高跟鞋踩在台阶上梆梆梆。走过值班台，女人踉跄一步，挎包从胸前晃下来，像夜里发情的猫一样紧绷绷地弓着身子，在呕吐。包翠上去扶着她，又是递纸又是拍背。随后把女人搀扶进屋里。女人

　　　　　　　　　　　　　　　　　　　　　　　　　冷静期　|

继续吐，一股黄黄的酸味搅荡着空气。那女人抓住她，突然抱住她开始哭，两个女人，深夜，抱着，抖动在一场海浪里面。她们浮浮沉沉。然后女人仰起脸来，醉眼泪痕地说：女人怎么这么难。她这样说着，长发缠绕着，像海浪里一具白莹莹的尸体，直直落在枕头上。她睡着了，睡眠拍打着她。

五

包翠记得那句话，说女人怎么这么难呢，她也是这样觉得。这样漂亮、正当芳华的女人，与自己有同种感触，她心里沉过一阵麻麻涩涩的痛楚。女人醒来后，好像忘了她。顺道忘了昨晚的拥抱、眼泪和慨叹。包翠手里拿着抹布，故意磨蹭着。她到底要问问她，是不是老徐的女人，能不能帮帮她，开口那么难，可是，要是不开口，她怎么过年回老家？她能干什么呢？回到家是另一摊子事儿。谁能想象，她的丈夫也是可以在外边偷烂人、破鞋的？她比烂人、破鞋还不如，她是什么？

可她还记得自己才刚过了年轻。对了，年轻时，她曾给支书的儿子辜负了。蒙着被子哭到眼肿。她毕竟还把身子给了他。那时候觉得爱情是干柴，总是要用火烤。这下好了，火烧起来了，然后就釜底抽薪了。面粉厂里墙都是薄纸样儿，隔风吹耳，人人尽知。好在，那时候她丈夫不嫌弃她。在厂里，女人们在她面前放了一张隐形玻璃。几十双眼睛在玻璃上打来打去。她就是个观光猴。下班了，玉米地里走着，后面有人唤，破鞋、破鞋。她往前顾头不顾腚地赶，赶到月亮隐没，哭声奔涌出来，小短褂在黑暗里一耸一耸。她的丈夫就是那么捡上她的。狠狠地，说谁他妈再敢乱他妈喷粪就×他们祖宗绝了谁的根！就这么着，她便坐上了他松松垮垮的二手自行车。然后进了他的洞房。丈夫丢了面

手

粉厂工作，开始外出卖盒饭。生意好些了，攒下钱了，他们农转非汇入城市，变成建设大军的一部分。从那时候就不景气了，丈夫性格老实，给人骗过钱，渐渐束手束脚，跟沙发睦邻友好。女人的命就是这个，就是嫁猪随猪，嫁狗随狗。她能说啥呀？他可是不曾嫌弃过她。

她开口了。脸先通通红，像有一盆火烤过来。她问她是不是老徐的女人。女人正歪着身子系高跟鞋的细带，笑了，问什么老徐。包翠急急地把自己是怎么进城，怎么给掉了第一个工作，怎么经人介绍到了宾馆，怎么任劳任怨，怎么给人欺负统统往外倒，很久没有这么畅快地捅出来话了。话一层一层压着，跟陈年老酒似的，酿出一股窖藏味儿。说着说着，掉了泪。连眼泪都泛着酸。女人说：我老公姓于，不姓徐。包翠心里想，当然了，姓于的是你老公，姓徐的是你老情人。破鞋就是破鞋，这才是破鞋，她不是——那时候，她是为了爱哩。她把身子热了又热，就贴合着那个人。她是肯肯地想嫁他的，只要他家里同意。家里不同意，哭个湿透也还是不同意，就算把身子给了人家还是不同意，两片嘴唇上传下达，不同意，多么轻易，这就是一辈子了。

包翠厌恶破鞋，要跟破鞋划清界限——毕竟她曾经也被那个字眼粘上身。搞破鞋的，除了像她那样是没有办法的，为了把身子给到爱情，给别的都是坏透了的，像刘芳芳、像搞丈夫的那贱货，是真正的破鞋。但她并不把话晾明白，她只是开始说起生活的不易，好像这生活的不易都是她给包翠带来似的。女人听得不耐烦，忽然从橱子里拿出一件绸缎衣裳，水波纹一般，在灯光底下粼粼的。大娘，这给你，我觉得您年轻时应该也很好看的。我不穿了，我瘦了。当然了，女人瘦了，她的胖衣服只能施舍给别人。包翠推了又推，手一摸上那缎面，无端地，过去那些年华就

　　　　　　　　　　　　　　　　冷静期　｜

统统流淌起来，从她的手掌面到她心窝窝。她跟她之间那条河就开始涨潮，从涓涓的变成海阔样儿。她明明在推，手却黏糊糊的，为了那种柔媚的光滑而湿润。女人说：你出去吧，我要睡了。临走，包翠还是把衣服匆匆扔下了，踩着老北京布鞋的脚变得沉了，沉得她想哭，她跑起来，好像跑起来这身子骨儿才轻盈一点，要不太沉了，她从龙湾湖跑过数码大厦。

　　回家时候，满身臭汗，楼道溢满粥香。丈夫总算又熬上了粥。隔壁两个小孩吵个不停，丈夫说，周末得回去一趟了，老婆子怕是不行了。他们舀了两杯小米粥，各自端着，吹着碗沿。丈夫又说，村里来电话说了，老婆子开始老眼昏花了，自己走着也跌了大骨碌，二丫过去照顾了，情况很不好，很不好。该把衣裳准备准备了，该置备的置备，该把孩子带来了。她点头，把粥喂进嘴里。她不该提自己巴望的啥，反正巴望得快要来了。她开始长长地闭上眼，想象那座老房子怎么轰然倒塌，又怎么在倒塌后，变成累累现金。丈夫说，不早了，我出摊去了。回来咱们赶回老家。真是破天荒。她请了两天假，破罐破摔了。结果两个人端着黑布，抱着寿衣，狠狠心花了三十块钱，搭乘三轮到村里。老婆子瘸着腿，打老远站在门口跟丫头拉家常。

　　老屋子端大又空旷，她把自己埋进三床沉得像猪的棉被里头，冷得打战。更令人打战的是，见了他们，老婆子不好的情况转好了。

六

　　两天后，她上晚班，没见到那个女人，心慌慌着。她去问总台。总台说，刚刚退房。退房了？可没人让我收拾东西呀。是呀，总台的小姑娘戴着眼镜，装知识分子样儿，冷冷淡淡着脸，拿手不停地捋着耳后的短发，一根指头直蹦蹦勾出来，所以，你现在去收拾！她刷开房门，那股幽香像两根棍子捅进包翠鼻子。关上门，屋里好像并不空落，那女人的气息和影子还在，摇曳的、淫荡的、快活的、哭泣的，啥滋味呢？她是没法儿想，她的青春好像从跟支书儿子黄了那天就黄了。黄了的青春就是一摊泥沙，细碎碎、荒凉凉、干涸涸，跟丈夫重复着日子，昨天像今天，今儿像明儿。

她在床边坐下，床单扯得凶相毕露。桌子上堆着一摊果皮。忽然间，房间两盏床头灯开始闪，像是雷鸣电闪。那电闪间，瞅见开了一半的衣橱里幽光盈盈。她哗啦一声拉开，是那袭魅蓝色的缎子旗袍。那个女人留下来的。灯光灭了一盏，另一盏也昏暗下去，她浑身颤抖，借着黑，把服务员的白褂长裤褪下，套头把那旗袍裹上了身，黑暗里，背后的幽光隐隐的。她只瞅见衣橱嵌着的大镜子，她往里瞅啊瞅。是她，又不是她。人靠打扮不是？说得是了。她便如此扭扭身子，把冒着皮筋的黑头绳摘了，头发跟疯草样儿漫下来。她往手里唾了几大口吐沫，也学着女人那样斜插着手，把头发抹得油湿，屁股左隆右耸，脸蛋还得再多些粉。她啪地扇了自己两个嘴巴。水灵灵地望着镜子，望着望着，一种怜惜就涌上来，她已经老了。只是在要死的路上奔命了。

门在敲响，一开始她甚至没听到。等她听到，门已经吱扭扭地转了。敲门声又小声又急促，像是说悄悄话又像是捉迷藏。她猛然惊醒。捂着自己泛着红潮的脸，她想开灯，又要开门。她便开了门。一阵阴飕飕的光亮闯了进来，然后光就咔嚓关上了。有人硬生生把她推得往后踉跄。黑暗中——也不是纯正的黑暗，是暧昧的黑、是混淆的黑、是狼狈为奸的黑。那个人上来就抱住她：怎的？你让我想死了。

说着话呢，一整个男人的味儿就盖住了房间里的幽香。好像

　　　　　　　　　　　　　　　　　　冷静期　|

一床被子盖上了另一床。然后那个男人一只好似章鱼似的大手浑身游走着。包翠想说话，男人的气息浓了，翻腾在她耳边，想死我了。怎么能呢？让一个男人想得想死了？她浑身软下来，然后男人的手和身子裹着她。她跌进那个床，那个快活的、痛苦的、柔软的床。她天天叠被，天天抻床单，却没躺一躺这张床。软啊，真是软。比软还软的是，男人的手，怎么就又软又暖，把人变成泥巴，又变成一摊水，变成一声叹气儿。灯光昏暗，男人粗重的喘气像是要吹灭了剩下的这点光。他拢着她的腰，她浑身便是一阵战栗。是山呼海啸的战栗，她终于像个布口袋重重垂了下去。

然后，她就想，这就是当女人吧。这就是，女人。

七

四月里的时候，她离开宾馆半年多了。她没有再打工，和丈夫收拾了东西回到老家。丈夫总算磨短了腿，承包下一小块田，他们种梧桐、种不老松、种嫁接的月季，赤橙黄绿青蓝紫的。说城市园林好这个。她望着那些梧桐、不老松、彩虹样儿的月季，就想起了她回不去的城里。老婆子还在破烂的竹椅子上荡着。儿子在河沿逮鱼。一上午不回来，回来就满身泥。包翠的心不知不觉地安静着。莫名其妙地安静着。她安静地看着丈夫，看着儿子，看着老婆子，看着眼前灰扑扑的村庄，看着漫长的稻草。

她想起自己是一个女人，一个淫荡过，躁乱过，破鞋过的女人。

夜凉了，风起了，一片片矮矮的松树像伸出许多许多的小手，软软的。

本文发表于《时代文学》2022 年第 2 期